二見文庫

# 夜の向こうで愛して

キャロリン・クレーン／村岡　栞＝訳

**Against the Dark**
**by**
**Carolyn Crane**



Japanese translation published by arrangement with
Carolyn Crane c/o Donald Maass Literary Agency
through The Englishe Agency (Japan) Ltd.

# 夜の向こうで愛して

## 登　場　人　物　紹　介

| | |
|---|---|
| エンジェル・ラミレス | インテリアデザイナー。元宝石泥棒 |
| コール・ホーキンス | スパイ組織アソシエーションの一員 |
| メイシー | エンジェルの幼馴染 |
| ジェニー | エンジェルの幼馴染 |
| ウォルター・ボーゴラ | 犯罪王 |
| マクミラン | コールの同僚 |
| ダックス | アソシエーションのボス。億万長者 |
| アギー | メイシーのおば |

# 1

エンジェル・ラミレスはライムを添えたクラブソーダを一口すすった。

ジン・トニックに見せかけたドリンク、そしてパーティガールに見せかけたエンジェル——パーティの招待客とセックスするためにボーゴラに雇われた娼婦を装っている。

エンジェルは、幼馴染のメイシーとたわいない会話を続けた。意味のないおしゃべり。二人とも会話には集中していなかった。危険はないか、周囲をうかがっていたからだ。状況判断は二人の特技だ。

何度か誘われたが、二人は先約を待っているふりをして男たちを追い払った。

ここまでは順調だ。

そもそも二人に注意を払っている者はいない。ただし部屋の片隅にいる男は別だった。噴水を背にし、ならず者たちがひしめくパーティ会場にすっかりなじんで見える。

明るめの茶色い髪に無精髭、肩幅にぴったりのタキシード。男は茶髪版のクラーク・ケントといった感じで、頭脳明晰で筋骨たくましく見えた。

用心棒だ。エンジェルには見ただけでわかった。

しかし、エンジェルが一番気になったのは彼の目だった。太いフレームの眼鏡の奥で、情熱的に燃えている灰色の瞳。少し前、エンジェルは相手を焼きつくすような男の視線が自分に向けられていることに気づいた。

心がとろけそうだった。

見たらだめよ。エンジェルは自分を戒めた。

でも、どうしても気になってしまう。片隅にひっそり立っているだけなのに、その強烈な存在感で、部屋の中心にいるように見える。まるで人が集まる焚き火みたいだ。

少なくとも、彼女にはそう思えた。

それだけで、男について知るべきことは充分にわかった。

この仕事を片づけて、永遠にさよならよ。エンジェルはそう自分に言い聞かせた。

パーティの主催者ボーゴラは金持ちの変態だ。パーティは予想どおりで、招待客たちはソファやプール脇でセックスに興じていた。

装飾品さえ倒錯していた——金色とベルベットで統一され、壁にはモンスターに愛撫される女性たちのピンナップ絵画が飾られている。ボーゴラが特注したのだろう。もちろんサインはなかったが、エンジェルには誰の作品か予測がついた。

しかし、あちこちに飾られた白い薔薇の巨大な花束は、ひどく場違いに見えた。なぜ白を選んだのだろう。なぜ赤にしなかったのか。もしくはショッキングピンクの百合でもいい——この屋敷の雰囲気に合う超倒錯的な花がほかにあるのに。エンジェルはふだんはインテリアデザイナーとして働いているため、その場に不釣合いなものが気になってしまうのだ。

もっとも、ウォルター・ボーゴラのような男の依頼を引き受けるつもりはないが。

メイシーがトレイからシャンパンを取り、それを運んできたウェイターは掘り下げリビングの人混みの中へ消えていった。「そのドレス、すてきだなっていつも思っていたのよ、エンジェル」メイシーが言った。

エンジェルはにっこり笑った。「ありがとう」ウエストの位置が高いピンク色のドレスは、泥棒だった時代に着ていたお気に入りのものだ。セクシーなうえに、太ももにつけた銃のホルスターや金庫破りの道具をうまく隠してくれる。道具は、ＭＰ３プレイヤーに偽装してあった。

　エンジェルは道具をどうしても処分できずにいた。泥棒をやめてもう何年も経つのに、道具はまだ彼女の一部のような気がした。とはいえ、それをまた使うことになるとは思ってもいなかった。

　エンジェルは五年前に生き方を改め、インテリアデザイナーとして新たにまっとうな人生を歩みはじめた。新しい人生を誇りに思い、家族との関係を築き直そうとしている自分に満足している。

　そんなエンジェルが今、パーティ会場でアドレナリンをたぎらせながら、盗みを前に気持ちを引きしめていた。

　この仕事にいまだ興奮する自分が嫌だった。

　メイシーはブランドもののドレスを着ていた。エンジェルには見覚えのない、体の線がはっきり出る銀色のドレスで、メイシーの肌に映える。昔はメイシーがどんなドレスを持っているかすべて把握していたが、幼馴染たちはエンジェルとは別の道を進んだのだから仕方ない。けれどメイシーの髪型だけは変わっていなかった。明るいブロンドに染めたベリーショートで、縮れた髪をいくつもの小さな束にまとめ、ところどころに宝石がちりばめられていた。

「あの男は警戒対象かしら？」メイシーは何事も見逃さない。「ボーゴラの用心棒にしては頭がよさそうだと思わない？　あなたを誘いたいのなら、そう言ってくるはずだけど」

エンジェルは何食わぬ顔を装った。「ただの用心棒だと思うわ。知らないけど」

「あら、あなたのタイプなのね」メイシーが笑った。

「やめてよ」

「ダダダーン」メイシーがからかうように言った。「危険な男、発見」

「やめてったら」

「こんな時間に自滅型の不良男を見つけるなんてね。エンジェル、行動開始よ」

「くだらない。ちっともおもしろくないわ」

エンジェルの男運の悪さは、昔から仲間内でよくジョークの種になっていた。厄介な男かどうかを知りたければ、エンジェルが気に入るかどうかを確かめるだけでいい。危険な男探知機。仲間たちはエンジェルのことをそう呼んでいた。

エンジェルが惹かれるのなら、その男はおそらく傷ついた過去があるか、不良か、呪われし悪党ということだ。相手を破滅させる、救いようのない男。

だからエンジェルは、自分が惹かれる男とはもうつき合わないことにしていた。このポリシーのせいでセックスライフは冴えないものになったが、生まれ変わったエンジェルはトラブルを避けることしか考えていない。どのみち、好みの男とはあまり出会わなくなっていた。本物の危険な男と出会いたければ、こういったパーティに来るしかないからだ。

確かに彼はすてきだったが、エンジェルにはちゃんとわかっていた。彼女の探知機を狂わせる男などいない。彼はどのくらい自滅の道を歩んできたのだろう。エンジェルは皮肉めいた考えをめぐらせた。

彼の過去などエンジェルの知ったことではないが。

「ボーゴラの用心棒だとしたら厄介だわ」メイシーが言った。

「用心棒みたいに見えるけど、残忍ではなさそうね。ボーゴラの用心棒なら残忍なはずよ」エンジェルが応じた。

メイシーがほほえむ。「さすが、われらの動物行動学者ね」

「やめてよ」

「悪党を手懐けるのはお得意でしょう？」

「いいかげんにして」

プールのほうから騒がしいどよめきが聞こえてくる。メイシーが意味ありげにエンジェルを見た。「人間のくずから略奪することに、少しくらいは興奮しない？　アドレナリンが騒いでるはずよ」

「アドレナリンが騒いでいるのは、アギーおばさんの無事な姿を見たいからよ」

「はいはい、あなたはアギーおばさんのためにここにいるのよね。でもこの仕事が嫌いなふりはなしよ。快感でしょう？」メイシーが声をひそめた。「盗んだ宝石を手にのせたときの、ぞくぞくする重み……」

「夜は寝るほうがいいわ」エンジェルが言い返した。「そのほうが自分を好きになれるから」

メイシーはプールを眺めていた。エンジェルの嘘が聞こえただろうか。多分、聞こえたはずだ。

まっとうな仕事をしているのに、エンジェルはリッチな宝石泥棒のときほどは気分が晴れなかった。五年間も償いの生活をしてきたのに、いまだに自分を好きになれない。

**美しさは表面だけだが、醜さは骨の髄まで。**

その醜さは決して消えないのかもしれない。エンジェルが楽な気持ちになれるのは闇にまぎれているときだけだ。「自分を好きになりたいの」繰り返せばそれが現実になるかのように、もう一度エンジェルは力なく呟(つぶや)いた。

メイシーが振り向いた。「私はあなたのことが好きよ」

エンジェルは鼻で笑い返したが、本当は泣きたかった。昔の仲間たちがどうしようもなく懐かしかったのだ。

それにメイシーの指摘は正しい。エンジェルは闇にまぎれて特技を発揮するのが待ちきれなかった。誰にも解除できない金庫を破る喜び。エンジェルがどれだけこの仕事を懐かしく思っているか、仲間たちはわかっていない。ついでに認めてしまうなら、エンジェルは部屋の片隅にいるあの危険な男が欲しくてたまらなかった。

仕事を片づけて、さっさと脱出するのよ。エンジェルは自分を叱咤(しった)した。

家族の信頼を取り戻すには、まだ努力が必要だった。エンジェルの両親と祖母(アブウェラ)は、家族に恥をかかせた彼女を許そうとしている。感謝祭の日には実家のパーティにまで招待してくれた。彼女がもとの仕事に舞い戻ったと知ったら、きっと怒るだろう。しかしエンジェルは、メイシーのおばであるアギーを助けるためならなんでもするつもりだった。彼女にとってアギーは第二の母親のような存在だったからだ。フレッシュボーイズと名乗るギャング団がアギーおばさんを誘拐し、ボーゴラのダイヤモンドを身代金として要求した。ダイヤモンドは、ボーゴラの寝室にあるフェントン・フュルスト型金庫に保管されている。鉄壁を誇る、その珍しい型の金庫を破れる者は多くない。不幸なことに、エンジェルはそのうちの一人だった。

「自然に振る舞ってね」メイシーが油絵の一枚を眺めながら言った。「あの趣味の悪い芸術品を、インテリアデザイナーのあなたはどう評価する?」

エンジェルはうつろな笑みを浮かべた。「すばらしいわ。インテリアは家主の趣味と性格を映しだすものよ。私に任せてもらえるなら、もっと悪趣味なものを飾ってあげるのに」

メイシーの顔に満面の笑みが広がった。「エンジェル、会いたかったわ。あなたの想像力にはいつも感動していたものよ」

「やめてよ」

メイシーがエンジェルの肩に手を置いた。「ロンダにできるなら、彼女に頼んだんだけど」

「わかってる」

ロンダは金庫破り担当の新しい泥棒仲間だが、複雑なフェントン・フュルスト型を解除できない。エンジェルは肩をすくめた。「友情出演ってわけね」

メイシーがエンジェルの肩から手を離した。「仲間から抜けるのは、死ぬときだけ」

エンジェルがよく口にしていた言葉だ。

エンジェルはまだ男の熱い視線を感じていた。新しい生活を送る彼女を、男がどこかで見かけたとは思えない。エンジェルが惹かれるような不良男は、彼女にはおなじみとなった高級家具店やロサンゼルス郊外の豪邸には出入りしない。彼らは大抵、いるべきではない場所に生息し、やがては遺体となって陰気な場所に転がることになるのだ。

それはともかく、今夜のエンジェルは胸に詰め物を入れ、派手なメイクをしているので、ふだんとは別人に見える。

それにもし会ったことがあるのなら、エンジェルのほうがあの魅力的な男を覚えているはずだ。

ホワイト・ジェニーが近づいてきて、二人に腕を回した。「まだ二人の用心棒が巡回しているわ。一周するのに十二分から十五分くらいかかってる」

ホワイト・ジェニーはクリームのような白い肌に明るいブロンドの髪をしていて、エンジェルやメイシーと比べると、青白く官能的な乳搾り女みたいだ。三人は娼婦のふりをしていたが、ジェニーはふりをしなくても自然にそう見えた。彼女は三人が親友になった中学生の頃から娼婦みたいだった。中学のときに、貧しくて頭がいい三人の早熟な少女たちは結束し、ウィローファーム養鶏場周辺の粗末な団地から抜けだして夢の生活を送ろうと誓ったのだ。

「用心棒は一人ずつ回っているの？　合流はなし？」メイシーが訊いた。

「合流はしないわ。家の北側は五分だけ無人になる。毎回、五分だけよ」

「あいつら、首尾一貫してるわね」メイシーがうんざりだとばかりに茶色い目をしばたたいた。

ジェニーとメイシーが対外セキュリティについて話し合う間、エンジェルはもう一度、男を盗み見た。男の灰色の瞳をじっと見つめてしまい、エンジェルの心臓が激しく打ちだす。男の目は冷たさと激しさを同時に装っていた。苦痛と炎が混ざり合っているみたいだ。エンジェルの肌が熱くなる。

「タイプの男は見つかった？ いつもそうだったでしょう、こんなパーティで見つけるのよね！」ジェニーが言った。

エンジェルが目を閉じる。「仕事の時間よ」

「好みの男がいると、必ず性欲が湧くのよね。どこにいるの？」ジェニーが尋ねた。

「仕事に集中しましょう」エンジェルが答えた。二人との再会に胸が切なくなる。あまりにも気が合うからだ。二人はエンジェルのことをよくわかっている。二人が懐かしかったが、一緒にはいられない。

「新しい生活で彼氏はできたの？」ジェニーが訊いた。

「全然よ」エンジェルが答える。

「この五年間でセックスは？」

「もう仕事に集中しててよ」

「あら！ 一回もしてないのね」

「二時の方向にボーゴラがいるわ」メイシーが小声で言った。

三人の笑いが止まる。

この屋敷の所有者、ボーゴラ本人が近づいてきた。エンジェルはこっそり彼に視線を向けた。

ボーゴラは筋肉質の剛健な男で、灰色がかった茶色い髪に赤い鼻、はしばみ色の潤んだ目をしている。シャツは半分だけズボンに押しこまれ、引き連れている三人の女性のうち、二人のドレスが精液でてかてか光っていた。ボーゴラのような男は、自分の精子を貴重な贈りものだと思っているのだろう。

吐き気がするわ。

ボーゴラと女性たちはまるで王族が臣下に挨拶するかのように、すべてのグループごとに立ち止まった。

四人が近づいてくると、エンジェルは気分が悪くなった。ボーゴラが立ち止まり、ホワイト・ジェニーの頬に指を滑らせる。これは今夜の山場の一つだ。ボーゴラに気に入られてしまえば、ここから無事に出られなくなる。三人は仕事のためにセックスはしない。少年院にいた頃に決めたルールだ。

「パーティを楽しんでいるかな？」ボーゴラが尋ねた。

ジェニーがほほえんで答えた。「もちろん」赤いリップが、青白い肌に広がる血みたいだ。

ボーゴラが今度はメイシーの手を取ってキスをした――ちょっぴり舌を這（は）わせる。

「黒い（エボニー）王女」

メイシーはにっこり笑ったが、返事はしなかった。ボーゴラは史上最悪のげす野郎だ。芯がなくて、つかみがたい。背筋がぞっとする。

メイシーの手を握ったまま、ボーゴラがエンジェルのほうを向いた。「かわいい（チキータ）王女」

エンジェルはラテン系だ。まっとうな人生を歩むようになってからも、相変わらずそのことを言及される。白人男性の中には、ラテン系に関するくだらないことを言いたがるやつがいるのだ。

エンジェルはほほえみながら、もうすぐこの男の宝石をちょうだいするのよ、と考えて自分をなだめた。

「お嬢さんたち、どうぞ楽しんでくれたまえ」そう言うと、ボーゴラは三人の女性を従えて離れていった。

「もう手首を切り落としても大丈夫かしら」メイシーが小声で呟く。

「舌を這わせたわよね？」エンジェルが訊いた。

メイシーがおかしな具合にまぶたを伏せた。うんざりしたときのお決まりの表情だ。

「吐き気がするわ」エンジェルが今度は声に出して言った。

「黒い（エボニー）王女にかわいい（チキータ）王女ですって、何様のつもりよ。この屋敷をめちゃくちゃにしてやりたいわ」

ジェニーがエンジェルを見て言った。「道徳的に考えても、あいつの宝石を奪ってぎゃふんと言わせてやりたいって思わない？」

エンジェルはボーゴラが次のグループに挨拶するのを見ながら答えた。「みじんも後悔しないと思うわ」

数分後、シェフのジョコーがトレイを持ってゆっくり近寄ってきた。

「どうしたの？」メイシーが訊いた。

「お一つどうぞ」ジョコーがシュリンプロールを差しだした。

「どこの？」メイシーが一つ手に取りながら尋ねた。おそらく鍵が入っているのだろう。ジョコーはシェフに扮（ふん）した潜入員で、屋敷内外の見取り図を用意したのは彼だ。宝石以外に何か手に入れれば、ジョコーもそのおこぼれにあずかることになっている。

「セキュリティ制御室のポケットドアに鍵がかかっているが、それがあれば問題ない」そう言って、ジョコーはジェニーを見た。「シュリンプロールをどうぞ」

ジェニーは浮かない顔をした。鍵のかかったドアが予定外に増えるのは困る。

ジェニーはいつも、泥棒に入る前にその建物のバーチャルモデルを作る。仕事の手順を一挙手一投足シミュレーションするためだ。

盗みに入る前に、盗む。

それが彼女のモットーだ。その日の午後も、ジェニーは彼女の言うBIM——建築情報モデル（ビルディング・インフォメーション・モデリング）という新しい高性能ソフトをエンジェルに見せてくれた。三人はそのバーチャルモデルをもとに今回の仕事をシミュレーションしてきた。

それなのに、もう一つ鍵のかかったドアがあるなんて。計画が狂ってしまう。

「ほかにも鍵のかかったドアがあるかもしれないわね」ジェニーがシュリンプロールを取り、料理のことを訊いているふりをして言った。「予定外のものがあるかもしれない。最悪だわ」

「もう予定外のものはない」

「ジョコー、私から見て右側に、噴水を背にして立っている男がいるでしょう。明るい茶色の髪で眼鏡をかけた、いけ好かない専門ばかみたいな男。何者かしら？」

「警備チームの一人さ」

「そんなはずないわ」エンジェルが言った。ボーゴラの警備チームは残忍だという噂だ。冷酷きわまりないと聞いている。エンジェルは目を細めて男のほうをうかがった。腑に落ちない。彼女の危険な男探知機に従うと、いつも自滅型の男に導かれる。怒りが自身に向かうタイプで、他人に対して残忍なタイプではない。

「間違いない。もう何カ月も警備チームにいる男だ」ジョコーが言った。

「でも彼、ずっとエンジェルを見ているのよ。お楽しみの相手を探しているのかしら？」メイシーが訊いた。

「さあ、それはどうかな。警備は厳重で、今夜は全員が任務についている。休憩時間はあるけどね」そう言って、ジョコーはほかのグループにシュリンプロールを勧めに行った。

「なんなのよ。休憩時間にエンジェルと楽しみたいのか、エンジェルの正体に気づいたのか、どっちなの」メイシーが言った。

「でも私たちが怪しまれる理由なんてないじゃない」ジェニーが言い張った。「まだ何もしていないのに」

エンジェルはグラスの底に沈んだライムを見つめた。「おかしいわね。私のタイプの男に残忍な人は今までいなかったんだけど。まったく別のタイプよ」エンジェルが顔を上げると、幼馴染二人がじっと自分を見ていた。待っている顔だ。「もう、わかったわよ」エンジェルがため息をつく。「探ってくればいいんでしょう」

用心棒の注意を引いてしまったのなら、その目的がセックスなのかどうか確かめる必要がある。そのためには男に話しかけるしかない。

彼女の探知機が狂ってしまい、相手がどのタイプの不良か判断できなくなったのだろうか？

「エンジェル、助けが必要になったら合図してね。ちゃんと見てるから。怪しまれているなら計画を変更するわ」ジェニーが言った。

ジェニーはいつも面倒見がいい。かつては仲間がすべてだと思っていた。

エンジェルが振り向くと、男が見ていた。

笑いかけてみる。男は笑みを返さず、冷たい目でじっと彼女を見つめていた。

またとろけそうになりながら、エンジェルは仲間を振り返った。男に心を奪われている。ここからは駆け引きの始まりだ。

「助けが必要なら合図するのよ」メイシーが言った。足を後ろに蹴り上げるのが合図だ。三人はそれをヒールヒップと呼んでいる。

「了解」エンジェルは空になったグラスを片手に、男のほうへ歩いていった。彼は近づいてくる彼女から視線を外さなかった。

男は長めの前髪が目に入らないように首を少し傾けていた。きちんとした髪型にする必要などないのだろう。無精髭も何日か剃っていないらしい。

動悸が激しかったが、エンジェルはそんな素振りも見せずにほほえみかけた。小首をかしげて自己紹介する。「エンジェルよ」

「なんだって？」

「エンジェルっていうの」

「本名か？」

「そうよ、ベイビー」口をとがらせて娼婦を演じる。

「おい」男が通りがかったウェイターに声をかけた。「飲みものは？」エンジェルの空のグラスを指して訊く。

「ジントニックをお願い」エンジェルが答えた。

男がグラスを受け取ったとき、二人の指が触れた。エンジェルの指に熱い電気が走り、体の中心を撃ち抜かれた気がした。

男が空のグラスをトレイに置くのを見ながら、エンジェルは胸を高鳴らせた。「ありがとう」ウェイターがその場を去る。

近くで見ると、男の顔にはうっすらとそばかすがあり、目には苦痛と炎が浮かんでいた。初めて会った気がしない――その感覚が怖かった。確かに初対面なのに、その目や表情には見覚えがある。男は何かに溺れていた。このタイプの男のことはなぜかわかるのだ。本能的なレベルで。

彼は必要以上のスペースを取って立っていた。彼みたいな男にはよくあることだ。自己中心的なタイプ。それなのになぜか、エンジェルはこの男を助けてあげたい気持ちになった。

エンジェルはなんとか冷静さを装った。怪しまれているのかしら？　それを確認しなければいけない。

眼鏡の上に落ちてきた髪の束を、男は頭を振って払った。視界から彼女を遮るものは邪魔だと言わんばかりに。「それで、何をお望みかな？」彼がからかうように言った。

集中するのよ。エンジェルは自分を奮い立たせた。私は、相手が用心棒だとは気づいていない娼婦。

エンジェルが肩をすくめると、男が少し足を開いて言った。「こっちに来いよ」

「遊びたいの？」心臓がばくばくする。オタクには見えないし、ボーゴラの警備チームの一員にも見えない。ただ一つわかったのは……性的に惹かれているということだ。彼とは相性がいい。相手の感覚が伝わってくる。

「こっちに来るんだ」

エンジェルは距離を縮めた。合図をすれば、二人が駆けつけてくるだろう。でも彼の関心が仕事上の関心なのか、性的な関心なのか、まだわからなかった。本物のポーカープレイヤーだ。

彼がエンジェルの胴着(ボディス)の上縁に指を引っかけ、自分のほうへ引き寄せた。エンジェルはされるがままに近づいた。触れられた感覚がたまらない。

「こんな騒がしいパーティには悪い女がたくさんいる」唇が近すぎて、エンジェルの欲望がはちきれそうだった。でもそれより気になったのは、物事を見透かしているような彼の目だ。

「ここに来てるほかの悪い女のことなんてどうでもいいわ。くっだらない」わざと娼婦らしい蓮っ葉な口のきき方をする。

彼がさらに注意深くエンジェルを観察した。男からにじみでる知性にたじろいでしまう。

エンジェルは目をそらして俯いたが、今度は彼の精悍な鼻と唇が視界に入ってきた。はいはい、お次はセクシーな唇ね。

キスされる前に、エンジェルはそれを察した。

まるで見えない力が働いたかのように、宇宙に定められていたかのように起こるキス。彼に引き寄せられ、エンジェルの鼓動が激しくなる。彼は唇が触れ合う寸前に一瞬動きを止め、彼女に体のほてりを感じさせた。

次の瞬間、彼の唇がエンジェルの唇を塞いだ。

軽いが濃厚なキスだった。まるで夏の霧のように色濃く、魔法がかかっていた。確かにあると思ったのに、気づいたら消えている霧のように。「ここにはルールがある」彼がキスをしながら囁(ささや)いた。

パニックと興奮が同時に襲ってくる。

パーティに来た娼婦は、性的な関心ってことね。

ルールを気にするということは、誘われたら相手が誰であろうとセックスするというルールだ。どういうわけか、エンジェルはお決まりの〝先約の客を待ってるの〟という言い訳が彼には通用しない気がした。

エンジェルは頭の悪そうな表情を浮かべた――この男はばかな女を嫌がるだろう。そういうタイプだとわかった。「ルールって？」

彼はエンジェルを見つめて、親指を彼女の唇に当てた。温かく親密な感触。エンジェルは顎を上げ、彼の親指をほんの少し口の中に含んだ。あらゆる意味で甘く危険な味がした。身を任せる気はなかったが、どうしようもなく彼が欲しかった。

どうでもいいわ。手に入らないものを欲しがるのは彼女の癖だ。

彼が親指を唇の端まで滑らせてから離し、エンジェルは相手の野性的な目をまた見上げるという間違いを犯した。背筋が伸びる。五年も男なしの生活を送ってきたのだ。もう五年も!

二人に合図を送るべきだったが、ちゃんと確かめないといけない。だって、どういうことか知りたいんだもの。それとも、さっさと盗みをすませて逃げるべきかしら?

彼がエンジェルの唇をつまんで、鼻を彼女のそれにすり寄せた。鼻の動かし方までセクシーだ。

彼がまたキスをしてきて、エンジェルはゆっくり目を閉じた。今度は貪るようなキスだ。舌が入ってきて、彼女の舌とエロティックに絡み合う。彼の指がエンジェルのヒップを滑り、太ももの間がじんわり熱くなった。支配されているような気がする。エンジェルをこんなふうに感じさせる男は初めてだ。だから興味をそそられているだけよ……彼女はぼんやりと思った。盗みの仕事……アギーおばさんを助けないと……。

そのとき、彼の指がさらに下へ向かった。

しまった。

彼が離れ、目立たないようにエンジェルの銃をポケットにしまいながら、周囲を見回した。

「何するの？」

彼が失望した表情をエンジェルに向けた。「武器は没収する。銃を所持した者を入れたことがわかったら、入り口でチェックをした男が責任を問われる」

エンジェルは俯いてドレスのラインを調べた。彼に銃が見えたはずはない。歩いても、ドレスの生地に不自然な形は出なかった――だからこそ、このドレスが気に入っていたのだ。

「銃は見えなかった」まるでエンジェルの考えを読んだかのように、彼が言った。

「じゃあ、どうしてわかったの？　好奇心から訊いているだけだけど」エンジェルは甘えるように笑ったが、本心はどうしても知りたかった。「何をヒントにしたの？」

彼がにやりと笑った。「ヒントが必要なのは素人だけだ。ウォルター・ボーゴラのパーティでは武器の持ちこみは禁止されている。招待客名簿の君の名前に預かりものの印をしておくから、帰るときに返してもらえ」

エンジェルは、彼が金庫破りの道具まで手にしているのを見てぎょっとした。ポーチを開け、イヤホンと道具本体に巻いたコードを覗きこんでいる。エンジェルは祈った――出して調べられませんように。それは小型オシロスコープ付きの超音波探知機だった。高性能金庫を破るための道具で、フェントン・フュルストのもとで訓練していたときに、技術屋に頼んでMP3プレイヤーに偽装してもらったのだ。市場に出回っているMP3プレイヤーよりは大きかったが、ふだんは気づかれない。でも、この男は気づくかもしれない。部屋の向こうにいた彼女の銃にまで気づいたのだ。どうして気づいたのだろう。歩き方だろうか。彼がポーチを閉じて、会場を見回した。

「どうしてこんなものを持ってきた？　セックスしながら音楽鑑賞か？」

「ときどきね」彼女は答えた。

彼が理解できないと言いたげに眉をひそめた。

「試してみる？」エンジェルが訊いた。

「仕事中だ」

「私もよ」

「やりながら音楽を聴くなんて聞いたことがない。男は女が自分に集中していると思いたがるものだろう？」

彼の言うとおりだ——確かに、少しばかり妙な話に聞こえる。しかし前言は撤回できなかった。彼を納得させなければいけない。彼は頭がいいみたいだが、エンジェルだって頭がいいのだ。

エンジェルは肩をすくめて言った。「やりながら聴きたい曲を選ばせてあげるの。試してみたら意外といいわよ」

「たとえば？　どんな曲を選ぶんだ？」

頭のいい男はこれだから困る――なんでもかんでも知りたがるのだ。エンジェルは、この男も知りたがりが原因で、陰気な場所で遺体となって転がることになるのだろうかと思った。彼がボーゴラの用心棒だなんて、まだ腑に落ちなかったが、どうやら本当らしい。

「どんな曲だよ？」彼がしつこく訊いてくる。

エンジェルはあれこれ考えをめぐらせた。男が選びそうな曲？　何も浮かばない。そもそも、この話自体がばかげているのだから。いや、彼はエンジェルのことを娼婦だと信じ、セックス中にどんな曲を聴くのか知りたいだけだ。彼女はほほえんで、指を男の胸に当てた。「そうね……ABBAでないことは確かよ」

彼が笑いをこらえるように唇をゆがめた。

エンジェルはすかさず道具を取り返した。「本当に遊びたくないの？」

けだ。

「ああ」そう言って彼は離れ、パーティの監視に戻った。まるでスイッチを切り替えたかのようだ——関心モードから却下モードに。もうエンジェルがそこにいないかのように。少しばかり彼女を味見して、銃を取り上げたら、あとはもう用なしというわけだ。

本当に娼婦だと思われたのね。確かに、そう思わせたかったのだけど……。

「行けよ」彼が言った。

エンジェルは顔が熱くなるのを感じた。行け、ですって？　彼女は踵を返して彼から離れた。自分が愚かに思えてくる。

「げす野郎に銃を取り上げられたわ」エンジェルは仲間のところに戻って言った。

「最悪！　持ってこなくてよかったのに」メイシーが返した。

「あんな抜け目ない男に取られるなんて思わなかったわ。ここにいる人間の半分は、何かしら持ちこんでいるはずなのに」

ジェニーは当惑した表情を浮かべた。「ずっと見ていたけど、取り上げられるところは見えなかったわ」

「でも取ったのよ」

「気に入らないけど、セクシーな取り上げ方ね」ジェニーが言った。

エンジェルは銃のほかにも何か奪われたような気がした。たとえば、プライドとか。悔しいけれど、彼が憎いと同時に欲しくもあった。懐かしい感覚だ。「ただのブタ野郎よ」エンジェルは言ったが、まだ動悸がおさまらなかった。「せめてもの救いは、私のことを娼婦と信じてくれたことね」

メイシーが難しい顔をした。「でも銃を返してもらいに行かなければ、怪しまれるわね」

計画では、内部から潜入したあと屋根を伝って逃げるはずだったのだ。正面玄関から帰る予定ではなかった。「一度出てから、忘れ物を取りに帰ってきたふりをするしかないわ」メイシーが言った。

「本気で言ってるの？」ジェニーが訊いた。「あの変態から盗みを働いたあとに、ここへ舞い戻るなんて」

「でも銃を取り戻さなければ、余計に怪しまれるもの。宝石泥棒の容疑者だってすぐに勘づかれるわよ」エンジェルが言った。

「じゃあ、酔っ払った娼婦のふりをするしかないわね。きっと大丈夫。何か盗られたことにしばらくは気づかないはずよ。そうするしかないわ。うまくやらなきゃ」メイシーが言った。

確かにそれしかない。フレッシュボーイズは、ボーゴラの希少なダイヤモンドを手に入れるまでアギーおばさんを解放しないだろう。ほかのダイヤモンドではだめなのだ——メイシーが交渉しようとしたが、無駄だった。

フレッシュボーイズは、殺しはしないが悪いやつらの集まりで、ボーゴラを恨んでいる。ボーゴラ本人はフレッシュボーイズのことなど知りもしないのではないかとエンジェルは思っていた。数十億を稼ぎだすボーゴラの犯罪と比べたら、フレッシュボーイズは雑魚にすぎない。

メイシーがエンジェルを見て言った。「フレッシュボーイズに後悔させてやるわ。絶対に」

「もちろんよ」ジェニーが同意する。

あの下劣な連中にアギーおばさんを捕らえられていると思うと、三人は我慢ならなかった。しかもおばさんが捕まったのは、彼女たちの責任でもあった——連中は彼女たちがここ数年でやってのけた仕事を嗅ぎつけ、三人ならボーゴラのダイヤモンドを手に入れられると考えたのだ。

それに宝石泥棒が警察に助けを求めるわけにはいかない。

アギーおばさんはどんな扱いを受けているのかしら。エンジェルは想像した。きっと怖がっているに違いない。早く家に帰りたいだろう。連中は、おばさんが持病の薬を持ってくるのを認めたらしい。それは小さな慰めだ。

「本当にフレッシュボーイズを痛い目にあわせたいの?」エンジェルが訊いた。

「おばさんが解放されたら、痛めつけてやるわ」ジェニーが答えた。「あなたの彼がまたこっちを見ているわよ」

「私の彼じゃないわ」エンジェルはむきだしの肌に震えを走らせながら言った。

## 2

男はエンジェルが自分の手中から逃れ、友人二人と歩み去るのを見つめた。気になったのは彼女の色気だけではない。感情を抑えた暗褐色の瞳や、なめらかな頬、光りもので飾った黒髪でもない。何よりも、彼女の秘密だ。

コールは秘密が得意だ。

彼は解けない秘密に出会ったことがないし、エンジェルは秘密の宝庫だった。だから惹かれたのだ——あの目は秘密にあふれている。娼婦特有の秘密ではない。娼婦は相手と秘密を共有し、それを誘惑の手として使う。つまるところ、本物の秘密ではないのだ。

あのエンジェルという女は娼婦ではない。内に秘めたものがあるようだった。ただの秘密ではなく……彼女の世界そのものが隠れていたのだ。

その世界に入りたかった。

しかし彼は目をそらした。自分の相手じゃない。

集中力を失うわけにはいかなかった。

コールが警備チームに加わったとき、ボーゴラは彼をオフィスに呼んで、脅し文句とルールを並べ立てた。そして、二人の下に敷かれたオリエンタルラグは値段がつけられないほど高価なうえに、洗いやすいのだと言った。

言いたいことは明らかだった――このラグの上で何人も殺してきたし、そのことを知る者は誰もいないという意味だ。おそらくボーゴラは正しいのだろう。

ボーゴラはラグになぞらえて、自分の犯罪についても匂わせていた。大きな金が動き、始末がつけやすいということだ。

正真正銘の悪党。

確かにボーゴラは何年ものさばっている。コールがそれに終止符を打つのだ。

ヒントが必要なのは素人だけ――コールは自慢のつもりでエンジェルにそう言ったのではない。コール・ホーキンスは数学の天才で、システム理論の専門家だ。

コールが所属するスパイ組織アソシエーションのボスは、彼のことを〝混乱を解くシャーロック〟と呼んでいる。ほかの人間なら見落とすようなパターンでも見破れるからだ。

ふつうの覆面捜査員なら、麻薬を乗せた船がどこからどこへ向かっているのかがわかる。

でもコールなら、警察の捜査がどのように麻薬供給ルートを変更させるかまでわかる。連中が疑心暗鬼に陥り、直線をねじ曲げるやり方までわかるのだ。

コールの方程式を使えば、まるで難解な数独を解くように、点と点を結んで闇の組織をまるごと暴くこともできる。

コールはそういった意味では確かにオタク野郎だった。しかも危険なオタクだ――少なくともボーゴラにとっては。

コールはボーゴラの倒錯世界を破滅させるために潜入していた。ボーゴラを屈服させるために、コールの方程式を使うのだ。

今この瞬間、自分がいかに危険な立場にあるかは、方程式を使わずともわかった。この屋敷内でどれだけ物騒なことが行われているかを知ったら、アソシエーションは即座にコールを連れ戻しただろう。

あと一晩。あと一晩だけ危険を冒してみるつもりだった。

なぜなら、太平洋のどこかで高校生を詰めこんだ船がアメリカに向かっているからだ。彼らはアメリカの学校で奨学金を得たと騙されて、大陸の向こう側から運ばれてくる。

奨学金なんて嘘だ。

彼らは想像を絶するほど忌まわしく屈辱的な死に向かっている。コールが船の入港地を突き止めるためのパズルを解かなければ、彼らには死が待っているのだ。

パーティのあとに調査するつもりだった。あと一晩だけ。しかし、彼はもう一週間もそう自分に言い聞かせてきた。

エンジェルの銃を見破るのは簡単だった。立ち方を見ればわかる。それに彼女は右利きなのに、左手でグラスを持っていた。すぐにつかめる位置に銃を隠す女。供給と運搬。脳内の弾丸。

すべてシステム理論で解ける。

それにしても、彼は疲れていた。

女の銃などどうでもよかった。娼婦のふりをしていたことも、どうでもいい。あの

MP3プレイヤーが音楽を聴くためのものじゃなかったとしても関係ない……多分、録音装置だろう。彼が気になったのは、エンジェルの秘密だった。

コールは秘密のある女が好きだ。秘密を解くのが好きなのだ。愚かな道楽。状況はあまりにも危険で、絶望的で、おまけに彼は疲労困憊(ひろうこんぱい)していた。だから……彼女に触れてみたかったのだ。キスをして、自分にご褒美を与えたかった。つかの間の休息というわけだ。

そう、彼には休息が必要だった。国を横断中のドライバーが少しだけ目を閉じたいと考えるように。エンジェルにキスをするつもりはなかったのに、すっかりやられてしまった。

コールはエンジェルから目をそらし、せめて招待客を監視するふりをしようとした。彼女に気を取られている場合ではない。ただでさえ疑い深いボーゴラにこれ以上怪しまれるわけにはいかないのだ。

エンジェルの友人二人も娼婦には見えなかったが、話してみないと確信は持てない。コールはABBAのジョークを思い出して笑った。ひょっとすると彼女は観光客か何かで、危険なセックスを少し試そうと思っただけかもしれない。

それとも私立探偵の類だろうか。もう少し話してみればわかっただろう。しかしコールはその考えを振り払った。彼女が何を企(たくら)んでいようが、自分には関係ない。

メイプスが近寄ってきた。「スターンバルはどこにいる?」

「外回りだ」コールが答えた。

「外は見ものだぜ。娼婦がうようよいる」メイプスがぶつぶつ言った。

「プールの見回りは飽きたか?」

メイプスが肩をすくめる。持ち場を代わってほしいみたいだが、コールに借りを作るのが嫌で、率直に頼めないのだろう。メイプスはコールをライバル視していた。だから油断できなかった。

メイプスは元汚職警官で、警備チームのほかの連中より頭が切れる。それもこの男を警戒する理由の一つだ。

メイプスがコールをライバル視するのはばかげている。ボーゴラの警備チームでコールが昇進したがるなんてありえないからだ。この九カ月でコールの地位が上がったのは、部署を異動されず、殺されもしなかったからにすぎない。昇進など望んでもいなかった。地位が低ければ低いほど、目立たなくてすむからだ。

もっとも潜入員によっては、組織内での高位が必要な場合もある。上層部に接近するためだ。

しかしコールに高位は必要ない。

コールに必要なのは、組織内をうろつきながら訳のわからない情報のかけらを集め、闇の方程式に当てはめることだけだ。

コールは過去に何度かメイプスに花を持たせようとしたが、かえって怪しまれてしまった。

「新鮮な空気が吸いたいな。交代してくれるか？」コールがそう言うと、メイプスが仕方なさそうに答えた。「了解」

コールはゆっくりとパティオに出た。エンジェルからさらに離れ、身をうずめたくなるほど魅惑的な彼女の秘密からも遠ざかった。

トップレスの娼婦たちがプールでバレーボールをしている。トップレスバレー観戦はボーゴラのお気に入りだ。ばからしいが、無害な趣味とも言える。

あの男の陰惨な趣味に比べれば、かわいいものだ。

コールは船に積まれた高校生たちに思いを馳せた。彼らは東南アジア出身のようだが、旧ソビエト出身の可能性もある。それを解くための方程式に当てはまる情報がまだない。一つ確かなのは、彼らがあと五日で到着するということだ。その後は行方不明になるだろう。ボーゴラは、暴力的でグロテスクなセックスのあとに死を迎える殺人フィルムを撮っている。撮影場所はおそらくトラックや船のコンテナ内、移動スタジオだ。

コールがここに潜入した当初の目的は、ボーゴラのほかの活動を調べるためだった――ミャンマーから送られてくる性奴隷を調査していたのだ。その活動については比較的早く目星がついた。しかし調査をするうちに、殺人フィルムに気づいたのだ。性奴隷よりも綿密に隠された秘密に。

フィルムの直接的証拠を見つけたわけではない――彼らの活動を観察していて、何が行われているのか気づいたのだ。胴体があれば、その腕の先に手があるとわかる。それと同じ、単純なことだ。

コールは、もう少しここに残って殺人フィルムについて突き止めたいと、アソシエーションのボスであるダックスに頼んだ。ダックスは大賛成だった。

アソシエートと呼ばれる組織のメンバーは、潜入先に疑われないように何年も潜入し、考えられないほど小さな仕事を続けることもあれば、考えられないほど大きな仕事をすることもある。小さな陰謀に手を貸すこともあれば、大きな陰謀を妨害することもある。情報をリークしたり、必要とあらば相手を殺したりもする。

表向きは、政府はアソシエーションについては知らないことになっているが、実際のところ、彼らは国際的な犯罪と闘う中心的存在だ。

人生の問題を解いたり、悪を解明したりするのは、数学の方程式を解くようなものだと考えるほどコールは愚かではない。しかし内心、彼はそうした問題をどうしても解きたかった。物事のバランスを取りたかった。卵をパックから取るときも二つずつ、しかも真ん中から取るような男なのだ。収支表も小銭単位でつける。だから不正は、人としてだけでなく、数学的にも許せなかった。

不正は誰かが代償を払うことを意味する。

ボーゴラは絶対に償うべきだ。

コールは、ボーゴラと手下の暗殺者たちが自分たちの犯罪を笑い飛ばしているのを見たことがある。ここの連中は間違いなくモンスターだ。

警察機関の専門家たちは、犯罪者が何を考えているか知るために心理学のコースを履修するらしいが、コールにとっては滑稽な話だ。彼は生まれたときから心理学を学んでいた——麻薬中毒だった両親のおかげだ。麻薬中毒の親ほど巧みに心理学を教えてくれる学校はない。

コールが育ったような家庭では、両親の機嫌や考えを瞬時に読み取らなければ、おしまいだった。家に出入りする残虐な大人たちにも注意しなければならない。彼は何度か変質者の餌食になってから、やっと存在感を消す方法を学んだ。その後、相手に償わせる方法も学んだ。

それに治安の悪い地域では、オタクで戦い方も知らないやつは生きていけない。勉強の虫は、いつもからかってくる悪ガキやギャングよりも強くなる必要があるのだ。連中は眼鏡や書物を見かけたら、殴ってやろうと考える。コールはそうしたイジメ問題も解決してきた。

コールが成長すると、両親を訪ねてくるおかしな連中は彼を信用するようになり、あらゆる種類の惨めな生活について話して聞かせた。彼らがどんなことに反応し、どんなことに苛立ち、どんなことをきっかけに行動を開始するのか、コールはすぐに見抜けるようになった。

コールが十五歳のとき、親がでたらめな訴訟を起こして六桁の和解金を勝ち取った。二人は生き方を変えよう、引っ越して新生活を始めようと約束した。愚かにも、コールは希望を抱いた。しかし、その夜コールが就寝したあとで、二人は手に入れた大金を麻薬につぎこみ、それを大量に摂取した——翌朝コールが下りてくると、二人は死んでいた。

両親が重なり合って死んでいるのを発見したときのことは、決して忘れられない。母の手に触れたとき、どれだけ冷たく感じたかも。

世界が終わったように感じた。

コールと残った和解金をどうするかは、遠縁の親戚が決めた。彼らは家の修繕や休暇に和解金のほとんどを費やし、残った金でコールをセント・ルーク士官学校に送った。そこは老朽化して荒れ果てた寄宿学校で、アメリカ全土から集まった非行少年たちでいっぱいだった。数学の才能と自己防衛能力を備えていたコールは、その学校で名を上げ、アソシエーションのボス、ダックスの目に留まった。

コールは実際にダックスと会ったことはない——誰も会ったことがないのだ。しかし彼はコールをセント・ルーク士官学校から引き抜き、その身体能力と数学の才能をさらに伸ばすトレーニングを受けさせた。システム理論で博士号を取得するための資金も負担してくれた。

コールはその後、世界中で犯罪と闘うダックスの闇組織アソシエーションに加わった。組織は、ガラの悪い社会不適合者の集まりだった——皆、特殊な専門分野を持っていて、心の底に悪を住まわせている。

コールは初めて自分の居場所を見つけた気がした。

ボーゴラの活動に関わっているらしいコンテナ船会社は千三百二十九社あり、太平洋で何千もの船を航行させている。時間が迫っている今、コールは高校生たちを乗せた船を古いやり方で探し当てなければならなかった——つまり、ボーゴラのダミー会社の書類を手に入れ、そこから船の所在を割りだすのだ。コールは書類がどこにあるか見当をつけていた。

噂によると、ボーゴラは二つの金庫を所有しているという。寝室にある金庫には希少な宝石と現金がしまってあり、屋敷内のどこかにもう一つ隠し金庫があるらしい。それがどこにあるかはボーゴラしか知らない。金庫を設置した人間は全員殺された。

コールは屋敷の地下道に隠し金庫があるのではないかと踏んでいる。アソシエーションから調達したX線装置を使って、毎晩少しずつ調べてきたのだ。

コールはすでに一度、地下道で姿を見られている。そのときはなんとか装置を隠して言い訳をしたが、その夜を生き延びられたことに驚いたくらいだ。それでなくても、ここには偏執狂のボーゴラにコールへの不信感を植えつけようと狙っているメイプスがいるのだ。まったく、あの夜にここから抜けだすべきだった。

数日後、コールは屋敷の警備棟にある自室が入念に捜索されたことに気づいた。間違いなく、あのタイミングで出ていくべきだったのだ。

しかしコールは未解決の問題を残して立ち去るような男ではない。それに、もう少しで金庫の場所がわかりそうなのだ。

船に乗せられた無防備な子どもたちのことを考えろ。

書類を見つけて、子どもたちを助けなければという思いで全身がざわついた。彼らのことが頭から離れなかった。彼らは希望に胸を膨らませて乗船したはずだ。その船が苦悩と陰惨だらけの世界へ向かっていることを考えると、コールはいてても立ってもいられなかった。

隠し金庫はフェントン・フュルスト型だろう。破るのは不可能だと言われている。

それでも彼はぶち破るつもりだった。爆破が通用するのかどうかもわからなかったが、決死の覚悟をしていた。

「屋敷内で危険が迫っているように思うんだが、気のせいか?」一週間前、ダックスと話したときにそう言われた。

「小さな危険から逃げるつもりはない」コールはそう答えた。

「君には危険から逃げるという発想がないんだろう」ダックスは億万長者で、勘が鋭い。なんでもお見通しのようだ。「違うか?」

コールは黙りこんだ。ダックスの巧みな質問に答えても埒が明かない。

「君は誰よりも犯罪の仕組みを理解している。だが、君の本当の目的は内部破壊だ。白黒つけたいんだろう? 君は炎の中に答えが見つかると考えているんだ」

そう言われて、コールは言葉を失った。ときどきダックスがわからなくなる。「いや、そんなふうには考えていない」

本当にそうだろうか?

「すべてを理解するなんて不可能だぞ」

「わかっている」

「やばくなったら抜けだせよ」ダックスが念を押した。
もうすでにやばい状況だ。抜けだすべきだった。しかし彼にそのつもりはない。
コールはエンジェルを探してあたりを見回した。彼女を見て、気持ちを休めたい。
少しの間だけでいいから、美しいものを見たかった。

# 3

エンジェル、メイシー、ジェニーはトロフィールームに向かった。そこはビリヤードやダーツなどのゲームルームも兼ねている。三人はホームシアターの正面で何をするでもなく座った。スクリーンにはアダルト映画が映しだされている。座席のあちこちで大勢がセックスしていた。騒がしく、声をあげながら。

ジェニーがエンジェルをちらりと見て、どうなってるのと言いたげな呆れた表情を浮かべた。エンジェルは笑いをこらえて唇を嚙んだ。

ジェニーのバーチャルモデルによると、この屋敷には三つの機械室があり、そのうちの一つに続くドアがホームシアターの裏に位置している。機械室からは暖房、電気、音響、セキュリティ装置にアクセスできる。

「準備はいい？」メイシーが訊いた。

エンジェルは酔っているふりをしてホームシアターの裏に回り、座りこんだ。誰にも気づかれていないことを確認すると、ドアの鍵を開け、ホームシアターの前に戻った。

それがメイシーへの騒動開始の合図だった――酔っ払ったメイシーとエンジェルがスクリーンの前で喧嘩（けんか）を始め、その隙にジェニーが機械室に入り、ドリルでパネルを開けるのだ。喧嘩騒ぎで、ドリル音にも明かりにも気づかれないはずだ。

メイシーとエンジェルは迫真の演技で髪をつかみ合い、互いに相手を売女（ばいた）と罵りながら、押し合いへし合いの騒動を起こした。

計画では、ジェニーが断続器を使って警報装置に迂回路（うかいろ）を作り、忍びこむ場所に設置された監視カメラをリセットする。そしてジョコーが事前に道具を隠しておいた通気システムに潜りこむのだ。

ジェニーは二階のバスルームで二人を待つことになっている。

二人は予定どおり六分後に喧嘩騒ぎを終えると、その部屋から出て、待ち合わせ場所のバスルームへ向かった。

バスルームには先客がいた。二人はそこが無人になるのを待ってから、鍵を閉めた。

天井をノックすると、泥棒用具一式を確保したジェニーが飛び下りてきた。

三人は黒のジャンプスーツに着替え、同じく黒のフェイスマスク、ブーツ、ベルトをつけた。ベルトにはさまざまな武器が取りつけてある。

「急いで!」エンジェルが通気システムに這い上がる二人を急かした。

二人が上がると、エンジェルはドアを開けてあたりをうかがった。ありがたいことに誰もいなかった。

エンジェルはドアを開けたまま電気を消し、自分も通気システムに這い上がった。

ジムで体を鍛えておいてよかった――泥棒をするには懸垂力も欠かせない。

お屋敷泥棒は彼女たちの専門だ。コンドミニアムにも入る。特にリゾートタイプのコンドミニアムが得意だったが、エンジェルは禁断の場所を這い回っているときに出くわす、気持ち悪い蜘蛛や蛇がどうしても苦手だった。

ここの通気システムに蜘蛛はいなかったが、目的地までは狭く埃だらけの道のりが続いた。

二十分後、三人はボーゴラの主寝室裏にある真っ暗な狭い空間に下り立った。

ジェニーが懐中電灯をつける。

エンジェルはイヤホンをほどき、寝室側の壁に注意を向けた。誰かが中にいたら、入ることはできない。

エンジェルは深呼吸し、禁じられた境界線を越える興奮を味わった。闇の中からすべてを見て、聞いて、危険に立ち向かう感覚がたまらない。

懐かしい感覚だった。

エンジェルは盗聴器を壁に当てた。

二人はエンジェルを見ながら待っていた。彼女が盗聴器の小さなダイヤルを回すのを、四つの目がフェイスマスクの奥で見守っている。この盗聴器は補聴器レベルのおもちゃではない——壁の向こうの動きから形状まで感知できるのだ。

部屋に人がいるかどうかも心音で感知できる。

寝室は無人だった。エンジェルが親指を上げてOKサインを出す。

メイシーが物音をたてないよう、主寝室のバスタブの裏のアクセスパネルを外した。

三人はあっさり寝室に忍びこんだ。

ボーゴラの寝室は、ほかの部屋と同じくベルベットと金色で統一されていた。

「ボーゴラ、あんたの装飾品は流行遅れよ」エンジェルは呟いた。

ジェニーがくすくす笑う。

エンジェルはほほえんだ。自分を受け入れ、好いてくれる仲間との再会が心地よかった。これが宝石泥棒のための再会ではなく、街角での再会だったら、もっとよかったのに。

メイシーが大きな油絵のほうに向かった。また淫乱なモンスターのピンナップ絵画だ。金庫は絵の裏にあるのだろう。どう見ても明らかだ。

だからといって、簡単にいくわけではない。絵を壁から剝がせば、警報が鳴るはずだ。金庫のための安全策。

しかし、それは三人も心得ている。

ジェニーがメイシーの横で身をかがめ、警報装置のリード線を見つけた。警報装置に断続器を接続するために、持参した長い回線をつなぎはじめる。エンジェルはメイシーと視線を交わした。メイシーはエンジェルが楽しんでいるのを知っていると言いたげに、月明かりの中でにやりと笑った。

エンジェルは澄ました顔で、つんと顎を上げた。

窓外に目をやると、月明かりに照らされた海が遠くに見えた。エンジェルは階下で会った男のことを考えた。彼の感触がまだ残っている。あの腕の中に飛びこみたかった。

「ちょっと」

二人がエンジェルの出番だと合図した。エンジェルは絵画の前に椅子を置いた。金庫破りを行うには、慎重にすれば十分から二十分はかかる。腕が疲れてしまったら最悪だ。エンジェルは椅子に座り、絵画を剝がしてジェニーに渡した。

あった。フェントン・フュルスト型ミニ金庫だ。

エンジェルはそのステンレス鋼の扉に指を滑らせ、ダイヤルの匂いを嗅いだ。最近、油を差した様子はない。

やったわ！

エンジェルはダイヤルを回して、緩みの程度を確認した。小型だが、溝が無数にあるタイプだ。音波干渉。マグネット。

エンジェルの亡き恩師フェントンは、世界でも有数のセキュリティ技術を誇っていたが、裏で金庫破りの教えを施していた。弟子たちは全員、彼の生存中はその金庫を破らないことを誓わされた。

そのおかげで彼が製造する金庫は名高い評判を得て、破るのは不可能だと長い間考えられていた。しかし先月、フェントンが他界した。今やフェントン・フュルスト型金庫は、彼の少数の弟子たちの標的となっているのだ。

エンジェルは彼の唯一の女弟子で、唯一のラテン系だった。

彼女の才能は弟子の中でもトップクラスで、フェントンもそれをよく承知していた。

エンジェルは自分の特別な才能へのプライドが頭をもたげるのを感じ、それに腹を立てた。金庫破りは犯罪だ——この世界からは足を洗ったはずなのに！　でも間違っているとわかっていても、愛情を止められないこともある。エンジェルは誰よりもそのことを知っていた。

ダイヤルの数字上にステッカーをつける。超精密な目盛りを示すためだ。ジェニーから磁石付き拡大鏡を手渡され、エンジェルはそれを金庫本体に取りつけて位置を調整した。それから音波を使って、この金庫の侵入防止柵の厚さ、円盤の数、接触点を確かめ、頭の中ですばやく構造を描いていく。

フェントン・フュルスト型金庫は一つとして同じものがない——ほとんどの人間はそのことを知らなかった。エンジェルは目を閉じ、金庫に入りこむかのように、その構造と直感を重ね合わせた。

そして、それに没頭した。

時計が時を刻むにつれ、内部構造が頭の中で見えてくる。エンジェルは金属音に集中し、高点と低点を探り、フェイクゲートと電子干渉装置を把握した。

メイシーがエンジェルのももを軽く叩(たた)いた。人が近づいてくる気配がしたのだ。マスクの奥の目の動きでわかる。無理なら、逃げるわよ――メイシーは無言でそう言っていた。

エンジェルはさらに集中した。無我の境地だ。スピンドルをゆっくりと右に回す。すると微(かす)かな金属音が聞こえた。

エンジェルは指を立て、呟いた。「７(ジーベン)」エンジェルの母国語は英語だ。一応スペイン語も話せるが、暗証番号をつたないドイツ語で呟いたのは、それがフェントンの母国語だったからだ。

メイシーがベルトから銃を引き抜く。

エンジェルはまたスピンドルをゆっくり回した。金庫破りは焦ってはいけない。フェントンの教えどおり、金庫と一体化するかのように呼吸する。また金属音。

「14（フィアツェン）」

メイシーが寝室を施錠し、ドア前に椅子を引き寄せると、窓をそっと開けた。

逃走ルートBの確保だ。

エンジェルは錠内のゲートをゆっくりと、だが確実に並べた。数分後、金庫の扉が開いた。

と同時に、警報が鳴り響いた。

「くらったわ！」エンジェルはベルベットの袋五つをつかみ、ウエストポーチに突っこんだ。

ジェニーがホルスターからハンマーを取りだし、窓に駆け寄る。脱出用ロープを固定する部品を打ちつけるためだ。

エンジェルはロープ降下手袋をはめ、二人に続いて窓から脱出した。防弾ベストを用意しなかったことが悔やまれる。

ボーゴラの手下たちは躊躇（ちゅうちょ）なく撃つだろう。しかも殺さないように。彼らは傷だけ負わせ、死にかけている相手とセックスするらしい――ジェニーが確かな筋から聞いた話だ。エンジェルは階下で会った男のことを考えた。残虐なタイプには思えなかったが、残虐性にもいろいろな種類がある。

窓から出た三人は、ロープを伝って三階分おり、下屋根に下り立った。

メイシーの指示で、下屋根のタイルの上を走り抜ける。彼女は逃走ルートを三通り考えていた。メイシーは戦略家だ——大局的に思考する司令塔。

階下から叫び声が聞こえた。

三人は屋根の引っこんだ場所に身を伏せた。

「どういうことなの?」ジェニーが訊いた。

「ボーゴラが金庫に警報装置をつけていたのよ。信じられないわ、フェントン・フュルスト型に仕掛けるなんて」エンジェルが声を荒らげた。

メイシーが携帯電話を取りだし、コード番号を打ちこんだ。「あの男は頭がいかれてるのよ。でも大丈夫」そう言うと、メイシーは暗がりの芝生を指した。東屋がある方向だ。

次の瞬間、東屋が爆発し、暗闇に閃光が走った。

「すごい」エンジェルが呟く。

メイシーが声をひそめて笑った。「ロンダが考えたのよ。火遊びが大好きなの」

ロンダはエンジェルの後任の金庫破りだ——仲間内で居場所を確保中らしい。

二人は本当にエンジェルのいない人生を歩んでいるのだ。ベルトに手榴弾まで用意している——エンジェルのいた頃には持っていなかった。これもロンダの発案なのだろう。エンジェルはロンダが代わりに仲間に入ったことを自分がどう感じているのかわからなかった。

メイシーがまたコード番号を打つ。何台も車が並ぶ駐車場が光り、サイレンが鳴りだした。

「あれもロンダの案？」

「そうよ、手口を変えたの。連中の気をそらすためにね」そう言うと、メイシーは何かを屋根の向こう側に投げた。発煙弾だ。「プランCよ」

エンジェルは頷いた。プランCは、また上に上がることになる。

ジェニーが投げ縄の要領でロープを煙突に引っ掛けた。発煙弾の煙で、下からは見えないはずだ。

メイシーが煙の中をのぼっていった。鳴り響くサイレンの中で、どさりという音がする。メイシーが四階の窓に着いたのだろう。

次はジェニーだ。続いてエンジェルも屋根を駆け上がったが、途中でジェニーが手間取った。

「ごめん」ジェニーが自分の尻を下から押し上げるエンジェルに謝った。

「急いで!」煙が消えかかっている。連中に見られてしまう。

やっとのことでジェニーが這い上がった。

エンジェルも四肢の筋肉を震わせながらのぼった。窓枠にたどり着いたとき、切り傷を負っていることに気づいた。

メイシーはすでにエレベーター内にいた。パネルを剥いで、ワイヤーを引き抜く。エレベーター横に、豪華な花を飾った花瓶が台にのせられていた。高さが一メートル近くある骨董品だ。「どう思う?」ジェニーがそれを持ち上げて訊いた。

「ニコラス一世の時代のものだと思うわ。希少品よ」エンジェルが答えた。

「すてき」そう言うと、ジェニーは花瓶を壁に投げつけた。粉々に割れた花瓶を見て、エンジェルがたじろぐ。「なにが黒い王女にかわいい王女よ、ブタ野郎め」

そうだった。ジェニーはたまに破壊的になることがある。

ジェニーは大きな笑みを浮かべてエンジェルのほうを見たが、その笑顔をすぐにくもらせた。「エンジェル、血が出ているわ」

エンジェルはジェニーの視線を追い、ジャンプスーツの袖が裂けていることに気づいた。長く深い切り傷が見えている。肌に血が飛び散っていた。「まずいわ！」

ジェニーが手当てをしてくれた。袖を締め上げて、安全ピンで留める。

エンジェルは携帯電話の明かりをつけ、花瓶と窓ガラスのかけらを蹴散らしながら、カーペットに血痕がないか調べた。

おそろしいことに、カーペットに一カ所見つけた。エンジェルはブーツからナイフを引き抜き、その部分を丸く切り取った。

エレベーターのかごが数十センチ上がって、止まった。メイシーが飛び下りる。

「ジェニー、早く」

「血が……DNA検査されたら終わりだわ。一緒に探して」エンジェルが言った。

「なんてこと」メイシーも探すのを手伝いはじめた。

ジェニーが足でカーペットを払いながらロープを伸ばし、エレベーターのかご下の空間に身を押しこんだ。かごの底にロープを結ぶためだ。地階へはシャフトを伝って滑り下りるしかない。一分後、ジェニーは姿を消していた。

「血痕はもうないと思うわ。行かなきゃ」メイシーが言って、ジェニーのあとに続いた。「早く来て！」彼女はロープをつかんで姿を消した。

エンジェルは死にものぐるいで血痕を探した。見当たらない。小さなしぶきが散っている可能性はあったが、たとえボーゴラに見つかったとしても、ＤＮＡを照合するためには、エンジェルの犯罪歴を入手しなければならない。

完璧ではなかったものの、タイムオーバーだ。行くしかない。

エンジェルは切り取ったカーペット片をウエストポーチに入れ、手袋をはめ直すと、エレベーター下の空間に入りこんだ。両腕両足でロープをつかみ、シャフトを伝って下りる。メイシーが携帯電話の明かりに照らされて立っていた。ドアを開けて待っている。「かわいい王女、お先にどうぞ」

エンジェルがドアから飛びだす。

「血痕は全部回収した？」ジェニーが訊いた。

「そう思うわ」エンジェルは答えた。

「大丈夫よ、血痕からは何もわからないわ」そう言って、メイシーが懐中電灯をつけた。「最悪」地下道が四つに分かれている。

バーチャルモデルと全然違った。

間違った方向に行ったら、おしまいだ。

「ジョコーのやつ、死刑よ」ジェニーが言った。「あいつの地図、地下道をごまかしてたんだわ。ばれないと思ったんでしょうね」

「全部、行き止まりの可能性もあるわよ」メイシーが返した。

頭上から人の声が聞こえた。

エンジェルは恐怖に襲われた。万事休す。「最悪だわ」小声で呟く。

「あんたたち」メイシーが両手を前に出し、何かを押し戻すようにゆっくり下げた。落ち着きを取り戻すための合図だ。十二歳の頃からのお決まりの合図。「私たちを負かすやつがいる？」

「いないわ」ジェニーが答えた。

メイシーが鋭い視線をエンジェルに向ける。

エンジェルは厳しい顔をした。「いるわけない」三人のおなじみのマントラだ。

「そのとおりよ」メイシーが幸運のリップスティックを取りだした。シルバーのラメが入ったピンクのリップを唇に塗りつける。

　エンジェルとジェニーもそれぞれの幸運のリップスティックを取りだした。

　怖くなったとき、三人は必ずリップを塗った。幸運のリップは、仲間同士で行う瞑想のようなものだ。状況が最悪に思えても、自制心は失っていないことを示す合図。犯罪者心理を働かせるための切り札だ。

　深呼吸。

　メイシーがリップスティックの蓋をして唇をなじませた。「道は四つ」ようやく口を開いて一目瞭然のことを言うと、指を指した。「空調設備よ。ということは、制御室につながっている」

　ジェニーが別の方向を指した。「こっちはワインセラーよ。多分、途中に配達用のドアがあるはず。ということは、残り二つのうち、どちらかが脱出用ね」

「同感よ」そう言うと、メイシーが携帯電話の電灯機能をオンにした。三人で床を調べる。

「靴跡があるわ」ジェニーが強い口調で囁いた。

「急いで！」メイシーが言った。

　三人はどこまでも続く地下道を走った。数メートルおきに蛍光灯で照らされている。

ありがたい。この方向で間違いないだろう。

三人は壁沿いに立てかけられた梯子に行き着いた。

「やったわ！」ジェニーが荒い息をしながら言った。

メイシーがのぼって、出口の蓋を開けた。冷たい空気が流れこむ。「補給路だわ。敷地の東端ね」メイシーが下の二人に向かって囁き、這い上がって消えた。

エンジェルがあとに続く。梯子をのぼり、冷たい暗闇の中に這いでると、そこは敷地の外れの芝地だった。遠くで、屋敷周辺を照らす光がまたたいている。反対側は敷地を囲む塀が続いていた。

犬たちの吠え声。

ジェニーも這い上がってきて、エンジェルが蓋を閉めた。

三人は死にものぐるいで塀に向かって走った。

ジェニーはすでにロープの用意をしていた。それを杭に引っ掛ける。投げ縄は、少年院にいた頃にジェニーが独学で身につけた技だ。当時、カウンセラーはそれを無邪気な遊びの一種だと思っていたらしい。

メイシーが最初によじのぼり、塀上の有刺鉄線を切った。エンジェルとジェニーがあとに続き、塀の向こう側に下り立つ。いくつかの屋敷を通り過ぎ、裏通りを駆け抜けた。

三人はありふれた通りに到着した。しかし、それはまだ要塞都市(ゲーテッドコミュニティ)内の道で、そこから出るまでは安心できない。芝地を駆け抜けて藪(やぶ)をくぐると、ようやくコミュニティのゲートにたどり着いた。ボーゴラ邸のゲートより、はるかに抜けやすい。

三人はゲートをすり抜け、やっとコミュニティの外に出た。藪の奥で、地面に倒れこむ。三人は互いにもたれ合い、呼吸を整えた。

「血痕を見落としていたらどうしよう?」エンジェルが訊いた。

「ちゃんと調べたから大丈夫よ」ジェニーが慰める。

「腕が鈍っていたわ」エンジェルは言った。

「よくやったわよ」メイシーが応じる。

「たとえ血痕が見つかったとしても、犯罪歴まで調べないでしょ」ジェニーが続けた。

「でも相手はウォルター・ボーゴラよ。コネがあるはずだわ」エンジェルは言った。

「非行歴なんてそう簡単に手に入らないことは、あなただって知ってるでしょう?」

ジェニーが訊いた。

メイシーが立ち上がった。「そろそろ行きましょう」三人は通りの反対側まで走った。そこでは、隠していた車がまるで友人のように彼女たちを待っていた。

車に乗りこんで静かにドアを閉めると、運転席のジェニーが一息ついた。「やれやれ！」

「また戻らないといけないわ」メイシーが言った。

エンジェルは後部座席でうめきながら、靴とドレスをバッグから取りだした。道具を取りつけたベルトとウエストポーチを外し、パーティドレスに着替える。

「全員、着替えないとね」メイシーが言った。「今頃、車を一台一台調べているはずよ。でもその前に……」そう言うと、メイシーはエンジェルのウエストポーチをつかみ、中からベルベットの袋を一つ取りだした。注意深く、中身のダイヤモンドを手のひらに出して転がす。小さなダイヤモンド十数個と、五つの大きなダイヤモンドが彼女の薄茶色の手の上できらめいていた。

エンジェルとジェニーは静かにそれを見ていた。

メイシーが手を少し動かし、宝石を光にかざす。「食べてしまいたいくらい」

息をのむほどの美しさだった。色も輝きも完璧だ。特に大きいほうのダイヤモンドのいくつかは別格だった。冷気を感じるほどの品質。メイシーが一番大きなダイヤモンドを指して言った。「これと同じクラスのものがまだ袋に入っているわ。フレッシュボーイズが欲しがっていたものよ——名前までついているの」

「残りをもらったらいけないの？」ジェニーが不満を言った。

「わかってる。でもちゃんと、借りを返してもらうわ」メイシーが答えた。

「次は私よ」ジェニーが言った。

メイシーがジェニーの手のひらにダイヤモンドをのせた。

ジェニーは指先でそれを撫でた。彼女のいつものやり方だ。三人はそれぞれのやり方で宝石を愛でる。エンジェルが宝石を手にしたときは、それを頰に当て、両側からその感触を味わうのが常だった。でも本当は、それを手にするだけでは求めていた高揚感を得られなかった。宝石は想像しているときのほうが楽しめる。それでも、エンジェルはダイヤモンドを触りたかった。今夜の儀式を終えるために。

メイシーがエンジェルの視線をとらえた。

エンジェルは首を振った。触れるべきではない。自分の役目は終わった。もう泥棒の世界からは足を洗ったのだ。彼女はジェニーがダイヤモンドを撫でるのを見ていた。

ジェニーが顔を上げる。「昔の思い出にどう?」

「やめておくわ」エンジェルは答えた。

「いいじゃない」

「やめておく」そう言うと、エンジェルは暗がりで身を引いた。「銃を取り戻して、終わりにしたいの」

楽しくなかったからではない。むしろ、楽しかったし、懐かしかった。

宝石が袋にしまわれた。車はすぐに静かなコミュニティ内を走り抜け、ゲートを通って屋敷に戻った。

ここに来る前、メイシーは金庫破り担当の後任者ロンダと一緒にランチでもしてはどうかとエンジェルに持ちかけた。二人で仲間同士の話をするのも楽しいのではないかと考えたのだ。メイシーはエンジェルの携帯電話にロンダの番号まで登録した。伝えておきたいアドバイスでも思いつくかもしれないと思ったのだろう。

エンジェルはロンダの番号などいらなかった。彼女と会っても、胸が苦しくなるだけだ。

メイシーとジェニーが泥棒生活を続けている限り、二人とはつき合えなかった。でもときどき、ひどく孤独を感じることがある。

　もう人を傷つけるわけにはいかない——だから足を洗ったのだ。やめるきっかけは、五年前に被害者をニュースで見たことだった。その被害者は、先祖代々から伝わるサファイアの話をしながら泣いていた。エンジェルたちが盗んで売り払ったものだ。見えなかった被害者が、現実になった瞬間だった。

　エンジェルは長い間、自分たちのしたことに罪悪感を覚えていた。だから被害者の顔を見たことがとどめの一撃になったのだ。

**美しさは表面だけだが、醜さは骨の髄まで。**

　父はよくエンジェルにそう言っていた。

　エンジェルは昔、太って(ゴルダ)いることを意地悪な美少女たちにからかわれた。だから父は、娘を慰めようとそう言ったのだ。しかしエンジェルはメイシーやジェニーと酒を飲み、泥棒し、収監されるようになった。そうして家族に恥をかかせたとき、エンジェルは父の言葉を心に抱えこんだ——醜さが自分に染みこんでしまったかのように。

名前さえもが皮肉に感じられた。

天使(エンジェル)だなんて。

だから彼女は宝石に魅了された。触れると、その純度や美しさが自分に移ってくるような気がしたのだ。けれど決してそんな効果はなかった。

それでも、エンジェルは本当に宝石を手に取りたかった。思わず顔を伏せる。「腕が……また血が出てるわ」

「怪しまれるわね」そう言うと、メイシーがエンジェルの肩にショールをかけ、彼女の髪をくしゃりと撫でた。「これで大丈夫よ」

三人は戻りたくなかった。でも銃を残して帰れば、怪しまれてしまう。あの憎たらしい用心棒は、銃を返してもらうように言ったことを覚えているだろう。取りに戻らなければ、不審に思うはずだ。スタッフが録画記録を調べるかもしれない。そうなったら、彼女たちの仕業だとばれる可能性もある。

女性の宝石泥棒は、男性の宝石泥棒より見つかりやすい。数が少ないからだ。ボーゴラは三人の特徴を調べ上げ、シンデレラを探す狂おしい王子さながらに、彼女たちを捜索するだろう。

そうなれば、最悪の結末が待っている。

警備員が三人の車を止め、車内を照らした。

「忘れ物をしたの」エンジェルが言った。

ジェニーが酔ったふりをして、エンジェルに銃を返してくれるかしらと頼んだ。車が次々に出ていく。

警備員が懐中電灯を照らしている間、長い沈黙があった。フロントシートには宝石の詰まった袋と泥棒道具が隠してある。

「行け」警備員が言った。「さっさとしろよ」

三人は無言で敷地内に再び入った。エンジェルの鼓動が速くなる。車内の緊張が手に取るように感じられた。

気をまぎらすために、何か関係ないことを話したかった。エンジェルは体を起こして言った。「あの用心棒が私の道具をチェックしているときにね、音楽を聴きながらセックスするっていう話をしたの」

「笑える」ジェニーが対向車に道をゆずるために速度を落として言った。「絵が浮かぶわ」

「でしょう? 妙な話だけど、そこまでおかしくなかったのかも。彼、信じたみたいだし」

エンジェルはメイシーの視線を追った。暗がりの芝地を駆けまわる男たちを見ている。「まずいわね」そう言うと、メイシーは予備の銃に弾倉を装着した。最悪の場合は逃走だ。「一緒に行くわよ」

「それでね」エンジェルは続けた。「セックスの相手に好きな音楽を選ばせるのって説明したら、男はセックスしながらどんな曲を聴きたがるんだって彼が訊いてきたのよ」

ジェニーが噴きだした。「なんて答えたの？」

楽しかった。エンジェルは張りつめた緊張が和らぐのを感じた。「なんて答えればいいかわからなかったわ。《伝説のチャンピオン（ウィ・アー・ザ・チャンピオン）》しか浮かばなくて」

ジェニーがくすくす笑った。「《伝説のチャンピオン》？」

「まさか言ってないわよね？」メイシーが訊いた。

「言ってないわ。AᗺBAでないことは確かよって答えただけ」

三人は爆笑した。緊張からくる、ばか笑いだ。「なんでまた、AᗺBAを思いついたのよ？」

「それがわからないの！」

銃を持った男たちが、行き交う車の間を動きまわっている。

「どんな曲ならよかったと思う？　あなたたちならなんて答えた？　男が娼婦とやるとき、何を聴きたがるかしら？」

「ジャスティン・ビーバーとか」メイシーが言った。

「真面目に考えてよ」ジェニーがくすくす笑う。「《フー・レット・ザ・ドッグズ・アウト》は？　《イエス・ウィ・ハブ・ノー・バナナ》もいいわね」

「ポーーーカーフェイス」メイシーが機嫌よく歌いだした。

ガラの悪い曲がどんどん出てくる。次から次へとくだらない曲を挙げながら、三人は笑い転げた。

エンジェルは笑いすぎて涙を浮かべた。そのとき、銃で窓をこつこつ叩く音が聞こえた。

ジェニーが窓を開け、はなをすすりながら笑みを浮かべる。「なあに？」

警備員がいくつか質問した。三人は忘れ物を取りに来たと説明した。さらに、いいえ、怪しい人物は見かけなかったわ、などと答えている。

「さっさと忘れ物を取ってきて、帰れ」男が言った。

車を発進させ、ジェニーが後ろにいるエンジェルをちらりと見た。「エンジェル、マスカラが落ちて真っ黒よ。ホラー映画みたい」

「最悪」エンジェルは言いながら、それを拭こうとした。

メイシーがエンジェルの手をつかむ。「拭かないで。完璧よ、ひどい客の相手をしたみたいに見えるもの。そのままでいいわ」

# 4

こんな最悪なタイミングで盗難未遂事件が起こるなんてありえない。悪いのはタイミングだけではなかった。

コールに必要なのは、ゆるい警備とご機嫌のボーゴラだった。それなのに、この盗難騒ぎのせいでボーゴラは機嫌を損ね、警備は強化されるに違いない。寝室の金庫は難攻不落のフェントン・フュルスト型だ。泥棒は何も手に入れていないだろう。ばかたれどもは、コールの任務を台無しにしただけだ。そして、高校生たちの命を。

コールはその子たちのことを考えすぎていた。任務を果たすためには、少し頭を冷やさないといけない。

招待客がまだわずかに残っていた。厨房(ちゅうぼう)スタッフも帰り支度を終え、警備員の身体検査を受けるために並んでいる。コールは警戒しているふりをした。そのとき、彼女の姿が視界に入った。

エンジェルだ。

髪は乱れ、まるで泣いていたかのように黒いマスカラが頬に流れ落ちている。アドレナリンが体中を駆けめぐり、コールは彼女のもとへ行きたいという衝動を抑えた。大丈夫なのか訊いて、彼女を泣かせたやつの名前を聞きだしたかった。

その男を八つ裂きにしてやりたい。

仕事に集中しろ。コールは自分をなだめた。ただの女じゃないか。大勢の高校生が殺されかけているんだぞ。彼女はここで何が行われているか知っていて、自分からやってきた女の一人にすぎない。

そう考えても、まだ憎しみを覚えた。相手の男を殺してやりたい。

コールは目をそらした。疲れているだけだ。隠し金庫を探すのに体力を奪われていた——もう何日もろくに眠っていない。

だが、コールはエンジェルの銃を取り上げた。取り上げていなかったら、あんなふうに乱暴されなかったかもしれない。彼女を見たとき、自分がどうしてしまったのか、今でもわからなかった。まるで光るものに襲いかかる獣のような気分で、彼女の体を調べようと自分の手中にしてしまったのだ。

ちくしょう。

コールは娼婦に手を出したことがなかった。生真面目だからではない——ひざまずいて、抱いてほしいとせがんでくる女はもちろん大好物だが、それは相手が望んでいるときだけだ。女の目当てが金やドラッグでは、その気にはならない。自分を欲しがっていない女を相手にしたがるような男は、一体何を考えているんだ？

愚問だった。彼はこの九カ月、そんな男たちに囲まれて過ごしてきたのだ。

エンジェルはクローク係に話しかけていた。ほっそりした友人が後ろでぼんやりと立っている。係の女性がエンジェルに銃を渡した。エンジェルはそれを受け取りながら、コールのほうをちらりと見た。彼の存在が気にかかるのだろう。近づくべきではないとわかっていたが、コールは彼女に歩み寄った。

「ピストルを忘れたの」エンジェルが言った。

コールはなんとも言えない気持ちになった。彼女が持っているのはピストル——片手で撃てる小型の銃ではない。螺鈿(らでん)細工を施した強力な半自動銃だ。彼女はここにいるべきではなかった。

コールは悪意がないことを示そうと、ほほえんだ。「使い方をちゃんと知っているのか？」

「撃ったことならあるわよ」エンジェルが言った。

「そんなものを持ち歩きたいのなら、最低でも半年に一回は射撃場に行って練習したほうがいい」

エンジェルが頷いた。興奮して、疲れきっているように見える。汗をかいたのか、黒髪が額に張りついている。汗をかいて、泣いたのか。コールは鼓動が速まるのを感じた。

自制しろ。

エンジェルは友人とともに去っていった。こんなところに長居したくないのだろう。無理もない。パーティガール――ボーゴラは彼女たちのことをそう呼んでいた――は充分な報酬を得たうえで、パーティに参加している。経済交流だ。

それはわかっていても、あんなふうに乱れたエンジェルを見ると胸がざわついた。彼女を乱暴に扱った男がいるのだ。コールは帰っていく二人を見送った。少なくとも、彼女たちは今晩の仕事を終えたのだ。

　メイプスがそばに寄ってきた。「ボーゴラがスターンバルを殺（や）った」

　コールは息をのんだ。

　メイプスはにやけそうになるのを抑えている。「書斎で、燭台（しょくだい）を突き刺されでもしたんだろう」

　コールは作り笑いを浮かべた。メイプスのユーモアはくだらないが、敵の機嫌は取っておいたほうがいい。自分は頭がいいと思わせておくほうが得策なのだ。

　ボーゴラは警備チーム主任のスターンバルを殺したのか。大方、オフィスで射殺したのだろう。盗難未遂事件の責任を取らせたのだ。

　これがボーゴラにとっての人材管理の基本というわけか？　しくじった人間を消すのが、ボーゴラのやり方らしい。コールはメイプスをちらりと見た。「誰かさんが昇格するんじゃないか？」

「お前だろう」

「そうかな」コールは自分でないことを心底願った。

　ボーゴラの側近が二人に近寄ってきた。オフィスに呼ばれているらしい。

「二人とも？」メイプスがぶつぶつ呟いた。二人は、真珠を飾ったシャンデリアが頭上で輝く豪華な玄関ホールを抜けていった。

「共同主任なんて任されたら困るな。絶対、うまくいかない」コールが言った。メイプスとの権力争いなどごめんだ。

メイプスがじろりとコールを見た。メイプスには前科があり、おまけに残虐な殺人を好む血が流れている。実際のところ、メイプスはボーゴラの手下の中でも一流の殺し屋だ。警備チームのトップに立つべきだろう。

ボーゴラのオフィスには本が並び、暖炉とソファがあった。まるで昔の小説に出てきそうな部屋だったが、誰もこの場所で読書などしないだろうとコールは思った。よく見ると、錬鉄製のシャンデリアには手錠がいくつもぶら下がっている。何人もの人間が手首を吊り下げられたのだろう。足首かもしれない。

ボーゴラはオフィスにいなかった。二人は待つように言われた。

待っている間、二人はボーゴラのデスク前に広がる血溜まりの周囲を歩きまわった。

メイプスがコールに視線を向けた。「泥棒が何か盗んだのかもしれないな」

「どうだかな」怪しいものだ、と思いながらコールは答えた。彼は一度、アソシエーションの専門家を忍びこませて金庫破りを頼もうとしたが、断られた。試してみようとさえしなかったのだ。

〝フェントン・フュルスト型の金庫は誰にも破れない。どうしても開けたい？　だったら爆破するしかないな。それでも開かないかもしれないぞ〟

にもかかわらず、パーティに来たどこかの間抜けどもが寝室の警報装置を鳴らしたのだ。コールが開けたいのは寝室の金庫ではなかったが、そっちにもボーゴラの探知機につながった警報装置がついている。

ボーゴラが入ってきたとたん、オフィスの温度がぐっと下がった。鍛えた体にしなやかな動き。いつも歯を食いしばっているので、首も顎もがっちりと筋張っている。気味の悪い男だ。

コールとメイプスは直立不動で待った。ボーゴラは自分のことを軍の司令官のように思いたがっている。若い頃は海軍にいたが、軍法会議にかけられる前になんとかブートキャンプから脱走したらしい。

「問題が起こった――盗難だ。五袋のダイヤモンドが盗まれた。パーティに来ていた人間が少なくとも二人、逃走している。招待客が忍びこませた可能性もある。この話は他言無用だ」

「金庫が破られたと？」メイプスが訊いた。

「そのようだ」ボーゴラが忌々しげに呟く。

コールはショックのあまり倒れそうだった。あの金庫を破ったやつがいるのか？

しかし、彼は床や壁に目をすえた。はめられたボーゴラを見たところで、いいことはない。まぎれもなく、ボーゴラは泥棒にしてやられたのだ。いつもダイヤモンドのことを自慢していたのに。ボーゴラにとってあのダイヤモンドは特別なものだった。

「言うまでもないが、この不始末のあとでスターンバルを使うつもりはない」そう言うと、ボーゴラはカーペット上の血溜まりを顎で示した。二人を交互に見やり、どういう意味かわからせようとしている。

それよりもコールは、泥棒が見事に金庫を破ったことのほうが気になった。

「警備チームに捜索させているが、お前たちが一番、調査能力がある。二人で捜査に当たってほしい」

コールは頷いた。「承知しました」アソシエーションはコールをここに潜入させるにあたり、私立探偵と特殊部隊の経歴が書かれた身分証明書を偽装した。

「泥棒を捕まえた者を警備チームの主任にする」ボーゴラがつけ加えた。

ごめんだな。

「全力を尽くします」メイプスがコールを横目で見ながら応じた。

「ハンセンとスミツに寝室を調べさせているが、大したものは見つからないだろう。お前たちはロサンゼルス中をひっくり返してでも犯人を見つけだせ。捕らえたら殺して、遺体は処分しろ。任務は、犯人の手を切り落として持ち帰ること、そしてダイヤモンドを取り返すことだ。すぐに結果を出せ。街中の盗品買受人とダイヤモンドのディーラーに当たるんだ。現場の情報は、指紋を含めてすべて二人に回すよう言っておく。ダイヤモンドを取り戻せ。盗んだやつの手も忘れるな」

「承知しました」コールが応える。

「盗品買受人をしらみつぶしに調べます」メイプスが言った。

メイプスはコールを出し抜いて、自分が泥棒を捕まえたいのだろう。しかし犯罪現場を素通りして、いきなり盗品買受人に当たるのはずさんなやり方だ。メイプスは、これだけの腕前を持つプロの泥棒が証拠を残すなんてありえないと踏んでいるに違いない。

確かにメイプスが正しいのかもしれない。だが、間違っている可能性もある。ボーゴラがスターンバルを殺したことで、現場の人間は恐怖で震え上がっているはずだ。となれば、捜索にも影響があるだろう。コールはそう確信していた。怯えた捜索チームが自己防衛に気を取られ、証拠を見逃すかもしれない。

コールは気難しげな表情を装った。「現場を確認します」

「現場はハンセンとスミツに任せてある。二人が得た情報は、お前たちにちゃんと伝えさせるから大丈夫だ。外を徹底的に探せ」

ボーゴラの命令に逆らうのは危険だったが、コールは現場を見ておきたかった。

「現場から始めさせてください。いつもそうしているんです」

「それで構いません」メイプスが口を挟んだ。「私が盗品買受人と宝石売買ネットワークに当たって、宝石の行方を調べます。事前に入手情報を流していた可能性もあるでしょう。計画的な犯行のようですから」

「わかった。コール、現場に向かえ。やり方は任せるから、結果を出すんだ」ボーゴラが言った。

コールはボーゴラの様子をうかがった。「犯人の手を切り落とすか、ダイヤモンドを取り戻すかの選択を迫られた場合はどちらを?」

訊く前からボーゴラの答えはわかっていた。しかし、潜入活動のコツは相手の自尊心をくすぐることだ。うぬぼれ男は注意力が低下する。

ボーゴラはにやりと笑った。「両方だ。ダイヤモンドも手も逃すな、わかったか?」

そう言うと、ボーゴラは二人を残して立ち去った。

「俺がもらうぜ」メイプスが言った。「邪魔するなよ」

メイプスもその場をあとにした。

コールは、鏡や重厚なカーテン、偏狂的なアートを飾ったボーゴラの豪華な寝室への嫌悪感が顔に出ないようなんとか我慢した。

「指紋は残ってない」スミッが言った。「連中は電気装置を壊しやがった。技術屋が怒り狂ってるよ」

コールは金庫を調べ、内蔵型警報装置を見た。ボーゴラが技術屋に警報装置を細工させることまで、連中も想像していなかったわけだ。つまり、どういうことだろう。

「ダイヤモンド以外に何が入っていたんだ?」コールが訊いた。

「ダイヤモンドだけだ」

泥棒の足跡をたどりながら、希望のようなものがコールの胸に湧き上がった。寝室の金庫周辺の電気装置が壊されたということは、その金庫はもう使い物にならないということだ。

ボーゴラは、取り戻したダイヤモンドをどこに保管するだろう？ 保管場所は一つしかない――隠し金庫だ。コールが連夜、探し続けている金庫に保管するに違いない。

瞬時に計画が浮かんだ。

コールが泥棒を捕まえる。ダイヤモンドを取り戻してすぐにボーゴラに届けるが、そこに細工をしておく――袋に追跡発信器を縫いつけるのだ。

そうすれば、隠し金庫にたどり着けるだろう。それがどこに隠されていても追跡できる。そして寝室の金庫を破ったやつを脅して、その隠し金庫も破らせるのだ。これで船の情報が入手できるじゃないか。

ダイヤモンドを手早く取り戻せば、船の情報も数日中に入手できるだろう。

うまくいけばボーナスもついてくる――ボーゴラに気づかれずに隠し金庫を破るこ

とができたら、彼の鼻先でその活動を徹底的に調べられるのだ。麻薬取引、児童ポルノ、スナッフ映画を一斉に差し押さえられるかもしれない。

メイプスより先に泥棒を見つけるだけでいいのだ。

泥棒は腕利きだったが、コールは過去の数えきれない経験から、どんな相手にも必ず手抜かりや落ち度があることを知っていた。それをすぐに見つけることだ。

一同はやがて階下にあるセキュリティ制御室からシステムに侵入された痕跡を発見した。連中は、屋敷内の監視カメラを的確に切断していた。数分後、警備チームの一人がメイドを連れてきた。

「四階に来てくれ。逃走ルートは屋根じゃなかった」

メイドは割れた花瓶と、底にロープが垂れ下がったエレベーターのかごのことを話した。

一同は調査に向かった。

四階はビジネス用のフロアだ。ほとんど使われていない会議室が並んでいる。一同は廊下で足を止めた。模様の入ったカーペットの上に割れた窓と花瓶の破片が散らばり、月明かりを浴びている。残念なことに、人が歩きまわったあとだ。エレベーターはフロアとフロアの間で止められていた。

「花瓶に躓いたらしいな」警備チームの一人が言った。「急いでたんだろう」

コールは無表情を装った。泥棒は花瓶に躓いたのではない——わざと割ったのだ。その怒りに任せた暴力的な振る舞いは、ふつうの忍びこみ泥棒の仕業とは思えない。一体どんな野郎がこれをやり遂げたのだろう？

しかし、もっともコールの注意を引いたのは、切り取られたカーペットだった。犯人の一人が傷を負ったに違いない。血痕を残したくなかったということは、連邦捜査局のデータベースに記録があるのかもしれない。

コールはそこを立ち入り禁止にした。スミッとハンセンは分析キット一式を持っていた。血痕を発光させるルミノール液もある。コールはその場を引き継ぎ、カーペットの鑑識から始めた。何も見つからなかった。連中の動きをたどる。現場を捜査したチームは、三人組の泥棒だと考えていた。一人がエレベーターを担当したのだろう。負傷したやつではないはずだ。そいつと残りの一人が血痕を探した……傷は窓をくぐり抜けたときのものだろう。コールは連中の足跡をたどり、振り返った。平凡な壁紙に視線が吸い寄せられ、すぐさまルミノール液を吹きつける。見つけたぞ。血しぶきだ。連中はカーペットの血痕は見つけたが、壁紙は見落としたらしい。

コールは血のついた壁紙を切り取って小袋に入れた。そして、ほかの場所も何カ所か切り取った――血のついていない部分を。カーペットからも二片ほど切り取った。

コールは、エレベーターシャフトから地下まで血痕があるかどうか調べるよう、スミツとハンセンに命じたが、もう残っていないことはわかっていた。四階で止血したはずだ。

二人に調べさせている間、コールは屋根の上に下り立つと、ポケットから小さなイヤホンを取りだした。起動して、耳に装着する。午前二時を過ぎていたが、ダックスにとっては朝と言える時間だろう。

「ダックス、チャンスをつかんだ。DNA検査をしてほしい。すぐにだ。それと白人の成人男性の新しい遺体から両手を切り取って、血液と一緒に用意してくれ。血液は三時間以内に必要だが、両手は十二時間後でも構わない」

コールの計画はこうだった。ダックスから調達した血液を、血のついていないカーペット片に付着させ、ボーゴラのDNA検査担当者に調べさせる。それから両手を届ければ検査結果と一致する。簡単簡潔な話だ。その一方で、実際に見つけた血痕をアソシエーションでＤＮＡ検査してもらい、本物の泥棒を捕まえて、新しい相棒に迎えるというわけだ。

「年配の遺体じゃないほうがいいんだろうな」ダックスが言った。

「三十代から四十代がいい」宝石泥棒の主な年齢層はそのあたりだ。「遺体は、どんなデータベースにも記録がない男のものを頼む」

「誰も知らないリンドバーグ愛児誘拐事件の真相まで知りたいのかい、ホーキンス君？」

「これでようやく船の所在が突き止められるんだ」ダックスも、コールに負けず劣らず船のことを案じている。

二人は追跡装置について話し合った。ボーゴラによると、ダイヤモンドは袋に入っているらしい。ダックスは、繊維状の追跡装置を技術屋に用意させようと言った。小袋のへりに縫いこんでも壊れない程度に硬いものを。

コールは会話を終え、屋敷の中へ戻った。ロープを伝って、二人に加わる。エレベーターのシャフトに痕跡はなかった。連中は足元にもカバーをつけていたのだろう。これ以上、何か見つかるとは期待していない――相手はフェントン・フュルスト型のている。

地下のドアは全部こじ開けられていた。コールは歩を進めた。地下道が四方に延びている。

コールは、ちょうど三人が立ち止まったところに立った。三人組は内部情報を得て、綿密に計画していたようだ。発煙弾まで用意していたのだから、たまらない。一体どんな野郎が発煙弾を使ったのだろう。

コールはエレベーターのかごをおろさせ、鍵を使って数十センチ上げると、底に結びつけてあったロープをほどいた。コーティングされた黄色いロープで、珍しいものではない。大手チェーン店で入手したのだろう。

コールは地下道に立ち、響いてくるハンセンの声を聞きながら、泥棒たちに妙な親近感を覚えていた。彼も強盗たちも、非常に危険なことを企んでいたのだ――ボーゴラを出し抜くという危険なことを。そして今、金庫を破った泥棒の運気は下がろうとしていた。そいつは屋敷に連れ戻されまいと抵抗するだろうが、コールは容赦しないつもりだった。できれば生かしておいてやろうと思う。しかし隠し金庫を破って、船を探すことが先決だ。

ぐずぐずしている時間はない。宝石泥棒の多くは、一つの場所に長く留(とど)まらないからだ。ほとんどがヨーロッパから来ている。コールは同じロープを入手できる店を調べるようスミツに命じた。そしてハンセンと一緒に、泥棒の進んだルートをたどりながら、ゲート近くまで三百メートルは続いている地下道を南に向かって歩いた。

この地下道は逃走用に作られたものだ――以前コールも忍びこんだことがあるが、初めて入るふりをした。あたりを見回し、徹底的に調査する。二人は出口の梯子をのぼり、塀までの道をたどった。ここでコールは調査を装って、ダックスに頼んだ血液を受け取るまでの三時間をつぶした。それを手に入れたら、ボーゴラのＤＮＡ検査担当者に届けることができる。

朝五時を迎える少し前、コールは再びボーゴラのオフィスにいた。壁紙に付着した血しぶきをボーゴラに見せる。正確な検査結果は出ないかもしれませんが、とコールは念を押した。

ボーゴラは大きなデスクにしまった木箱から名刺を取りだした。「こいつに証拠を渡してくれ。貸しのある私立探偵だ。ＤＮＡ検査ができる者を紹介してくれるだろう。調査状況は逐一報告するように」

コールは頷いて、オフィスを出た。メイプスは怒り狂うだろうが、仕方ない。

コールは頼んだものの受け取り場所に着いた。ヨークウッド東の小さなショッピングセンターにあるスターバックスだ。アソシエーションは、短い相談や品物の受け渡しにはよくスターバックスを使っている。たとえ誰かにつけられていても、この待ち合わせ場所なら怪しまれないから便利なのだ。直接、手渡せないときでも、男性用トイレの幅木裏にあけてある隙間に物を隠すことができる。朝の五時半から営業しているのも都合がよかった。

コールはコーヒーを買い、コンディメントバーでミルクを入れた。「コーヒーには最適の日だな」コールは、隣にやってきた印象的なブロンドの男に話しかけた。しわの寄ったツイードコートに身を包み、眼鏡をかけている。

これはアソシエーションのお決まりの挨拶だ。時と場合によって、ビールには最適の日になったり、散歩には最適な午後になったりする。

「頭がすっきりする」マクミランが返した。これもお決まりの返事だ。

このやり取りが、問題なしという合図だった。違う表現をすれば、問題ありという意味になる。

「モロッコにいると思っていた」コールが言った。

マクミランがため息をつく。「断念した」彼は言語に堪能で、組織内でも突出して頭がよく危険な潜入員だった。どんな人間にもなりすませる男。長い髪を後ろに撫でつけた彼は、どこから見てもインテリだった。

コールがほほえむ。「マクスウェル教授に戻ったんだな」

マクミランはコールをじろりと見た。マクスウェル教授はマクミランの仮の姿だ。

「お前のために、医学部実験室から苦労して貴重品を運んできたんだぜ」そう言うと、マクミランはこうつけ加えた。「正しくは、貴重品を二つだな」

両手のことだ。「氷につけてあるか?」

「おっさん、当たり前だろ」

「おっさんはやめろ」コールは言った。ボーゴラを思い出してしまうからだ。それに二人はまだ三十代で、おっさん呼ばわりされる年齢ではない。

「黒のナビゲーターの後部座席に小さなアイスボックスがある。右側の後部ドアはロックしてない。それと、お前から血液のサンプルを預かることになってる」

コールが頷いた。「自分で切断したのか?」

「いや、手懐けておいた医学生にやらせたよ。〝手首を切り落としてくれるかい、かわいこちゃん。骨のこぎりを使ってもいい。ちょっと手が足りないんだ〟ってな」

コールは笑いをこらえた。

「一晩かけて室温で解凍しろよ、相棒」

二人はともに歩んできた仲間だ。コールは、たとえ短い時間でも、マクミランに会えてうれしかった。潜入員の仕事をしていると、ときおり孤独に襲われる。「手の持ち主の名前は?」

「ディーター・ワイス。スイス人だ。ダックスが犯罪記録を作って、連邦捜査局のデータベースに無理やり追加する予定だ。多少、時間がかかるだろう。どういう計画なんだ?」

コールは自分の計画を詳しく説明した。ボーゴラを欺くために、ダイヤモンドを取り戻す。それを頼りに、隠し金庫を探し当てる。そして金庫破りを脅して、潜入させるのだ。

「そいつは簡単に戻らないと思うぜ」マクミランが言った。

「わかってる。だが、説得できるだろう。カーネギーの『人を動かす』を読んでいるからな」

マクミランがほほえんだ。「状況はどのくらいやばくなってるんだ?」

コールは、マクミランの言わんとしていることがわかった。どのくらいの危険にさらされているかを訊いているのだ。偽の身分は、どのくらい疑われているのかを。

「危険どころの騒ぎじゃない」

「ダックスはなんて言ってる?」

コールは冷たい目で見返した。〝何も言うな〟と無言で訴える。

「お前だけの責任じゃないんだぜ」マクミランが言った。

「期限までに情報を入手できるチャンスは俺にしかない」

マクミランは何も言わなかった。確かにそうだとわかっているのだろう。アソシエーションに危険を知らせないのは、マクミランにも身に覚えがあるはずだ。

「この仕事はお前の担当かもしれないが、もし何かあったら俺に……」

「連絡はしない」コールが遮った。

「いいから聞けよ。連中の注意をそらすくらいならできるぜ」

「リスクを負うのは俺だ」

マクミランは驚いたように眉を上げた。「自分と、金庫破りにもリスクを負わせるのか？ 腕利きの金庫破りにとっては厄日だな。ともかく、幸運を祈る」そう言って、マクミランは本を片手に窓際の席に着いた。

コールは飲みものにプラスチックの蓋をし、ドアに向かった。

太陽がのぼりはじめたところで、駐車場にほとんど車はない。ナビゲーターはすぐに見つかった。右側の後部ドアを開け、アイスボックスを取りだすと、血しぶきが付着した壁紙入りの袋を運転席の下に隠した。そうして受け渡しをすませると、コールはボーゴラ支給のＳＵＶに戻った。

エンジンをかけ、アイスボックスを覗く。二つの手がきれいに切断されていた。医学研究所で調べれば、死後だいぶ経ってから切断された手だとばれるだろうが、コールはボーゴラがわざわざ確認させない可能性にかけた。血液を鑑定させるだけでも一仕事なのに、切断された手の情報を求めるなんて、手間がかかりすぎるからだ。

コールは蓋を閉めた。パッド入り封筒が箱の横にテープで留めてある。彼はそれを剝がして開け、血液がたっぷり入った小さなチューブを取りだした。完璧だ。何も付着していない壁紙とカーペットの数片に血液を垂らし、息を吹きかけて一つ一つ乾かす。あとで、ボーゴラの私立探偵から紹介された男にこれを託し、ＤＮＡ検査をさせれば完了だ。

その後、コールは本物の血液サンプルの検査結果を待つ。二時間もあれば、泥棒の名前がわかるだろう――すべて大急ぎの案件だ。アソシエーションは全力で犯人を見つけてくれるに違いない。

# 5

エンジェルは三種類の生地サンプルを取りだし、テーブルの向かい側に座るクライアントのリサに見せるために、キャビネットのドアサンプルの横に並べた。ドアサンプルは、濃色のクルミ材で縁取られたガラスドアだ。その横に、半透明の緑色のタイルを置く。キッチンの汚れ止め板には、そのタイルを使う予定だ。

リサは話のわかるクライアントだった——エンジェルが説明し、選択肢を絞るやり方を信頼してくれている。彼女の好みは、温かみがある素材で、奇をてらわない、模様が細かなインテリアだ。エンジェルがそうしたインテリアを得意としていることは、サンタモニカ周辺ではよく知られている。

エンジェルは、サンプルの中でも気に入っている花柄のものを指した。「これは少し昔のビンテージものなの。黄色は、居間に置く予定の抽象画に映えるわ。こっちは、ちょっと繊細でしょう」リサが頷く。「この青い柄は、観葉植物と相性がいいわね」

エンジェルはそれぞれの特徴を挙げ、カーテンにしたらどんな効果があるか話した。

カーテンは窓に飾る宝石のようなものだ。

「あなたは大した目利きね」リサが言った。「部屋を見れば、どんな選択肢があるか、すぐにわかるんですもの」

エンジェルは愛想笑いを浮かべた。内心では詐欺師みたいだと感じていたからだ。自分はまだ、まっとうな生活をしようともがく泥棒にすぎない気がする。美に焦がれながら、決してそれを見つけられない、哀れな娘だ。

エンジェルが初めてメイシーとジェニーと出会った場所は、パーカーゲイブルスだ。三人はそこのアパートメントの同じフロアに住んでいた。すぐに気が合ったのは、ほかの子たちが三人を相手にしたがらなかったからだ。メイシーは悪臭を放っていたし、彼女の正気を失ったおっかない母親は、いつも意味不明の言葉を口走っていた。ホワイト・ジェニーは太っていて、アパートメント内では数少ない白人少女の一人だった。エンジェルも太っていて、おまけに恥ずかしがり屋だった。

十代前半の頃、三人はよくアパートメントの屋根にのぼり、自分たちの将来の姿を空想して何時間も過ごした。きれいなドレスを着て、赤いオープンカーを乗りまわすのよ。レストランでは、メニューの値段も見ずに好きなものを頼むわ。私たちが実は行方不明になった王族だったことが判明するかも。宝探しに出るのもいいわね。プライベートジェットもすてきじゃない？

雑誌から切り抜いた写真を貼って、将来の生活を描いた本も作った。これが私の車で、これが私の家。洗練された男性が彼女たちの前でひざまずく。ロマンティックな空想がどんどん浮かんだ。

教師からは想像力が豊かだと絶賛された。三人の家族は、娘たちがゲームに夢中になったり隠れてタバコを吸ったりするのではなく、有意義な、少女らしい遊びに興じているようだと安心していた。

空想の物語が徐々に現実的な計画になりはじめたのがいつ頃のことか、エンジェルは覚えていない。たしか、十四歳になった頃だったと思う。三人はみにくいアヒルの子だった時代を脱し、将来のプランに少年たちやアルコールが登場しはじめた。そして三人は、車を盗むようになった。逃げては捕まるということを数回繰り返し、やがて少年院に入れられた。その少年院で、宝石泥棒の夢を描きはじめたのだ。

リサが草模様のサンプルを撫でた。

「清々しくて、すてきでしょう」エンジェルが言った。「床の重厚な木材と相性抜群よ。この色彩に囲まれて暮らす自分を想像してみて」そう言って、キッチンカウンターを顎で示す。カウンターにはパスタや豆の入った種々の瓶に、赤玉ねぎとニンニクの入ったボウルがいくつか並んでいた。「見栄えがするわね。食材の並べ方がさすがだわ。それにあなたが作る料理……それこそ、あなたが人生に生みだす美よ。私たちがデザインするインテリアと融合させなきゃ」

リサの目が輝いた。「料理をビジュアル的に考えたことはなかったわ」

「調理は彫刻を作るようなものよ。それに、居間のハーブガーデンと出来上がった料理を想像してみてちょうだい。まさしく芸術だわ。家族への愛情を示しているもの。イタリアのお母さんみたいにね」

リサが緑のサンプルに手を伸ばした。エンジェルはこんな瞬間が大好きだった。自分の置かれた環境に好きなものをそろえて、美を生みだすことができると気づいた瞬間のクライアントを見るのがうれしかった。エンジェルが生来備えている思いだ。リサが模様を撫でている。人は暮らしの中に美しいものを置きたがる。美を求めて買いものをするが、人が本当に求めている美は、内面からにじみでてくるものなのだ。
有能なデザイナーは、クライアントがそれに気づくよう手助けする。しかし、エンジェルは実のところ、影のほうを好んだ。

**美しさは表面だけだが、醜さは骨の髄まで。**

エンジェルは父の言葉を頭から振り払った。父は娘を愛していたし、醜さ云々(うんぬん)は彼女のことを指していたのではない。しかし、彼女は自分の選択や傷つけた人たちに対する罪悪感を覚えていた。両親は工場で長時間労働し、やっとの思いで生活費を稼いでいた。エンジェルはそんな両親に泥を投げつけるような真似(まね)をしたのだ。兄のヘクターが優秀な弁護士になったことが、せめてもの救いだった。一家に一人だけでも誇れる子どもがいることが。

リサがサンプルの角度を変えて見はじめた。二人は照明の雰囲気でサンプルがどんな具合に見えるかを話し合い、エンジェルはノートを出して写真を見せた。

リサが写真を見ている間、エンジェルはじっと待ちながら、ゆうべ出会った男のことを考えていた。彼女を引き寄せた乱暴なやり方が今でも体感として残っている。そして彼女の唇に押しつけられた唇の感触も。彼はエンジェルのことを知っているかのように振る舞った。まるで自分のものを扱うように。

傲慢で、ぶしつけな態度だった。

その態度に、エンジェルは興奮した。

もうあんなタイプはうんざりなはずよ。彼女は自分にそう言い聞かせた。ああいうタイプは問題と修羅場を引き起こすわ。

でも……。

メイシーに言われたことがある。エンジェルは自滅型の男が巻き起こす混乱が好きなのよ、自分からスポットライトが外れるから、と。骨折したら、頭痛なんて気にならなくなるでしょう？　それと同じで、不良男はあなたの罪悪感を忘れさせてくれるのよ――それがメイシーの理屈だった。

それも一理あるかもしれない。エンジェルにわかっているのは、あの男が気分よくさせてくれたということだ。あの男の腕の中は……居心地がよかった。

彼女から唇を離したときの乱れた息遣いさえセクシーで、男らしい切なさを感じさせた。

ほんの三十秒触れただけで、彼はエンジェルを濡らし、銃を引き抜いたのだ。

リサが生地のサンプルから、緑色のものを選んだ——思っていたとおりだ。次は照明のショールームへ向かう予定になっている。

エンジェルは白いバッグを手に取った。真っ赤なスーツによく映える。彼女はその朝、一番上品な服を選んだ。それを着れば、昨晩の出来事をどうにか打ち消せるかもしれないと思ったからだ。闇にまぎれて金庫を破るのは、とても自然なことに感じられた。ある意味、家を飾るのも闇の仕事なのかもしれない——他人の人生のために舞台を整えるのだから、黒子役だ。エンジェルは舞台裏にいるほうが好きだった。映画館や教室でも、彼女は後ろの席に座るのが常だった。いつも観察者であって、観察される側ではない。それが彼女の好みなのだ。

二人はエンジェルの赤いＢＭＷに乗りこむと、照明のショールームに向かった。車は、デザイナーとして稼いだお金で買ったものだ——泥棒で得た宝石や利益はすべて処分した。

しかし、それは少し遅すぎる行動だった。

エンジェルは生き方を改めたことを両親と兄に伝えていたが、この前の感謝祭の日、新しい車に乗ってパーカーゲイブルスを訪れると、彼らはエンジェルがまた昔の生活に戻ったのだと思った。そのときの三人の表情を今でも覚えている。

家族は頭では彼女を許していたが、心が納得していなかったのだ。

エンジェルにはそれを責める権利はない。

昨晩のダイヤモンドのことを思い出す。メイシーの手のひらの上で、きらきらと輝いていた。どれだけ触れたかったことか。そのひんやりとした重みを感じたかった。頬に当てて、感触を味わいたかった。

宝石泥棒をするきっかけとなった出来事を一つ挙げるなら、ファッション雑誌『インスタイル』を見たことだ。たくさんのサファイアを身につけたドレス姿の女性の写真が載っていた。

それもただの女性ではなく、彼女はヨーロッパ貴族だった。エンジェルとメイシーとジェニーは、少年院の図書室で順番にその写真を眺めた。いくら見ても見飽きなかった。女性の青白い首に飾られた、あの青い輝き。女性の顔は見えなかったが、青いドレスのボディス、ぼんやり光るシャンデリア、女性の後ろでダンスに興じる人たちが写っていた。女性は手袋をはめた手を首に当て、サファイアのネックレスとブレスレットと指輪を披露している。写真に写っている人も物も、すべてが夢のようだったが、宝石だけは別だった。サファイアは、世界を切りつける鋭利なナイフのように見えた。

エンジェルは、その写真を眺めながら宝石を夢見たときのことを覚えている。宝石だけに魅了されたのではない。写真のすべてが、光と気品と美の競演を見せていた。写真を見つめていたときに抱いた憧れは、燃えさかる火のように激しいものだった。まるで昨日のことのように覚えている。そしてエンジェルは、よく悔し涙で枕を濡らした。美しさを夢見て、激しい怒りの夢で目を覚ますのだ。

二人はショールームに到着した。エンジェルは、今風のシンプルな吊り下げ照明を調理台の上につけてはどうかと勧めた。

リサはその提案を気に入り、こう言った。「あなたのお家を見てみたいわ。きっと、すてきなんでしょうね」

「意外と実用的な感じよ」エンジェルが打ち明けた。「それにクライアントに提案できるように、いつも新しいインテリアを試してるから、模様替えばかりしているの」

「あなたの内に秘めた美しさを見学させてもらえないのかしら?」

「焼きたてのクッキーが交換条件よ」エンジェルが冗談で答えた。

「なるほどね」リサが言った。

なるほど？　リサは本気で友だちになりたがっているのかしら？　それとも、クライアントによくある興味本位？　エンジェルはあまりにも長い間メイシーとジェニーと親密な関係にあったので、ほかに女友だちを作る方法を知らなかった。泥棒をやめたあとも二人とつき合いを続けようとしたが、三人の老後に備えた共同口座から自分だけ抜けて以来、気まずくなってしまった。二人はまるで、周囲をぐるぐる回っているはずなのに、ほとんど見えない人工衛星のような存在になっていた。

昨晩までは。

リサが照明を見ている間に、エンジェルは携帯電話を確認した。メッセージはなかった。どういうこと？　宝石を渡しておばさんが解放されたら、メイシーが連絡をくれるはずなのに。

五時間後、エンジェルはコンドミニアムの四階でエレベーターを下りた。両手には食料品を抱えている。リサを下ろしてから、スーパーマーケットに寄ったのだ。今夜ばかりは自分を甘やかしてもいいだろう。じっくり炒(いた)めた玉ねぎとブリ・チーズをのせた手間のかかるピザを焼くつもりだった。リサからレシピを教えてもらったのだ。まだメイシーからの連絡はない。不安が募る。うまくいったのだろうか。アギーおばさんは解放されたかしら？　もう無事なの？

エンジェルはコンドミニアムの自宅に入ると、キッチンカウンターに食料品をおろした。ジャケットとハイヒールを脱ぎ捨て、ドア横の収納スペースからスリッパを取る。

家の中は色とりどりの照明と宝石のような色彩のラグであふれていた。壁紙はエンジェルが自分でデザインしたものだ――淡い二色の花を派手に拡大した写真を使っている。椅子は色鮮やかで、贅沢な座り心地のいいものをそろえた。何脚かを、いつかモデルハウスで使ってみようと思っている。

エンジェルは海を見ようとカーテンを開け、急なまばゆさに目を細めた。今は四月なので、空の様子からして日が沈むのは夕食後だろう。海一面が赤とオレンジの夕焼け色に染まっている。

次の瞬間、彼女は凍りついた。

彼女は一人ではなかった。

深呼吸をする。

可能性は一つしか考えられない——昨晩、血痕を見落としたのだ。ボーゴラがエンジェルのDNAを検査した。そして彼女の犯罪歴を入手し、たちの悪いならず者を寄こしたのだ。

昔は、パンツの足首部分に隠したホルスターに銃を入れていた。今それを持っていたら、とっくに引き抜いていただろう。

エンジェルはあと少し、空の景色を味わった。すべて取り上げられてしまうんだわ。家族も。夕日も。それからピザも。

皮肉なものね。映画でも、最後の仕事が決まってあだになるのだ。

「エンジェル・ラミレス」

あの声だ。エンジェルは振り返った。

彼はベルベットの袖椅子を占領し、何気なく座っていた。モデルも泣いて羨むような明るい茶色の髪と精悍な頰。長い脚を無造作に組んでいる。グロック社の拳銃を持っていなければ、メンズ雑誌『GQ』から抜けだしてきたみたいだ——今のところ、銃口は横を向いている。

彼が首を傾けると、眼鏡が窓からの明かりを反射した。一瞬、目が明るい四角に見えた。目に陽光を受けていても、いざとなれば狂いなく撃てるのだろう。エンジェルはそう確信した。それに、あのグロック17は凄まじい破壊力を持っている。

「銃を持って敵の陣地で座っているなんて」エンジェルが口を開いた。「よくある光景よね、用心棒さん」勝ち目がなくても戦うつもりだった。自分がどうなろうとも、あの二人を引き渡すものですか。服従しようがしまいが、どのみち殺されるのだろう
――ボーゴラの手下にそんな幻想は抱いていない。

彼がエンジェルの右足首に視線を落とした。「銃は?」

「自宅にいるのよ。銃なんて持ってるわけないじゃない」

「こんなことが起こるかもしれないのに?」

「そうね、でも持っていないわ」エンジェルは嚙みつくように答えた。

「こっちに来るんだ」

命令されて、昨晩のことを思い出した。銃を引き抜かれたこと。熱いキス。あのキスを取り消せたらいいのに。

彼がため息をついて立ち上がった。「悪いが信用できない。銃を持っていないか確

かめたい。話はそのあとだ」そう言うと、彼は二人の距離を縮めた。

「じゃあ、調べてみて」エンジェルは両腕を前に伸ばし、少し上げた。目つぶしができる体勢だ。大抵の相手なら、不意の攻撃で動きを封じられる。

彼がにやりと笑った。「それを攻撃開始の構えにしている武術もある」彼はエンジェルの両手をつかみ、彼女の頭の上に置いた。「両手を組め」

エンジェルは自分の白いシャツが透けていることに、ふと気づいた。人前でジャケットを脱ぐ前提で着ていないので、レースのブラジャーが透けて見える。彼は気づいていないようだ。彼女の後ろに回り、太ももと足首を触って確かめる。

「君のピストルはどこだ？」彼は、エンジェルの昨晩の言葉を借りて、皮肉たっぷりに訊いた。二人とも、あれがピストルではないことを承知している。

「デスクの引き出しよ」エンジェルがデスクを視線で示した。

男がデスクに行って銃を取りだし、袖椅子に戻った。両手にそれぞれの銃を持つ。

「完璧な芝居だった。褒めてやるよ。君に同情すらしたんだからな」彼は最後の言葉を吐き捨てるように言った。

つまり、もう同情はしていないということか。

彼が右手でシャツを少し引き上げた。見事に割れた腹筋が現れ、下向きの矢印のように生えた蜂蜜色の毛が見える。彼はエンジェルの銃をベルトに挿し、着崩れを直した。

今なら両手は塞がり、銃は彼女に向けられておらず、注意がそれている。チャンスだ——エンジェルは男に飛びかかった。

彼が一瞬で立ち上がり、彼女の腕を後ろに捻り上げた。

どうやら注意はそれていなかったらしい。捻り上げられた腕が悲鳴をあげる。

「鍛えた腹筋にそそられたか」彼が言った。

「まさか」エンジェルが言った。

彼がさらに腕を捻り上げ、身を引こうとすれば骨が折れるほどに力をこめた。エンジェルは彼の鋼鉄のような強さに驚いた。この男はてこでも動かない。エンジェルは後ろ向きに頭突きをしようとしたがうまくいかず、今度は足で相手の膝を蹴り上げてみた。

それはうまく当たった。

男が低くうなったが、エンジェルは気づくと床にうつ伏せにされ、手錠をかけられていた。

ちくしょう。

メイシーとジェニーに危険を知らせなければいけない。エンジェルが一日も経たずに見つけられたということは、ボーゴラの情報網を甘く見ていたということだ。それに、アギーおばさんはどうなるのだろう？

男がエンジェルを引き上げた。「椅子の前でひざまずけ」

エンジェルは相手を睨（にら）みながら、言われたとおりにした。男が椅子に座る。

ランボーのような男の前でひざまずくなんて――思いどおりにいかない。それに昨晩、エンジェルはこの男にキスして、魅せられたのだ。一番の後悔はそのキスかもしれない。

それにしても、あれほど入念に血痕を探したのに。見落としたなんて、ありうるだろうか？「一つだけ訊いていいかしら？」

「名前はコールだ。コール・ホーキンス」

「名前が訊きたかったんじゃないわ」

コールがにやりと笑う。「壁紙についた血しぶきを見つけた」

ああ！　壁紙も調べるべきだった。二人に連絡しなくちゃ。一言でいい——逃げて、と。でも、二人は彼女を見捨てて逃げたりしないだろう。昔からの絆はすべてに勝る。

エンジェルは何かを殴りつけてやりたかった。「私たちを生きたまま連行できるなんて思わないで」彼女は言った。「もう言うことはないわ」

「でも今は生きているだろう？　それに、俺には君を連れていく資格がある」そう言うと、コールは立ち上がって本棚に向かった。笑みを浮かべて、エンジェルの金庫破りの道具を持ち上げる。

どのくらい、ここにいたのだろう？　家中を調べたのだろうか？

「いろんな音楽を聴くんだな。ABBAは見当たらないが」

「ほっといて」

「これは超音波式か？　どのくらい聞こえるんだ？」

エンジェルが睨みつける。

「大した道具だ」彼がそれを置いた。「いい話をしてやろうか。君には今、選択肢が与えられている。君の今後について、どうするか取引をしよう。選択肢は二つだ。クイズ番組みたいだろう？」

エンジェルは何も言わなかった。どちらにしろ、気に入らないに決まっている。

「一つ目の選択肢は、君と友人二人をボーゴラに突きだして、やつの好きなようにさせる」

エンジェルがふんと鼻を鳴らした。「私があの二人を探す手伝いをすると思っているの?」

「俺の仲間がすでに二人を捕まえてる。君の記録を見つけると同時に、ずるずると二人の情報も出てきた。だが、まだ一つ目の選択肢の説明が終わっていない。君をボーゴラに突きだせば、破滅の道だ。ボーゴラの要求は、犯人の切断した両手だけだが、君を連れていけば、喜んで対面したがるだろう。大切なお客様として……」

心臓が飛びだしそうになったが、エンジェルは視線を外さなかった。

この男は、本当に取引しようとしているんだわ。その証拠に、まだ彼女を突きだしていない。ということは、何かが必要なのね——何か企んでいるのかもしれない。

「あなたも仲間だって言ってやるわ。あなたの手引きで泥棒に入れた、ってね」

コールが髪を横に振り払った。視界を遮られずに、情熱的な灰色の瞳でエンジェルをちゃんと見るために。「そうか。俺が宝石を取り戻して、君を突きだすんだから、さぞかし説得力のある話に聞こえるだろうな」

「ボーゴラみたいな男は、被害妄想が激しいもの。それに、実際にあなたは取引をしようとしているじゃない。なんて言われても、お遊びにつき合うつもりはないわ。台無しにしてやる。いかがかしら？」

コールが彼女を見る目を変えた。

労多くして功少なし——生き残るための常套手段だ。

それにしても、エンジェルがこんな口のきき方をしているのを知ったら、リサはなんて言うだろう？　この新しい人生を築き上げるために、苦労してきたのに。ずいぶん長い道のりを歩んできた。その結果がこれだ。「じゃあダイヤモンドは取り戻したのね」

「君の友人たちは協力的だったよ。ちょっと、脅しただけだ」

エンジェルが足の上に座りこんだ。「手荒な真似はしてないでしょうね？」

「二人は無事だ。さてと、君を突きだす代わりに、もう一つの選択肢を聞きたくないか？」

「待ちきれないわ」エンジェルは答えた。

「二つ目の選択肢は、君が俺に手を貸すんだ」

彼女は鼻で笑った。「手を借りてから、突きだすってわけ?」

「いや」コールが言った。「話はこうだ——俺がダイヤモンドをボーゴラに届ける。次に君がもう一度それを盗みだすんだ。ほかのブツと一緒に」

エンジェルが困惑して眉根を寄せた。「でも、ボーゴラはもうあの金庫を使えないわ。壊したのは知ってるでしょう?」

「ああ、わかってる。破りたい金庫がもう一つあるんだ」

エンジェルが疑わしそうな表情を浮かべた。「何がしたいの?」

「君には関係ない」

でも彼は取引がしたいのだ。運が向いてきた。「あれを破るだけでも大変だったのよ。今頃、警備を三倍に強化しているはずだわ」

「俺もその警備チームの一員だ。状況はわかっている」コールは椅子に戻り、ゆったりと腰かけた。

「強盗するには、タイミングが悪すぎるわ」

「俺の完璧な計画を評価してくれって頼んだか? ボーゴラのお相手をする旅に出か

けたくなければ、言うことを聞くんだ。あの屋敷にはもう一つ金庫がある。一番重要な隠し金庫だが、まだその所在がわからない。そこに俺が探しているブツが入っている。君が寝室の金庫をぶち壊してしまった今、ボーゴラは取り戻したダイヤモンドをどこにしまうと思う？」

「その隠し金庫でしょうね」エンジェルが答えた。

「そのとおり、もう一つの隠し金庫にしまうだろう。それを追跡するつもりだ。俺は君を忍びこませ、その金庫を破らせる」

エンジェルは眉をひそめた。「どうして私が金庫を破れると思うの？」

「しらばっくれるなよ」コールがテーブルに置かれた泥棒道具を視線で示した。「君は金庫破りのタイプに完全に当てはまる」

「金庫破りにタイプがあるの？」

コールがにやりと笑った。「穏やかで、規則正しい生活。君の生活は友人たちと比べたらまともに見えるが、それが金庫破りってものだ。絶対リーダーにはならない。そして探りを入れるのが大好物ときてる。つまり、後ろで様子を探る観察者タイプだよ」

コールが立ち上がった。本当に容姿端麗だ。しかし、エンジェルに息をのませたのは彼の容姿ではなく、その鋭い勘だった。

彼がエンジェルの背後に回り、かがんで彼女の耳元で囁いた。「中国の指トラップみたいだろう、お嬢さん？　抵抗すればするほど、俺は君を苦しめ、よからぬ状況に陥れる」

「自分で破ればいいじゃない」エンジェルは言った。「あなたとお仲間は人の犯罪歴まで調べられるのに、金庫の一つも破れないの？」

「その理由は君もわかっているだろう」

もちろん、わかっている。尊敬すべきフェントン・フユルストから教わった技術が必要なのだ。こんな技術がなければよかったと思うのは、この二十四時間で二度目だった。

「どっちがいいか、決めろ」コールがひざまずいているエンジェルの前に立ち、その長身で威圧した。

彼女の目の高さに股間があった。歓迎すべからざる性的なイメージが頭の中を駆けめぐる。そこに手を伸ばす自分。その膨らみに触れ、手を押し当てる。もう、どうしようもない。エンジェルは目をそらした。

「金庫を開けるだけでいい」コールが、彼女の思考の流れを知っているかのように、つけ加えた。「俺か、ボーゴラかを選ぶんだ。どちらに賭けたい？　決める前に一つ言っておこう。二つ目の選択肢を選ぶなら、ご褒美にアギーおばさんのことはこちらで処理する。手伝ってもらうお礼に、解決してやろう」

「どういうこと？」

「おばさんを自由にしてやるってことだ。あの意気がったギャング予備軍は、要求を釣り上げていた。もっと寄こせってな。俺たちが介入すれば黙るだろう」

「俺たちって誰のこと？」

「さあ、決めろ。君たちの愛するアギーおばさんは、スパイダーマンに出てくるメイおばさんのアフリカ系アメリカ人バージョンといった感じなんだろうな。君がイエスと言えば、みんな一緒に生き延びることができるぜ。答えがノーなら、全員ボーゴラのもとへ直行だ」

「あなたを信じろって言うの？」

「そうだ、ミス・ラミレス。信じていい。すべて順調にいけば、終わったら家に帰ってこられる」

二つとも最悪な選択肢だったが、明らかにボーゴラよりはコールのほうがましだ。でも、どこか信用できない。

「ちょっと考えさせて」

「だめだ。時間がない」その声音には絶望の響きがあった。この男は、何か巨大なものに立ち向かおうとしている。

「あなたはボーゴラの対立組織か何かの一員なの？」

「早く決めろ」コールが言った。

おかしな考えが閃(ひらめ)いたのは、そのときだった――結局のところ、エンジェルの探知機は間違っていなかったのだ。思ったとおり、コールは自滅型のタイプ、つまりボーゴラの鼻先で暮らす敵側の人間だ。スパイのような仕事をしているのかもしれない。やっぱり、典型的なボーゴラの用心棒ではなかった。あの連中よりは、ずっと安全だ。ただし、エンジェル以外にとってはだ。

「どうやって忍びこませるの？」

「よし。質問するってことは、関心ありってことだな。計画はこうだ――君には俺の新しいガールフレンドを演じてもらう。宿舎には女と犬なら連れこんでいいことになっているからな」

エンジェルがふっと笑った。「あなたの計画は、宝石と新しい彼女を持ち帰るってこと？」

「簡単に言えばな」

「切断した手は？　両手を持ってこいって言われてるんでしょう？」

「もう手配済みだよ、ハニー」

寒気が走った。「本気で言ってるの？」

「話に乗るか？」

「メイシーとジェニーと話して、無事を確認できればね」

コールが手錠を外し、エンジェルに携帯電話を渡した。「手短にすませてくれ」

## 6

コールは簡単に騙される男ではなかったが、昨晩はエンジェルに一杯食わされた。それが彼に地団駄を踏ませたのだ。

いや、地団駄は言いすぎかもしれない——彼を苛立たせたというほうが近い。多分、癪(しゃく)に障ったのだろう。彼はエンジェルの銃を取り上げ、彼女の盗聴器を握りしめ、彼女を尋問した。

それなのに、彼女の企みに気づかなかったのだ。

なにがABBAだ。

エンジェルの色気と瞳に隠された秘密の数々が、コールの頭をショートさせたのかもしれない。

とはいえ、一体誰が魅力的なラテン女を金庫破りだと疑うだろう? あの友人たち二人もだ――ブロンドをカールさせたまぶしい美女と、小粋な黒人女性が泥棒仲間だなんて、誰が疑うものか。

しかしそれを言うなら、コールのような少しオタクっぽい数学の天才を疑う人間もいないだろう。コールは人を窒息死させることもできるし、相手の目を見つめながら殺すことだってできる。冷笑的なマクミランにしてもそうだ。ヒュー・グラントのような立ち居振る舞いをするくせに、ペルーの坑内で三人の男と戦って死に追いやったこともある。コールやマクミランのような男を、一体誰が疑うだろう。

全員、ステレオタイプを逆手に取っていた。カモフラージュは、ジャングルに住む動物たちの得意技だ。

エンジェルはABBAのジョークをあの二人に話しただろう。三人で笑いこけたに違いない。そう思うと、かえってエンジェルに好感が持てた。

それにコールは嘘をついたわけではない。計画が順調に運び、闇にまぎれる忍者のごとく仕事をすませることができれば、彼女を家に帰すつもりだった。

だが順調にいかなければ、ボーゴラの餌食になるのはエンジェルだ。

コールは彼女を犠牲にしたくはなかったが、船に乗せられた高校生たちか彼女か、どちらかを選ぶ必要に迫られたら、高校生たちを助けるだろう。

あの子たちを救うために、エンジェルをボーゴラに引き渡す必要が出てくるかもしれない。

エンジェルは泥棒だ――お遊びを楽しむ女。彼女は自ら危険を冒したのだから仕方ない。

彼女だってコールと同じように考えるだろう。自分と友人二人を救うためなら、迷わず彼を殺すはずだ。

エンジェルは携帯電話で二人のうちのどちらかと話していた。小粋なリーダーのほうだろう。会話の様子から、コールはそう思った。

エンジェルがときどき、あの暗褐色の目をこちらに向けている。髪はポニーテールにまとめられ、パーティで見たときよりも頬がほっそりして見えた。昨晩の内気で服従的な態度はすっかり打ち捨てていた。

これが本当のエンジェルなのだろう。頭がよく、優しさを見せたかと思えば敵意をむきだしにする、魅惑的なカメレオン。大したファイターだ。

おまけにコールは、自分の前にひざまずいたエンジェルが気に入った。その光景が思考を邪魔している。あくまでエンジェルはコールの任務を果たすための手段だ。それ以外の目で彼女を見るべきではない。彼にはやるべき仕事があるのだ。

コールの携帯電話が振動した。ウォーカーからのテキストメッセージだ。ダイヤモンドは研究室からこちらに向かっていて、袋にも追跡装置を縫いつけたらしい。順調だ。切断した両手もそろそろ解凍されているだろう。

エンジェルは冷ややかな目をまっすぐ前に向け、状況を説明していた。平静を保っている。泥棒を仕事にしているのなら、それも当然だ。しかしコールには、彼女の首がどくどくと脈打つのが見えていた。

「うまくいったら、ダイヤモンドはちょうだいしていいの？」エンジェルが尋ねた。

コールが呆れた表情を向けた。「命が助かるんだぞ。足首から吊り下げられて、臓物をえぐりだされずにすむんだ。それだけで、ありがたいと思わないか？」

エンジェルがその愛らしい唇をぎゅっと閉じ、気に食わないと言いたげにしかめっ面をした。「確かにありがたい話だけど、ダイヤモンドもいただけたらもっとありがたいわ。だって、ほかのブツが欲しいだけなんでしょう？　ダイヤモンドのことはどうするか言ってなかったじゃない」

「ダイヤモンドは残しておく。俺の気が変わらなければな」

エンジェルは電話に戻り、小声で相談を続けた。

コールはふと考えた。南カリフォルニア中を調べたら、金持ち相手の強盗で未解決の事件がどのくらい見つかるだろう。あの三人が泥棒を始めたのは二十代前半くらいか。コールは見当をつけた。エンジェルは三十一歳だ。表向きはなかなか悪くない生活をしているらしい。本人の主張どおり、実際にデザイナーの仕事をしているように見えた。実に入念なことだ。彼はそこも気に入った。

質問するのは関心ありということだ。コールは彼女にそう言ったが、それはまさに今の自分に当てはまる。

彼にはエンジェルに訊きたいことが山ほどあった。

だいたいの背景は予想がついた。祖父母は父方も母方も両方、一九六〇年代にメキシコから移住してきたのだろう。そして養鶏場で仕事につく。両親もそこに勤務し、おそらく職場恋愛だ。彼女の兄は税金専門の立派な弁護士で、ビジネス街の法律事務所を共同経営している。エンジェルは十六歳のときに家を飛びだし、同じ年に友人たちと少年院に入れられた。自動車重窃盗罪。

かわいい顔をした泥棒にすぎない。彼はそう自分を戒めた。

エンジェルが話しながら窓の外を眺めている。その視線を追うと、木の梢に夕日がかかっていた。

コールは室内に見えるもののほうがよかった。美しく、腕利きで、強固に内面を隠している女性。身につけたシルクのシャツはあまりに薄く、ブラジャーのレースが透けて見えるほどだ。

昨晩の彼女は清潔感のある刺激的な香りがした。近くにいるだけで、その唇にキスするのと同じくらい興奮した。

コールはエンジェルに近づく口実を考えている自分に気づいた。長話はやめろと言ってみようか。〝電話を返せ〟でもいい。

エンジェルはペンダントトップらしきものがついた金色のネックレスをつけていた。コールはさきほどのことを思い出した。自分の前でひざまずく彼女を見たとき、小鳥のモチーフだと思ったが、どうだろう。あれは大切なものなのだろうか？

やめろ。コールは自分に言い聞かせた。俺が首を突っこむべき秘密ではない。彼女は人質で、ただの泥棒だ。

泥棒はただでものを欲しがる。長く潜入の仕事をしていると、泥棒が名誉心など持ち合わせていないこともわかってくる。そう考えたほうが気は楽だったが、コールにはエンジェルがそういうタイプだとは思えなかった。

高校生たちを救うためにエンジェルを犠牲にすることになったら、彼女は身を守るためにコールのことをボーゴラに密告するだろう。だが、うまくいきはしない。両手とダイヤモンドを持ち帰るのはコールなのだ。彼女は頭のおかしなガールフレンドだと思われるだけだろう。

しかし、ボーゴラが袋を調べて追跡装置を見つけた場合は別だ。そうなったら、二人とも殺される。共倒れは了承済みというわけだ。

十分後、玄関をノックする大きな音が聞こえた。

コールが行って、ドアを開ける。アートリオ——通称リオ——だった。追跡装置を取りつけた袋を持ってきたのだ。

「訪問には最適の日だな」コールが小さな声で言った。

「頭がすっきりする」リオが応じた。

コールはリオを家に入れ、二人を紹介した。「俺が用事を片づけている間、リオが君の子守をする。明日の朝、迎えに来る」

「子守なんていらないわ。どこにも行かないもの。大事なのはアギーおばさんを自由にすることよ」

「どうだかな。逃げないという保証はないだろう?」

「彼をここに泊めるつもりはないわ」

「泊まらせるんだ。ソファに寝かせればいい」

リオは陰鬱な表情で夕日を眺めていた。彼は数年前に、爆発事故で妻を亡くしている。美しいものを見ると、まだ気分が暗くなるのだろう。たとえば、この夕日。女性の部屋。コールはクッキーの入った瓶に向かってゆっくり歩き、中身を一枚取ってリオに渡した。食べものを与えれば、われに返ることがある。

「なんなのよ、一体。遠慮なくどうぞ。くつろいでちょうだい」エンジェルが嫌みを言った。

リオがクッキーを受け取る。

コールが言った。「リオには安心して人生を託せる。ちゃんとした食事をさせれば、もっと機嫌がよくなるはずだ」

「口はきけるの?」エンジェルが訊いた。

「その気になれば」リオが答えた。

コールがほほえむ。リオは、アソシエーションの中でもコールのお気に入りだ。

コールは寝室に入り、彼女の赤いジャケットをつかんだ。後ろからついてきた彼女にそれを差しだす。もう一度、着てほしかったからだ。それに、リオに俺の泥棒のブラジャーを見せたくない。

俺の泥棒だと。

まいったな。こんな考えはやめるべきだ。

エンジェルは彼が差しだした自分のジャケットを見た。「何よ?」

「数泊分の荷物をまとめておけ」コールは彼女の質問に答えずに言った。ありがたいことに、エンジェルはすぐにジャケットを羽織った。

「数泊分? ボーゴラの屋敷に泊まるつもりはないわ。あなたの部屋にもね」

「ガールフレンドなのに、泊まらなければ変に思われるだろう」

エンジェルはまた唇をぎゅっと閉じ、あのしかめっ面をした。それを見たコールは、狂おしい思いに駆られた。彼女をつかんで唇を奪い、そのしかめっ面を剝がしてやりたい。われを忘れて、彼女の柔らかな肌に身をうずめたかった。そして彼女の秘密を探りたい。

エンジェルが欲しかった。

「あなたのガールフレンドじゃないわ」

「これから数日間、ガールフレンドを演じるんだ。何か問題があるのか？」彼が訊いた。「俺のこの行為を見て、平静でいられなくなるのが心配かな？」そう言ってコールはシャツをたくし上げ、彼女の銃を挿したベルトの上まで引っぱると、腹筋を撫でた。銃をしまったとき、彼女が凝視していることに気づいていたのだ。コールはその視線に気をよくした。

「あなたの腹を撃ち抜きたい衝動を、私がこらえられるか心配っていう意味？」

コールがほほえんだ。銃をベルトから引き抜いて横に置き、ストリッパーがからかうような仕草でゆっくりとシャツを下げる。彼女の視線がたまらない。

エンジェルはふんと鼻を鳴らした。

コールは銃を持って部屋から出ると、それをリオに渡した。「彼女には絶対に返すなよ」

「きっと失敗するわ」エンジェルは寝室に戻ってきたコールに訴えた。「真面目な話よ」

コールは二人の間の距離を縮め、今度は真剣に応えた。「うまくいく。なぜなら、二人でうまくいかせるからだ。君がまずやるべきことは、俺のガールフレンドだと思いこむことだ。どのくらいかかるかわからないが、やり遂げるまでそう思いこめ」

コールは両手を彼女の肩に置いた。下腹部で欲望がうごめく。「俺の言うとおりにしろ。命令に逆らうな。そうしなければ、失敗する。書いてやらないと、わからないか?」コールがエンジェルの顎にそって親指を滑らせると、彼女は身を固くした。

「俺に協力するか? 今なら一つ目の選択肢に変更も可能だぞ。ボーゴラの惨劇の館のほうがよければな」

「どちらの選択肢を取っても、邪悪なピエロが待ち受けている気がするわ」

コールがほほえみを嚙み殺した。「きっとうまくいく。うまくいくよう、力を合わせればいい」そう言って、彼女を見すえた。

エンジェルが同意のため息をついた。

よし。やっと話に乗ってきた。「さっきは電話で何を言い争ってたんだ? 問題でもあるのか？」

「電話の内容まで話さなければいけないの？　お次は私の生理周期が知りたいとか言いだすんじゃないでしょうね？」

コールは顔がかっと熱くなるのを感じた。俺は一体どうしたんだ？「質問に答えろ」彼は声を落とし、最凶のテロリスト相手に使うような感情を殺した声で言った。悪が総出で現れたような声だ。「何を話したんだ？」

エンジェルは彼の手を振りほどいた。「二人は、三人でやらせてもらおうって言ったの。そうすればダイヤモンドをちょうだいできるから。あなたを説得するように言われたわ。あなたが内部情報を提供し、私たちを忍びこませ、三人に金庫破りを任せるっていう案よ」

「俺に相談しなかったということは、断ったんだな」

「三人でやる場合、あなたの助けを借りて忍びこめるけど、もし何かあったときに自力で脱出できないわ。あの老いぼれ変態野郎は、対外セキュリティを強化しているはずだもの。三種類の逃走ルートもばれてる。あの地下道は間違いなく閉鎖されるでしょうしね。あなたじゃなく、二人と組みたいのはやまやまだけど、今回はあなたと組んだほうが安全だわ」

「二人にとってはな」

「そうね」エンジェルが穏やかに言った。

「自分にとっても安全だと思うか?」自分が犠牲にされる可能性に、彼女は気づいているのだろうか?

エンジェルがじっとコールの目を探った。

どうしてそんなことを訊いてしまったのだろう? 俺としたことが、一体何を訊いているんだ?

頼むからイエスと言わないでくれ。あなたを信じている、あなたが助けてくれるんでしょう……そんな言葉は聞きたくなかった。

エンジェルが後ろを向き、クローゼットから花柄の小さなスーツケースを取りだしてベッドの上で開けた。「私がどう思うかなんて、どうでもいいでしょう? 忍者のごとく忍びこんで、脱出するだけだもの」

コールは後味の悪い思いで寝室を出た。そしてリオにいくつか指示を与え、エンジェルの家を発った。次はボーゴラとご対面だ。偽のガールフレンドのために、舞台を整えなければならない。

コールは街の反対側に向かってＳＵＶを走らせながら、エンジェルのことを深く考えまいとした。

〝自分にとっても安全だと思うか？〟

彼女になんと言ってほしかったのだろう？　どうしてあんなことを訊いてしまったのだろう？

答えはノーだ――彼と組んでも、安全ではない。

ただ、一瞬でいいから彼女とふつうの会話がしたかったのだ。嘘にまみれた生活を送っていると、精神的に負担がかかる。エンジェルとの関係も、また嘘を重ねたものだ――彼女は、コールも自分と同類の犯罪者だと思っているだろう。彼のほうが犯罪の規模が大きいだけで。

エンジェルはおそらく組織犯罪だと思っているはずだ。アソシエーションの中にも、そう考えている者がいる。自分たちはそれぞれの使命を持った犯罪者の集まりだと。

何もかもに疲れを感じた。

コールは信号待ちをしている間にベルベットの袋を調べた。追跡装置をつけた形跡はない。彼はガソリンスタンドに車を入れた。タイヤに空気を入れる場所の近くに、ちょうど人目につかない薄汚れた一画がある。

コールはすばやく手袋をつけると、解凍された両手を取りだした。手や爪に泥をつけてからペーパータオルで拭き、少しだけ汚れを残しておく。血がないと怪しまれるので、切断したあとに拭いたように見せかけるのだ。生きている体しか血は流さない。

コールは十時前にボーゴラ邸のゲートを抜けた。門番は、ボーゴラがオフィスでコールを待っていると言った。

コールは首に刺すような痛みを覚えながら、オフィスに向かった。悪い兆候だ。津波が起こる前は、たとえそれが何キロ先であろうと、小鳥たちの囀(さえず)りに変化が起こり、動物たちは高地へと避難しだすという。

犯罪組織でも大詰めを迎えると同じようなことが起こる——組織の人間たちにも野性の勘が働くのだ。逃走と混乱。

しかし混乱の中でさえも、そこにはロジックがあった。そのロジックをもう少し理解できれば、それを解く方程式が作れるはずだ。コールはそう思っていた。そんな方程式ができれば、人の本質がもっとよくわかるだろう。

コールは両手の入った麻袋を持って、豪華な廊下を通り抜けた。ダイヤモンドの入ったベルベットの袋は上着のポケットの中だ。

泥棒をこんなに早く見つけたとあっては、疑われる危険性もある。彼も泥棒の一味だと思われかねないが、なんとかしてボーゴラを納得させるしかない。

おまけに、まんまと泥棒を捕まえたコールは、屋敷の警備主任を任されてしまう。メイプスに恨まれるのは確実だ。

コールはオフィスを警備するジョンソンに頷きかけた。潜入員に友人ができるとしたら、彼は友人の一人と言える。

コールはオフィスに入ると、またとないほど高価で洗いやすいというあのカーペットの上に立ち、ボーゴラを待った。

ボーゴラが二人の側近とともに入ってきた。彼は側近を置きたがる。「ミスター・ホーキンス、見つけたのか？」

コールは笑ってみせた。ボーゴラ邸に潜入するに当たって彼が演じようと考えた人物像は、バリーという男をモデルにした。密売人の用心棒で、両親が親しくしていたろくでなしだ。あのなんでも屋のバリーなら、ボーゴラの機嫌を取ってへこへこしつつ、自分の手柄を自画自賛しただろう。

コールは麻袋をデスクに置き、上着のポケットからベルベットの袋を取りだして麻袋の横に並べた。

ボーゴラは中身をわかっていたが、コールに注意を向けた。沈黙することで、手下を縮み上がらせるのが好きなのだ。コールはボーゴラのやり口を知っていた――それは、たまに自分も使う手だった。

しかし、ここでボーゴラの相手をするのはバリーだ。コールはポケットの中の手をせわしなく動かし、視線をきょろきょろさせながら、気まずそうにボーゴラの反応を待った。バリーならきっとこんな仕草をするだろう。

ボーゴラはじっと立っている。やがて、コールの背後に回った。

後ろで何かが空気を切る音が聞こえた。次の瞬間、硬い銃口が頭に押し当てられるのを感じた。ちょうど、耳の後ろあたりだ。

ちくしょう。

心臓が早鐘のように打つ。コールは、老いぼれボーゴラが自分を息づまらせたことに嫌悪を覚えた。いや、ボーゴラではない、銃のせいだ。この男は何者でもない。供給と運搬。脳内の弾丸。

コールは目を閉じた。ボーゴラは権力を見せつけて、自己満足しているだけだ——コールの直感がそう告げていた。太陽に向かって飛び立ったイカロスさながらに、コールが舞い上がったものだから、ボーゴラはさらに上をいってやろうと牽制しているのだ。自分のほうが上だとコールに見せつけるために。

それとも、本気で殺すつもりなのだろうか。コールの正体を知って、殺そうとしている可能性もある。

もし正体を知られたのなら、もうなすすべがない。そう考えると、コールは奇妙な平穏を覚えた。まるで強烈な痛みが、それと同じ強さの相反する力によって、ようやく取り除かれたような気分だ。答えを追い求める絶望的な思いに終止符を打てる。コールはずっと答えを追い求めてきた。

その思いから逃れ、ようやく休むことができるのだ。

「俺の下で働くということは、俺がお前の命を預かるということだ。わかってるんだろうな？」ボーゴラが嚙みつくように言った。

「わかっています」コールが答えた。

ふん、権力を見せつけたいだけか。笑っていられるのも今のうちだ。コールは自分が道連れになってでもボーゴラを引きずりおろすつもりだった。

しかし、コールはエンジェルも道連れにしてしまった。追いつめられても毅然(きぜん)と振る舞ったエンジェル。不愉快そうに唇を曲げ、その美しい瞳いっぱいに秘密を隠していたエンジェルのことが、コールの頭に浮かんだ。

# 7

ウォルター・ボーゴラは銃をおろし、コール・ホーキンスをじっと見つめながらデスクの椅子に腰かけた。

この男がこんなに早く仕事を片づけるとは予想していなかった。コールがなんの手がかりもなくボーゴラの前に立っていたときから、まだそれほど経っていない。

そのコールが、ダイヤモンドを持って意気揚々と戻ってきた。いや、まだ仕事は完了していない。泥棒は三人組なのに、見たところ麻袋には一人分の手しか入っていなかった。

相手の得意げな顔を見ると、ボーゴラはいつも気分を害した。自分の若い頃を思い出すからだ。滑稽なプライドが鼻につく。愚にもつかない自尊心だ。

コールがずれた眼鏡を押し上げ、どのように泥棒たちの行方を追ったかを話した。

聞きこみをして、今回の件と似たような盗難がマリブで起こったという噂を突き止めたらしい。

コールが泥棒を捕まえたことには納得できる。ボーゴラの手下は防犯警備のエキスパートがほとんどだったが、コールは捜査が専門だ。彼は特殊部隊に所属したあと、ミシガンで私立探偵をしていた――私立探偵という名のフィクサーだ。フィクサーは、目撃者や陪審員の調査をして、そこから得た情報を事件解決のために活用する。最悪の場合、邪魔者を消す。

コールの目に髪がはらりと落ちた。それを見て、ボーゴラは昔飼っていたむさ苦しい犬を思い出した。毛がいつも目にかかっていた。何かの死骸をよく玄関口に持ってきた。頭のいい犬ではなかったが、根気だけはあった。

ボーゴラは麻袋に目をやった。「誰のものだ?」

「ご要望どおり、両手を切断しました。チューリッヒ出身のディーター・ワイスというスイス人です。最後の居住地はサンパウロ。ブラジルです」コールがにやりと笑った。「世界を股にかける宝石泥棒とは、映画みたいな話ですね。結末はお粗末でしたが」また愚かな笑みを浮かべる。

「遺体は？」

「ケーブル・キャニオンで処分済みです。昨日の朝、こいつの痕跡を見つけて、車を襲ったんです——幸運でした。でも、運気に乗るのが肝心ですからね」コールが延々と続けた。自分のことを切れ者だと思っているのだろう。

コールのもったいぶった自慢話は鼻についたが、彼を雇って正解だった。経済番組では、多方面への投資が大切だとよく言っている。もちろんそれは金の話とはいえ、そのアドバイスは有能な部下を雇う場合にも当てはまったというわけだ。

コールは両手を切断するときの話をまだ続けていた。遺体を雑木林の中へ引きずっていき、両腕を木の幹に固定しなければいけなかったらしい。コールは調子に乗って、体が切断される様子を詳細に語った。ボーゴラは、射精時のペニスの脈動を見たがる輩（やから）がいることを、ふと思い出した。射精そのものをより一層楽しむために見たがるのだ。ボーゴラもある面において殺しに快感を覚えたが、それは自分が手をくだすときの話だ。ほかの男が殺した話など興味はない。ボーゴラはコールを遮った。

「強盗は一人じゃなかったはずだ。ほかの連中はどこだ？」ボーゴラが訊いた。

「残念ながら、まだ逃走中です。これだけ追跡されて、仲間の一人が消えたとあっては、残りの連中はもう飛行機に乗っているでしょう……ちなみに、仲間はあと二人いるはずです。国外捜査もできますが……」

「ヨーロッパまでの旅費を払わせるつもりか、ミスター・ホーキンス？」

コールは他意はないと言いたげに両手を上げた。ボーゴラに余計な費用をかけさせようなんて、夢にも思っていないと言わんばかりの表情を浮かべる。「連中の行方を推測しただけです」

ボーゴラは暖炉を示して言った。「両手はひとまず炉棚に置いておけ」手のDNA検査をして、現場の血痕と一致するか調べるつもりだった。手下の仕事は念入りに確認したほうがいい。

とはいえ、ボーゴラは感心していた。

コールは麻袋をデスクから取ると、その自分の手柄を炉棚に置いた。

ボーゴラはジップロックの袋に注意を向けた。ベルベットの袋が五つ入っている。ダイヤモンドの入った袋だ。「落としては大変なので、ジップロックに入れておきました」コールがおどおどと言った。

この男は褒美が欲しいのか？

ボーゴラはダイヤモンドを一つ明かりにかざし、その輝きを見た。身内の宝石商にいくつか鑑定させるつもりだったが、全部本物だとほぼ確信していた。見かけだけで判断したわけではない。ダイヤモンドをすり替えるつもりなら、初めから偽物を用意しておくはずだ。盗んでから用意はしない。それでも一応、念入りに確認しておくべきだ。物事が順調にいっているときでも。順調なときこそ、確認が大切だ。

「犯人が持っていたのはこれだけか？　ほかの盗品は？　ほかのブツには手をつけなかったとは言わせないぞ」この男が何かちょろまかしていないとも限らない。

コールは肩をすくめた。「男の持っていた革製のかばんにこれが入っていました。マリブでは女性ものの宝石を盗んだと聞いています。それも、少し前に。多分、すでに盗品売買人の手に渡ったか、こっそり運びだすためにどこかに隠してあるのでしょう。私が追っていたのはダイヤモンドで、見つけたのもそれだけです」

「確かにそうだ、ミスター・ホーキンス。ご苦労だった。昇格を認めよう」

コールが頷いた。ほほえんでみせる。そのほほえみには、ボーゴラ好みの影があった。この男は昇格していく才覚がある。側近にしてやってもいいかもしれない。しかし、側近はしばしば主人を脅かす。それが問題だ。

「お前にボーナスをやろう」ボーゴラが言いだした。「二日間の特別休暇はどうだ？」

「ありがとうございます」コールが応えた。「昨晩はガールフレンドの誕生日だったのに、調査にかかりきりで会えなかったんです。彼女を怒らせてしまいました。許可を頂ければ、ディナーに連れていって、ここに一晩泊めたいのですが」

「ガールフレンドがいたとは知らなかったな」

「彼女のほうがのぼせ上がっているんです。私のほうは相手をしてやっているという感じで」

ボーゴラが頷いた。自分も身に覚えがある。「なら、ディナーはここに連れてきたらどうだ？　今晩のディナーに招待しよう。四人でお楽しみだ」

「本当ですか？」

「プールサイドでドリンクを楽しんでから、ディナーにしよう。ボスとディナーだなんて、ポイントを稼げるぞ」

コールが一瞬言葉を失った。うれしくはなさそうだったが、ガールフレンドと一緒にボスからディナーに招待されたら、従うしかあるまい。

ボーゴラはコールの部屋に監視カメラを仕掛けるつもりだった。スポットライトから離れた彼がどんな男か確かめてみよう。昇格させるのなら、この男のすべてを把握する必要がある。コールをどうするべきか、ボーゴラは決定打が欲しかった。

相手の能力をうまく使わなければ、その能力にしてやられるだろう。

# 8

火曜日の朝、嫌な男がエンジェルを迎えに来た。もう出発の準備ができているものと思っている。彼はリオを任務から放免した。インテリ風の眼鏡をかけた、言動が気味悪い哀れなリオ。しかし、そのオタクっぽい仮面の下には、極めて危険な男が潜んでいた。エンジェルは、リオがちょっとした物音にすばやく反応するのを見た。コールの忌々しい仲間たちは皆、彼と同じく異常に頭の切れる連中なのだろうか？　一体、どんな組織に属しているのだろう。

「さらば、友よ（アディオス・アミガ）」リオが言った。

エンジェルはほほえんで返した。「友よ、じゃあね（アスタ・ルエゴ・アミーゴ）」

彼女はエレベーターに向かって廊下を歩くリオを見送った。昨晩は、炒めた玉ねぎとブリ・チーズのピザを彼の分も作ってあげた。二人は二本立てのリアリティ番組とベネズエラのメロドラマを見ながら、一緒に夕食をとった。リオはイタリア系だったがスペイン語が堪能で、よい話し相手になってくれた。一方のエンジェルはそれほどスペイン語が堪能ではなかったけれど。両親が家ではほとんど英語で話していたからだ。自分のつたないスペイン語を気にして、彼女はラテン系を相手にするといつも自意識過剰になった。

エンジェルは静かにドアを閉めた。コールと違って、リオは彼女を丁寧に扱ってくれた。

でも、エンジェルが欲しいのはコールだった。コールは彼女の生活をかき乱す嫌な男だ。それなのに、彼が欲しかった。

距離を置くのよ。彼女は自身に念を押した。

コールはジーンズと色あせた青色の長袖シャツを着ていた。襟口がたるむほどに着古したTシャツからは、胸毛がわずかに覗いている。

「前もって電話してほしかったわ」

「仕方ないだろ。芝居を開始するには今が最適だな、ハニー。俺は連絡なしに立ち寄るタイプを演じる。君はいつでも準備ができているタイプだ」コールが居間に入っていった。「俺の新しいガールフレンドを演じるに当たって、いくつか打ち合わせをしておかないといけない。ちょっと面倒な話になった」

「どういうこと？」

「ボスが俺たち二人をディナーに招待した」

「冗談でしょう？　ボーゴラが？」

コールは昨日座った椅子に腰かけた。どうやら自分のものだと決めたらしい。「やつが俺に関心を抱いた。ダイヤモンドを取り戻したから労（ねぎら）いたいんだろう」

「それで私たちをディナーに招待したというわけ？」

「君も俺と同じくらい寵愛（ちょうあい）を受けられるさ」

「ふざけないでよ。好意ある関心は、悪意ある関心と同じくらい危険だわ」彼女は言った。

「うまくやれるさ。二人でお似合いのカップルってところを見せつけてやろう」

エンジェルの胃がぎゅっと反応した。「やめてよ」

「何を？」

からかわないで。あなたに惹かれているからって、私をもてあそぶのはやめて。

「ばかね、軽率な人間は殺されることもあるのよ。浅はかな行動は取らないで」

「でも、おもしろいじゃないか」

エンジェルが鋭い視線を向けると、コールはうすら笑いを消した。エンジェルは金庫を破るだけでも心配だった。それなのに、今度はボーゴラとディナーだなんて不安しかない。

エンジェルは、パートナーを組む相手としてはコールを信頼していた。彼はやり手だ。精鋭ぞろいの犯罪組織に属しているのは明らかだった。昨晩、電光石火の速さで彼女を取り押さえたときだって、手荒な真似もしなければ、躊躇もしなかった。

「まあ、とにかく、俺たちはまだつき合いはじめたばかりという設定だ。お互いのことを知りつくしているふりはしなくていい」彼が言った。

「パーティのときの監視カメラは？　私はあれに映っているわよ。パーティで出会ったことにしたほうがいいんじゃない？」

「いや、タイミングを怪しまれる。それに保証するが、あのカメラ映像を確認するやつは、女を物色するために観るわけじゃない。仮にそうだとしても、あの晩の君は今とは別人だった。気づかれないさ。君のほうが有利だ」

「胸の大きさまで変えていたものね」

「ふつうより変装手段が多いっていう意味さ。女性だからね」

「あら、女は有利な点と同じくらい不利な点もあるのよ。あなたにはわからないでしょうけど」

コールが灰色の瞳にあの熱情を浮かべた。「使えるものはなんでも利用すべきだ」

エンジェルはその言葉に棘（とげ）を感じた。「かわいそうな人。私に騙されたのが悔しかったのね？」

「二度とやるなよ」

彼女が肩をすくめた。「どうかしら」

「やったらどうなるか、わかってるだろう」

彼女はにやりと笑ってみせた。「あなたが騙さないなら、私も騙さないわ」

コールが動揺したようにエンジェルを見た。彼女はその視線に全身で喜びを感じた。

私ったら、まさか彼をからかって楽しんでいるの？

コールが脚を組んで言った。「ハニー、コーヒーはあるかい？」

「ハニーなんて呼ばないで」

「俺のガールフレンドとして場になじむためには、まず自分自身を騙さないと。俺のことを想ってるんだって。君は今、こう考えている。あたしのいい男の面倒を見なくちゃ、居心地よくしてもらわなきゃってな」

「なるほどね……」

「俺のことを想ってるんだろう、ベイビー？」

エンジェルはまぶたをおかしな具合に伏せた。メイシーがよくやる表情だ。

「その目はどうやってやるんだ？」

「練習すればできるわ」

「いいか……」コールが降参するように手を上げた。「ちゃんとやり直そう。俺の出だしが悪かった」

「どの出だしのことかしら。私の家に侵入したこと？　それが間違っていたと言いたいの？　それとも私に銃を向けたことかしら？　私の友だちを脅したこと？」

「今日のことを言ってるんだ」コールが立ち上がって外の廊下に出ると、また玄関から戻ってきた。「ただいま、ベイビー」そう言って、彼女を上から下まで眺める。「スウェット姿でノーメイクなのに、なんて魅力的なんだ。こんな美人には出会ったことがない」彼が声を落とした。「こっちに来いよ」

　エンジェルの胸が高鳴る。いけ好かないコールのほうが、まだましだ。

「来るんだ、ベイビー」

　エンジェルは呆れたような表情を浮かべた。「やめてよ。コーヒーでいい？」

「ああ。いつものやつで頼むよ。ミルクも砂糖もいらない」コールが言った。

　エンジェルはコーヒーを注ぎながら応じた。「私は両方入れるの。砂糖はたっぷりね」

「覚えておこう。その調子だ」コールがマグカップを手に取った。羊の絵が描いてある。「馴れ初めを決めよう。出会いはどこがいい？　よく行くところは？」

「海岸とかジムね。お気に入りのコーヒーショップもあるわ。あと、ネイルサロン」

「宝石泥棒らしいな。でも人にはインテリアデザイナーを名乗っている」

「本当にデザイナーなのよ」

「説得力があるじゃないか」

「本当だってば」エンジェルがきつい口調で返した。

　コールが部屋を見回した。「まあ、誰かにここを見せるわけじゃないしな」

「うるさいわね。私はここを気に入ってるの」

「少女っぽいな」

「女だもの。あなたの家をデザインするなら、男らしいものにするわ」

「最高に男らしい家にしてくれ」

「居間には、あなたの腹筋を拡大した特大写真を飾るわ。自慢なんでしょう」

彼が笑った。「それはこっちに飾ったほうがいいんじゃないか。俺がいない間、うっとり眺められるように」

「ダーツボードに使えそうね」

コールがコーヒーをすすった。「その態度はいただけないな。俺のガールフレンドは、俺に夢中なんだ。俺が君に夢中なわけじゃない」

「どういうこと？」

「そう話してあるってことさ」

エンジェルは笑い飛ばすべきか、彼を張り飛ばすべきか迷った。突拍子もない男だ。彼女はそれがなんとなく気に入った。

「悪いが、ボーゴラとの会話の流れでそうなった。君はつき合いたがってるが、俺の目当てはセックスだけだってね。だからボーゴラの前では、ダーツボードがどうのこうのという話はなしだ。俺に夢中なふりをしてくれ」

「嘘をつくんなら、少しでも説得力があるほうがいいんじゃない？」

「だって本当のことだろう？」彼が立ち上がり、ゆっくりとシャツを上に引っぱった。

「何してるのよ」

コールがさらにシャツを上げ、割れた腹筋を見せつけた。「これが頭から追い払えないんだろう？」

エンジェルは顔が熱くなるのを感じた。「やめてよ」そう言いつつ、腹筋を指で撫でまわす彼から目が離せない。不愉快だが、ちょっとセクシーだ。

コールが指を二本ウエストバンドに入れ、真ん中の銀色のボタンまで滑らせた。

エンジェルは呼吸が荒くなっている自分に気づいた。彼は留め金を外さず、そのまま手を下のほうへ……。

「なんなのよ！」エンジェルは後ろを向き、ライスケーキの袋を手に取った。

彼がくすくす笑う。「それと、俺はダイヤモンドを追っていたせいで君の誕生日を祝えなかったことにした。だから、これから数日間、特別なお祝いをすることになっている。そういう流れで、やつは手柄を挙げた俺にご褒美で特別休暇を許可してくれたってわけさ。うまいコーヒーだな」

「カフェイン控えめなの」エンジェルは後ろを向いたまま言った。

「カフェインを控えてなんになるんだ？」

「ぶるぶる震えながら隠し金庫を破ってもいいの？」

「なるほどな」コールが言った。「じゃあ、出会いはコーヒーショップだ。三週間前くらいにしよう。グランド通りにサバンナっていうコーヒーショップがあったな。それでいいか？」

「いいわ」彼女は答えた。

「会話のきっかけは？」

エンジェルは振り向いた。彼はちゃんとジーンズをはいていた。両手はマグカップを包んでいる。「私が近所の犬を散歩させてたことにしましょう。犬がいると会話のきっかけになるもの」

「よし。じゃあ犬はアイリッシュセッターの雑種で、名前はノーマンだ。二人でノーマンを海辺の散歩に連れていったことにしよう」

「出会いは火曜日よ。出会ってちょうど一カ月記念にしましょう」彼女は言った。

彼が座って携帯電話を取りだし、画面を何度かはじいた。「四週間前なら俺のスケジュールと辻褄が合う。初デートはイタリアンレストランにしよう。ミトはどうだ？行ったことあるか？」

「いいわよ。初デートでかなり期待してたってわけね」

「期待してたことはすべて叶った」

エンジェルが呆れた表情で目をくるりと回した。「あなたの妄想の中でね」

彼が立ち上がり、近づいてきた。エンジェルの呼吸が速くなる。キスするつもりなのかしら？　コールはカウンターからライスケーキの袋を取り上げた。「もっとましな食べものはないのか？」

「これはちゃんとした食べものよ。朝食を作ってほしかったのなら、前もって電話してね、ハニー」

「ピーナッツバターは？」

エンジェルはふんと息をつき、冷蔵庫からピーナッツバターを出すと、バターナイフと皿を用意して彼の前にがちゃんと置いた。

「ありがとう」コールは調理台の反対側の自分の席に戻ると、ピーナッツバターを開け、ライスケーキにたっぷり塗りはじめた。「最高の朝食だな。君にとても優しくしてもらって。君みたいなガールフレンドがいて、俺はラッキーだ」

エンジェルは笑いを噛み殺した。悪い兆候だわ。こういう類の男とは関わらないようにしていたのに!

政府の研究機関で働きづめの心理学者ですら、コールほど理想的な不良男は生みだせないだろう。偉そうな態度、忌々しい才覚、内面で燃えさかる知性と、三拍子そろっている。

エンジェルがつき合った不良男たちは、刑務所や死といった厄介事に突進せずにいられないタイプばかりだった。危険な計画を立て、大惨事に向かっていくという点で、コールも悪い男の見本みたいなものだ。

ただし今回は、彼女も一緒に大惨事に向かっている。

「細かい話も決めないといけないな」彼が言った。「俺から始めようか。ミトで初デートを終えた夜、ベッドの中の君は最高だった」

「なんですって?」

「まるでヤマネコのような動きだった。レストランでも、俺たちは握った手を離さなかった」

「あら、それは違うわ、ハニー」

「何が違う？　どこかのパーティで交わした熱いキスから推測するに……」

「あのキスは、あなたが私たちを見張っている理由が知りたかったからよ。情報収集の手段でしかないわ」

「情報収集の手段？」コールは彼女にきざな視線を向けた。

「そうよ。実生活では堅物なの。だから初デートのあとは、頬にキスくらいはしたかもしれないけど、それで終わりよ。本音を言うと、二回目のデートをするかどうか決めかねたわ。だって……」エンジェルはほほえんで、声を落とした。「あなたは少し頭が足りないように思えたんだもの」

　コールが顔をしかめた。

「だから同情して頬にチュッとしただけよ」

　コールが噴きだした。「それはないだろう。俺の記憶とは全然違う」彼の灰色の瞳が輝き、笑みが広がった。「俺の記憶ではどんなだったか、知りたいか？」

エンジェルの胸がどきっとした。

彼が低い声で言った。「レストランで、君は俺から手を離そうとしなかった」記憶をたどるように、灰色の瞳を遠くにさまよわせる。

二人で作り上げる幻のデート、二人の物語は、エンジェルに奇妙な孤独を感じさせた。

「ディナーの間ずっと、君は二人きりになるのが待ちきれなかった。俺が君のどこに触れ、君に何をするか……そんなことばかり考えていたんだ」

エンジェルの顔が熱くなる。

「俺が君のどこに唇を這わせるか」コールが続けた。「あらあら」

エンジェルは必死で退屈そうな顔をした。

「君はスカートをはいていた。デザートが来る頃には、もうテーブルの下でハイヒールを脱いでいたな。足で俺をまさぐっていた」

エンジェルが鼻で笑った。「まさぐったんだ?」

「容赦なくね、エンジェル。君の爪先がちょうど当たっていた。やめてくれって頼んだのに、君はやめなかっただろう?」

「ありえないわね」

「うちでデザートはどうかと言って、君はその後、俺を家に招いた。冷蔵庫で寝かせた生地で焼いたクッキーがあるのよって。でも君が本当に欲しがっているものを俺はわかっていた。そこまで鈍感じゃないからね」

コールはライスケーキにピーナッツバターを追加し、バターナイフをゆっくり動かしながら、ねっとりとなめらかな模様を描いた。コールにかかると、ピーナッツバターの塗り方までセクシーに見える。

彼がそこでエンジェルを見上げた。張りつくような視線を彼女の肌のあちこちに向ける。視線で彼女を閉じこめ、自分の意のままにするかのように。

「夢でも見てれば?」エンジェルがかすれた声で囁いた。

「そこに立つ君は妖艶だった。今、君が立っているところだ、エンジェル。君は俺の心をとろけさせた。覚えてないのか?」

「ええ」

「いや、覚えているはずだ」コールはまたピーナッツバターをのせ、ゆっくり伸ばしながら、まとわりつくように官能的な模様を新たに描いた。「俺は君を冷蔵庫に押しつけてキスをした。君の温かくて柔らかい体を、あの冷たく硬い冷蔵庫に押し当てたんだ」彼は言葉を止めて視線を上げた。「最高の感触だったな。君はその気だった。俺はスカート越しに指を君の脚の間に入れ——君を狂おしい気分にさせる部分に当てた。ゆっくり動かしたら、もっと速くって言われたな」

　エンジェルはふんと息を吐きだした。

「君は俺の手に自分を押しつけた。なけなしの力でね。君はすごく濡れていた。エンジェル、スカート越しでもわかったよ」

　エンジェルはお手上げだと言いたげに首を振った。なんて男なの。

「俺は両手でスカートを君の太ももに滑らせ、たくし上げた。君は俺の首にキスしていた。くすぐらないよう気をつけたが、君はくすぐったかったんだろうな。なぜなら太ももが敏感に反応していたから。それに肌寒い夜だった。スカートをウエストまで上げると、俺は手を君の後ろに回して、下着の中に滑りこませた。その魅力的なヒップをつかんで、君を俺にこすりつけた。君のせいで硬くなった俺のものを感じてもらうためにね。俺はすごく硬くなっていて、どうにかなりそうだった。君も俺にこすりつけて感じていた。お互いに準備が整っていた」

エンジェルはごくりと唾をのんだ。血管を血がどくどく流れているのがわかる。コールは調理台の向こうにいるのに、彼女はまるで彼に触れられている気がした。「君はやる気満々だったな、ベイビー」彼が続けた。「俺は手を下着の前に滑らせ、割れ目にそって指を押し当て……」

「なんなの一体？　十五歳のときに『ペントハウス』のお便りコーナーに投稿した妄想話？」彼女は力なく抵抗した。

コールがにやりと笑う。「指全体が割れ目にそっていただろ、エンジェル。長くて頑丈な男の指が、君を支配したんだ。前後に滑らせながら。君を撫でまわした。俺の腕の中で身をくねらせたのを覚えてないのか？」

「あなた、頭がおかしいわ」彼女は囁いた。

コールの前髪が眼鏡にかかっている。髪を払いもせず、コントロールがきかなくなっているように見えた。「君はやめないでって懇願しながら、俺の耳たぶをくわえた。俺は耳が感じやすいことを、君はすぐさま学んだ」そこで言葉を止めると、彼はバターナイフを舐めた。「メモはご自由に」

メモなど不要だった。エンジェルは彼の指のことを考えていた。

コールの瞳にユーモアが浮かぶ。「俺に触れられて、君はされるがままだった。いい意味でな。なかなか気に入ったよ。それに君は無我夢中だった。君は俺の手中で――文字どおり、手のひらで転がされたってわけだ。続けてもらうために、君はなんでもしただろうな。もちろん、俺は続けた。欲情した女に懇願させるような男じゃないからね。少なくとも三度目のデートをするくらいまでは、焦らしたりしない」

エンジェルは何か言おうとしたが、言葉が出なかった。

彼はその灰色の瞳で彼女を射止めた。「君はセクシーだった。俺の動きを待ち、俺に身も心も開いていた。俺は長い指を割れ目にそって前後に滑らせながら、君の敏感な部分にそっと押し当てた。強すぎず、弱すぎない力で。君の息遣いから、何を求めているかわかった。だから、君の求めているものを与えた。俺はいつだって与え上手だからね。君もそのことに気づきはじめていた」

エンジェルの心臓がどくどく脈打っていた。続きを聞かせて。

「俺は君をさらに強く冷蔵庫に押し当て、動きを封じた。俺は主導権を握るのが好きで、君もそうされるのを楽しんでいた――言われなくてもわかったよ。それから俺は、君の両手首をつかんで頭上で押さえこんだ。君はもう夢中だった。動きを封じられて、快感を覚えていたんだ。俺がしたいように振る舞うのを、君は気に入っていた。こう言っているみたいだったな、〝来て……お願い〟って」

エンジェルは唾をのんで、口の渇きを抑えた。

「興奮したときの君の唇の開き方といったら……たまらないね。君は全身美しい。目もきれいだ、秘密をたくさん隠した瞳。ああ、それにその魅力的な体。初めて見たときから、君は俺を虜にした」

彼の呼吸も荒くなっていた。いや、それは彼女の想像だろうか？

「この家に着いてからは、俺の怪物みたいに巨大なペニスで君のきつく締まったところを攻めることしか頭になかった。でも俺は、相手を何度かいかせてから自分が楽しみたい男なんだ。柔らかく、魅力的で、せがんでいる君が見たかった」

「私がせがむと思っているの？」

「ああ、君は絶対にせがむね。ひざまずいて、抱いてほしいとひれ伏すさ。俺はちゃんと応じるよ。まずは、そのきゅっと締まったヒップを攻める。だが俺は紳士だからね、最初に手でいかせた。指を君の中に押し当て、手先でもてあそぶと、君は絶頂を迎えた。俺にしがみついて感じるさまは最高だったよ、エンジェル。君の息遣いを聞いているだけで、どうにかなりそうだった」

コールは言葉を止めた。キッチンの明かりがまぶしすぎるような気がした。

「君は俺の腕の中で崩れ落ちた。支えなければならないほどにね。手でいかせると、君は疲れ果てていた。自分で立てないほどだったから、俺はそっと君を床に座らせた。冷蔵庫の扉に貼った、あの花のマグネットも全部君と一緒に滑り落ちた」

エンジェルは唇をぎゅっと閉じた。

「そこで床でのセックスが始まった」「もう充分よ」

エンジェルはわれに返った。

「聞きたくないのか、君がどんなふうに……」

「充分だってば」

「まあ、俺が言いたかったのは、あのイタリアンレストランから戻ったあと、頬への軽いキスでは終わらなかったってことだ。君はそれ以上のことをしてくれた。そういう話で合意できるだろう？」

エンジェルはコールをじっと見つめた。自分に触れている彼を感じられる気がした。

コールがバターナイフを舐めた。ゆっくりと。

「やめて」

「ナイフを舐めるのを？」

「なんのことか、わかっているでしょう」

コールが物憂げにほほえんだ。意味深長な沈黙が二人の間に広がる。「レーズンはあるか？」

「言っておくけど、そんなことは絶対に起こらないわ」エンジェルはレーズンの袋を出して、カウンターの上に叩きつけた。これ見よがしに強く。

コールは笑いながら袋を開けた。「まあ、そう言うなよ」

「私が堅物だってことを忘れているのね。あなたの妄想話は現実にはならないわ。どんな宗教教育を受けてきたか、知っているでしょう？」

エンジェルはコールの顔を観察した。結婚まで処女を守るという仄めかしに気づいたようだ。まるで二人の相性など重要ではないかのような言い草に。

コールが思わず笑った。「そして君は宝石泥棒でもある。欲しいものはなんでも手に入れるんだろう」彼はピーナッツバターの上にレーズンを配置しはじめた。

「ボーゴラが私たちのことを根掘り葉掘り訊きたがるはずないわよね？」

「さあな。やつと食事をしたことがないからわからない」

エンジェルは、彼がまたレーズンをピーナッツバターの中に練りこませるのを見た。

「朝食の準備じゃないの？　幾何学模様を描きたかったわけ？」

「一口食べるごとに一粒ずつ入るようレーズンを配置してるんだ。〝性感帯は耳〟の横に〝几帳面(きちょうめん)〟ってメモしとくといい」彼がライスケーキにかぶりついた。「うん。うまいね、ハニー」

エンジェルは、彼の言ったことをどう受け取るべきかと考えながらコーヒーをすすった。ふつうの会話を続けるつもりなのだろうか。初めてのセックスを終えたばかりな気がするのに。いや、どういうわけか初めてのセックス以上に親密な感覚があった。

「カトリック教徒として育ったのか？　本当に？」

「ええ。家族全員が信じこんでいるわ」

「信じこむというのがどういう意味かは訊かないでおくよ」

「ありがとう」

「じゃあ、なんで家族から離れた？　どこで道を誤った？　なんで家出したんだ？」

エンジェルはレーズンの袋を輪ゴムで留めた。コールはどうして彼女の詳しい過去を知っているのだろう。「あなたには関係ないわ」

「教えろよ。家族との関係が壊れた原因は？」

「もういいじゃない」

「いい両親みたいだけどな。でも、うわべに騙されることもある」

エンジェルは質問攻めにされるのが嫌だった。「いい両親だったわ」あっさりと答える。だからこそ、恥ずかしかった。両親はすべてを与えてくれたのに、彼女はそれ以上を求めたからだ。彼女は両親を失望させた。ろくでもない娘で、ろくでもない妹だった。

「他人に評価されたくなかったんだろう」彼がしばらく考えて言った。「君は自分で自分を評価したかったんだ」

エンジェルは肩をすくめた。大当たりではないけれど、的外れでもない。

「君はあの二人と少年院に入れられたが、問題はそれ以前から起こっていた」コールが推測しはじめた。「友人関係が原因だろう」

鋭い関心を向けられて、落ち着かなかった。エンジェルは裏方として、金庫を破ったりクライアントの心を開いたりするほうが好きだ。「そういった話は三度目のデート以降よ」

コールがカウンターを回ってきた。生き生きして見える。「過去……そうだな、小学校くらいまで遡ろう。あの二人以外、君の可能性に気づいた者はいなかった。君たち三人は、お互いの可能性を信じていた。そして、少女らしい反撃の誓いを立てた。君たちを誤解した人間、君たちを過小評価した人間は全員、地獄で吠えるがいいってね」

この男は何者なの？「あなたの推測ゲームにつき合うつもりはないわ」

「あいつらを見返してやる、仕返ししてやると誓ったんだ」

エンジェルの脈が速くなる。「大外れよ」誰かを見返すとか、誰かに仕返しするとか、そんな目的ではなかった。

コールが冷蔵庫に手をつき、両腕の中に彼女を囲って身を寄せてきた。唇が近く、ピーナッツバターの香りがする。「じゃあ、原因はなんだ？」

背中に花のマグネットの感触。彼の手が脚の間に入ってくるイメージが、エンジェルの中で行き交う思考すべてを消し去った。

「何が原因だったのか教えてくれよ、エンジェル」魅惑的な囁きだった。エンジェルは、コールに手首をとらえられた自分の姿を想像した。彼の指が秘所を撫で上げる。

「秘密を教えてくれ。一つだけでいい」

エンジェルは彼を押しのけた。「ふざけないで。秘密を打ち明ける義務なんてないでしょう。それから、私たちは初デートのあとでセックスなんかしていない。話はそれで終わりよ」

「そうか」コールは目にかかった髪を払うと、もう一つライスケーキをつかんだ。

「じゃあ二度目のデートの話だ。映画を観たことにしよう」

「いいわ」彼女は言った。「あなたやボーゴラみたいな人間相手に作り話をするのなら、映画は妥当ね」

「ボーゴラと同類にするなよ」彼が反論した。「俺はあんな男とは違う」

「あら、そんな言い方をしたら、あなたのボスは感心しないでしょうね。尊敬してないの？　彼みたいになりたいんでしょう？」

「なんの映画を観たか決めておこう」コールが唸（うな）るように言った。

二人は最近観た映画を挙げ、ヒーローものの映画に決めた。

「三度目のデートは、私がここでディナーを作ってあげたことにしましょう」

「そして、それ以来、君は俺に夢中だ」

「はいはい」彼女があしらった。「私はあなたの職業をなんだと思っていることにする？」

「用心棒だって知っているだろう。昔、ミシガンで私立探偵をしていたけどね」

「私の嫌いな食べものはマッシュルームよ」

「俺はスパイスにディルを使うのが嫌いだな」

「それで意気投合したことにしましょう」彼女が言った。「私もディルが嫌いなの。〝ディル嫌い〟を二人の関係における重要事項にできるわ。だって、スパイスにディルばっかり使う人たちがいるんですもの。知ってた？」

「ああ。でもディル嫌いで意気投合は、説得力にかけるな」

エンジェルが鼻を鳴らした。「そうね。あなたの怪物みたいなペニスで意気投合したと言ったほうが、説得力があるかしら？」

コールがにやりと笑った。

「ところで、アギーおばさんはいつ解放されるの？」

「今夜、解放される予定だ」彼が話題を変えた。「何を詰めたか見せてくれよ。セクシーなドレスが何着か必要なんだ。人目を奪うようなドレスがね」

「金庫破りに、セクシーなドレスという選択肢はないわ」

「金庫破りはどんな格好でするんだ？」

「黒のジャンプスーツとマスクよ」

「ジャンプスーツ？」

「道具用ベルトとホルスターもね」

コールが固まった。唾をごくりとのむ。「なかなかセクシーじゃないか、ハニー」

その表情から察するに、それを着ている彼女を想像しているらしい。

「あなたが想像しているほどじゃないわ、コール」

「そうかな」

エンジェルは笑った。ああ、もうだめ……コールが欲しくてたまらない。結局は、彼が好きなのだ。最悪だわ。

「ともかく、ボーゴラ邸を訪問するのにジャンプスーツは不要だ」彼が続けた。「セクシーなドレスと水着を用意してくれ」

「水着？　嫌よ」エンジェルは言った。彼女はパーティの夜、プールで女たちが注目を集めながらはしゃぎまわっているのを見た。あんなのは、絶対にごめんだ。

「嫌だとは言わせない」彼が言った。「水着は必要条件だ。やつを騙すためにはね」

エンジェルは目を閉じた。「うまくいく気がしないわ」

「大丈夫さ。二人でやれば、うまくいく」

エンジェルはコールを見上げた。本当に二人で力を合わせるのだと信じたかった。自分は一人じゃないと心の底から信じたかった。ずっと孤独を感じてきたから。

「クローゼットを見せてもらおう。俺が助ける。二人でやれば成功する。冗談で言ってるんじゃないぞ、エンジェル。絶対にうまくいく」

「誰の発言かしら？　一緒にボーゴラに立ち向かう、私のパートナー？　それとも偽のボーイフレンド？」

コールは少し考えこむ様子を見せた。「両方だな。俺はやつの前では仮面をかぶっている。二人で辻褄を合わせなければいけない」

エンジェルはしばらく不安そうに彼を見つめていたが、やがて寝室へ向かった。スーツケースがベッドの上に開いたまま置いてある。

二人はドレスを二着選んだ。コールがジャンプスーツを放りだした。「金庫を破るときはカジュアルな服装がいいだろう」

「まだ金庫の場所はわからないの？　追跡装置は作動してる？」

「追跡装置は作動してるが、やつがまだ袋をオフィスから持ちだしていないんだ」

「そこに隠し金庫がある可能性は？」

「ありえない。ダイヤモンドはデスクの中に入っている。多分、鍵付きの引き出しに。だが、すぐに持ちだすはずだ」

「転がしておくには高価すぎるものね」彼女は言った。「疑われている可能性はないの？」

「その可能性はいつだって否めない」

「どのくらい？」

「かなり高い可能性だ」

「最悪じゃない」エンジェルは言った。「その隠し金庫には、そんなに重要なものが入ってるの？」

「情報が入っている」

「その情報は、どうしても必要なの？　今すぐに？」

「ああ、今すぐに、どうしても必要なんだ。大丈夫。すべてうまくいく」コールが言葉を切った。「うまくいくべきだ」

ほら、見つけたわ。あの絶望的なまなざし。うまくいくべきだ、なんて昔の歌の歌詞にあった気がする。エンジェルがつき合った男たちは皆、いつも必死で何かと闘っていた。いつも負け戦で、救うには手遅れだった。彼女にとっておなじみのその光景は、ここまで危険な状況でなければ懐かしく思えるくらいだ。

エンジェルがつき合った男たち。

コールのことを、そんなふうに考えたのだろうか。ある意味、そうだわ。だって仮想現実でセックスしたんだもの。思い出すと、また体が熱くなる。

「水着は入れたか？」

「本気で言ってるの？」

「ビキニは持ってるかな」

持ってはいたが、エンジェルは真っ赤なワンピースの水着も持っていた。彼女の黒髪によく映える水着だ。彼女はそれを引き出しから出した。

「俺のガールフレンドは、水着にハイヒールをはいてプールに行くんだ」コールが言った。

「どうかしら。水着を着てハイヒールなんて、はいたことないわ。ボーゴラだってばかじゃないんだから、気づかれるわよ」

「うまくやり通せるさ」彼が返した。

エンジェルは首を振った。

「いや、大丈夫だ」コールがあの真剣な面持ちで両手を差しだした。「来いよ」

エンジェルは不審そうに目を細めた。

「来るんだ」

彼女がコールに近づいた。彼の手に自分の手を重ねる。

コールが手を握った。「俺たちは最高のコンビだ。魔法のように成功させる。わかったか?」

彼は本気でそう信じているのだ。急に、エンジェルの孤独感が薄れていく。本当に、すべてうまくいくかもしれない。

そう思ったのもつかの間、彼女はコール自身が自分にそう言い聞かせているだけだと気づいた。

〝俺たちは最高のコンビだ〟

なにがコンビよ。ほかに選択肢がないだけでしょう？　「幸運のリップスティックを持っていくわ」エンジェルは言った。

# 9

エンジェルとコールは、デリカテッセンで軽食をとりながら二人の作り話を練り上げ、その後の段取りを話し合った。コールはほかの用心棒たちのことを事前に忠告した——彼女に手荒な真似はしないが、下品なやつらだ。屋敷にはほかにも何人か女性がいて、ほとんどが娼婦だ。それがあの家ではふつうのことなんだと思ってくれ。まあ、すてきな家だこと。

気がつくと、二人はあのゲートを車で走り抜けていた。エンジェルは再びこの家を訪れていることが信じられなかった。

無事にゲートを通過し、五階まである屋敷に向かって私道を走った。その白いスタッコ仕上げの屋敷は、明るい赤タイルの屋根で覆われ、巨大なウイングとバルコニーがついている。エメラルドグリーンの芝地まで階段が延びていた。

屋敷は一九二〇年代に建てられたもので、最初はおそらく映画産業の業界人が住んでいたのだろう。ボーゴラのような怪物が住むにはもったいないほど美しい。コールが屋敷の裏に車を回した。裏側は表ほど派手ではなかったが、それでも豪華だった。「ボーゴラは本当にパーティで会ったことを覚えてないかしら？」エンジェルは訊いた。

「ああ、大丈夫だ」コールはそうした類のことに関して絶対の自信を持っていた。敵の陣営にいるのに、完全にリラックスしているように見える。でも、まだ隠し金庫のありかは判明していない。それがエンジェルを不安にさせた。彼女は、実はコールも心配していることを察していた。

「さっきも言ったが、俺はここでは別人になる。独占欲の強い男を演じる」彼が念を押した。

「紳士らしくドアは開けてくれるのかしら？」彼女は訊いた。

「もちろん。ちょっとばかり野蛮なだけだ」

「それに実生活と同じく、自分の性的能力をことさら自慢に思っているんでしょうね？」

「ふざけるなよ、エンジェル。ここからが肝心なんだ。役者はカメラの前でだけ役を演じればいいわけじゃない。役になりきらないと」

「うまくやるための指導なんて必要ないわ」

「頼むぞ。俺はタフガイに憧れる用心棒で、ごますり野郎だ。君は俺とつき合いはじめたばかりの、かわいいガールフレンド。その点は一貫して演じるべきだ。どこで誰が見聞きしてるかわからないからな。気を抜かずに役を演じてくれ」

「どこにカメラがあるかは把握してるわ。あなたの鼻先でここから宝石を盗みだしたのよ、忘れた？」

コールは返答せず、車を止めてドアを開けた。エンジェルも自分の側のドアを開けた。「閉めろ」彼がきつい調子で言った。

「え？」

「ドアを閉めるんだ。もう役柄を忘れてるじゃないか」

エンジェルがドアを閉める。

コールが回ってきて助手席のドアを開けると、彼女の手を取って下りるのをエスコートした。

「面倒ね」エンジェルはそっとぼやいた。「役を演じてるだけだ。お次のせりふは？」

エンジェルはあたりを見回しながら、にっこり笑った。「すてきなところね、ハニー。あたしは世界一幸せな女よ」

「その調子だ。今だって誰が見てるかわからないからな」コールはドアを閉め、後部席からエンジェルのスーツケースを取りだした。そして彼女の肩に腕を回す。野蛮な男らしい仕草だ。二人は歩道を歩いて通用口から屋敷に入った。

俺の部屋がある棟は宿舎ウイングと呼ばれてるんだ——そう話すコールの口調には皮肉な響きがあった。どうやら、役を演じきれていないのは彼女だけじゃないらしい。

廊下は肉と煙とミントのような匂いがした。スタッフ用にデザインされたエリアでさえ広々として風格があり、装飾したモールディングも見事だった。宝石のような豪邸だ。コールがどんな情報を探しているのか知らないが、彼の組織はそれを手に入れたら、ここをちょうだいするつもりなのだろうか？

コールは、いかつい容貌の用心棒たちとすれ違うたび、無愛想に挨拶を交わした。「温かいわが家に到着だ」そう言うと、コールは23号室と表示されたドアを開けた。

ボーゴラの用心棒たちは、住居と名のつくものには恵まれていないらしい。そこは殺風景で、広い寝室と簡易キッチンしかなかった。窓際には椅子と机。エンジェルは、備え付けのバスルームがあったので安心した。ふつうよりは家庭的なホテルの部屋レベルだ。エンジェルは小さなソファに視線を向けた。今晩はどちらかがあのソファで寝ることになるのね。

コールは彼女のスーツケースをベッドに置くと、ドアロの床から白いカードを拾い、しかめっ面でそれを見た。「ボスが三時にプールで待っているらしい。カクテルアワーだ」

「三時にカクテル？　酔うわけにはいかないわ、コール」

コールが彼女のほうを振り向いた。「一杯くらい大丈夫だろう。ご主人さまの機嫌を損ねたくないんだ、ハニー」

一杯くらいなら構わない。宝石泥棒の頃は、よく飲むふりをしていた。

「ボスには好印象を与えてほしいんだ」彼が言った。「俺と同じくらい、やつも君のことが気に入るさ」

「まあ、心強いわ」エンジェルは皮肉で応じた。

コールは窓辺の椅子に座り、タブレットを起動すると、携帯電話を取りだした。

「何か連絡は？」

「まだだ」彼が言った。

「二日後に業者との打ち合わせがあるんだけど」彼女が言った。「それにクライアントのカーテンの件で仕立て屋と外で会う約束もしているのよ」

「うまくいけばな」

「うまくいけば？」

「ああ」彼が急いでタイプしながら答えた。

「ちょっと、どういうつもり？　私はあなたのペットなの？」

「そんなもんだ」

エンジェルの頭に血がのぼる。「明日には絶対に仕立て屋と打ち合わせをしないといけないのよ」

「今から一つ目の選択肢に変更したいのか？」コールは顔も上げずに訊いた。

エンジェルは囚われの身になった気分で室内を歩きまわった。いや、実際に囚われている。彼女は武道雑誌を手に取った。「全部、私物なの？」

「俺以外に誰のものだっていうんだ?」コールが立ち上がってシャツを脱ぎ、広くたくましい肩があらわになった。エンジェルは目をそらして再び雑誌に視線を落としたが、もう彼の姿が目に焼きついてしまった。本当にいけ好かない男だわ。

コールはボディビルダーのような筋骨隆々タイプではないが、体つきが大きく、腕っぷしも強い。肌は小麦色で、胸には薄く胸毛が広がり、下腹部までつながって、矢印のように留め金を指し……その留め金を彼が外そうとしていた。

「ちょっと、何してるの?」

「ディナーのために着替えないと。遅刻はできないぜ、水着に着替えろよ」

コールが一つ留め金を外し、彼女がそれをちらりと見ると、意地の悪い笑みを浮かべた。「君の熱い視線から逃れるために、場所を変えたほうがいいかな?」そう言うと、彼は腹に手を滑らせた。「俺のこの手つきが好きなんだろう」

そのジョークは聞き飽きたわ。死ぬまで言い続けるつもり?

彼がまた一つ留め金を外す。エンジェルは視線を外せなかった。

「知ってると思うが、ここからがますます見どころだ」

「変態」エンジェルは後ろを向いて、スーツケースを開けた。そのスーツケースは、彼女が買いそろえた高価なブランドものの旅行かばんセットの一つだ。彼女は宝石泥棒をやめてから、ブランドものに凝った時期がある。美しいもの、一流のものを手当たりしだいに買いあさり、自分の生活を彩ろうとした。しかしどれも、宝石ほどの効果はなかった。

なんとかやり遂げるのよ。エンジェルは水着とハイヒールと化粧品を取りだしながら、自分に言い聞かせた。視線をまっすぐ前に向け、バスルームに入って扉を閉める。服を脱ぎ、きちんと畳んでトイレの蓋に置くと、水着に着替えた。肩紐（かたひも）のないワンピースタイプの水着で、胸の中央に金色の丸い飾りがついている。赤いハイヒールと絶妙な組み合わせだった。

エンジェルは髪を整え、リップを塗った。幸運のリップではない。それをつけるのは泥棒の仕事をするときだけだ。

そこで、彼女はビーチコートをスーツケースに入れたままだと気づいた。服を脱ぐコールの色気から一刻も早く逃れたくて、ビーチコートを忘れた自分が呪わしかった。ミス・アメリカのコンテスト出場者さながらに、水着で彼の前に躍りでたくない。きっとじろじろ見られるに決まっている。

エンジェルは、泥棒仕事のために品のないドレスを着るのがいつも嫌だった。ただ、あの頃は〝これでも食らえ〟という気分で着ていた。でも今夜はもっと最悪な気がする。なぜなら、コールに気に入られたいからだ。

ああ、もう！

ただの仕事よ。彼女はまた自分に言い聞かせ、深呼吸して、無頓着を装いながらバスルームを出た。

そして、転びかけた。

コールが黒のディナージャケットにネクタイをつけて立っていたからだ。見事に決まっている。

エンジェルは彼を無視してスーツケースをあさり、ビーチコートを探した。彼の熱い視線を感じる。ビーチコートを見つけると、すばやく頭からかぶった。

振り向いたとき、コールはまだ彼女を見ていた。「水着……似合ってるな」それだけ言って、彼は携帯電話をつかんでチェックしはじめた。

「あなたこそ、どうして水着じゃないの？」

「泳ぐのは女だけだ」

エンジェルは荒々しく息をついた。「どういうこと？　どうして女だけなの？」

コールがゆっくり彼女に近づいてくる。「ボスが催すプールパーティでは、そう決まっている。もう長く警備をしているから、わかるんだ。男は女が泳ぐのを見ながら、ビジネスの話をする。これまでとの違いは、俺は警備する側ではなく、パーティに参加する側になるってことだ。君も一緒にね。出世してるんだよ、ベイビー」

エンジェルは彼が何をしようとしているのかわかった。役を演じているのだ。彼女にもそうするよう促している。

コールは彼女の前で立ち止まり、ビーチコートのボタンを一つ外した。「最高にきれいだ」

エンジェルはキッチンでの出来事をまた思い出した。あのとき彼は高圧的で、辛辣で、有能な男の口調を装っていた……どの程度、真実の姿に基づいているのだろう？

「それに控えめだ」コールがつけ加えた。

エンジェルは作り笑いを浮かべたが、落ち着きを失いはじめていた……ボーゴラと再び対面するからという理由だけではない。

「準備はいいか？」

「いいわ」彼女はなんとか笑ってみせた。

コールはエンジェルをじっと見つめた。この表情は……なんだ？　緊張しているのか？

「サングラスは持ってるか？」

「ええ」

コールは彼女のスーツケースを目で示した。「持ってこい」

エンジェルはサングラスを取って頭にかけた。「ほかに何かご入用？」

「そのほうがいいよ、ベイビー」

二人はさっさと廊下に出た。コールは歩きながら腕を彼女の肩に巻きつけ、手をだらりと前に垂らした。彼女の胸には触れていないが、そうしようと思えば触れられる近さだ。コールは野蛮なごますり野郎。彼が自分の役柄を真剣に作ろうとしているのを考えると、エンジェルは少し笑いそうになった。そして、なかなか気に入った。彼女は見事なものに惹かれる。

二人は外のパティオを抜けて、来たときとは別の場所に出た。目を見張るほど豪華な部屋の数々を通過する。たどり着いた家の中心部は壮大で、ボーゴラや安っぽい裸の智天使（ケルビム）、けばけばしいアート、見かけ倒しのイタリア風噴水をもってしても、その荘厳さは損なわれていなかった。

ただしボーゴラも努力はしたようだ。大広間のクラウンモールディングは何カ所か金色に塗られている。ひょっとしたら金箔（きんぱく）かもしれない。天井のもっとも高い部分には雲が描かれている――何もかもが大きく、金色がかっていて、嘘くさかった。完璧な白い薔薇を香水とグリッターで飾るかのように、この屋敷も不必要な装飾が施されていた。

エンジェルは、上階の花瓶をホワイト・ジェニーが叩き割ったのを思い出してほほえんだ。よくやったわ。あの花瓶はボーゴラにはもったいないもの。

二人はフレンチドアを抜け、ガラスの丸天井に覆われた大きなプールに出た。しっとりした南国風の空気が流れ、柱や壁の表面にはぎっしりと花が飾られている。ピーナッツ型のプールの中から突きでているのは、いくつかのひわいな塑像だ。ボーゴラがテーブルに着いていた。日焼けしたブロンド女性を二人はべらせている。二人とも若く、ハイになっていた。

ボーゴラが笑みを浮かべて軽く頷き、エンジェルの体をじっとりと眺めまわした。

彼女は吐きそうになった。ボーゴラほど気味の悪い人間には会ったことがない。

「お待たせしました」コールが言った。

ボーゴラが立ち上がる。「ウォルターと呼んでくれ。今日は親睦会だからな」そう言って、エンジェルに手を差しだす。彼女が握手に応じると、彼は手を口元に持っていき、そっと舌を這わせながらキスをした。メイシーにした挨拶だ。

「エンジェルです」

「よろしく」ボーゴラはフランス語で気取って言った。人種的な中傷を受けるのはパーティガールだけらしい。「この二人はキティとケンドラだ」そう言って、彼は二人を紹介した。彼女たちはエンジェルににっこり笑いかけた。「こちらはエンジェルとコールだ」

〝もう手首を切り落としても大丈夫かしら〟メイシーがボーゴラに手を舐められたときのせりふだ。エンジェルは笑いをこらえた。これほど二人を懐かしく思ったことはない。

カクテルとシュリンプのオードブルが運ばれてきた。ウェイターがエンジェルに渡したグラスには赤いドリンクとフルーツが入っていた。サングリアではない。アルコールの強い香りがした。

「遠慮なく、くつろいでくれたまえ」そう言いながら、ボーゴラは彼女のビーチコートを視線で示した。暗に脱げと命令している。

エンジェルはどうしても脱ぎたくなかった。

その瞬間、彼女は自分には一切主導権がないことに気づいた。ボーゴラは頭のいかれた変態で、忠実でサディスティックなボディガードを従えている。一方の彼女は、その男の家に滞在する立場だ。彼から盗みを働くために。

横にいるコールだって、一人の男にすぎない。

しかも彼はエンジェルを脅迫している。言わば敵だ。

コールが彼女のヒップをはたき、現実に引き戻した。「さあ、遠慮せずに座ってくつろげよ」

彼女がビーチコートを脱ぐ心の準備ができていないことにコールは気づいたのだろうか？　ボーゴラの〝くつろいでくれ〟という言葉の意味を、そのまま受け取ったふりをしたのだろうか？　きっとそうだ。

コールはすでによき相棒だった。

エンジェルはビーチコートを着たまま座った。

コールが彼女の横に腰かけ、シュリンプの皿を渡してくれた。「ウォルターが出す料理は、このあたりじゃ最高のものなんだ」彼はボーゴラに向かってへつらうように眉を上げた。

エンジェルはシュリンプを手に取った。

ゆくゆくは、ボーゴラが見ている前でビーチコートを脱いで泳がなければならない。この不快な男は彼女をじっとり見つめて、気色悪い想像をするだろう。

「二人はどこで出会ったの？」ケンドラが訊いた。

「コーヒーショップのサバンナよ」エンジェルは、カクテルソースにべっとりシュリンプを浸すコールを見ながら答えた。「犬の散歩中だったの」

「アイリッシュセッターのノーマンをね」コールがシュリンプにかぶりつきながら続けた。

コールの食事マナーは悪くなっていたが、ボーゴラの行儀に合わせたのだろう。彼は食べながらしゃべった。いつもとは身のこなし方まで違う。小柄に見えるように座っていた——ボーゴラを威圧しないためだ。なんて頭の回る男なの。やり手すぎて怖いくらいだわ。

ケンドラがくすくす笑った。「誰が犬にノーマンなんて名づけたの？」

「近所の人が飼っている犬なの。笑えるでしょ、ノーマンだなんて」エンジェルがまたコールを見た。「犬がきっかけで知り合って、その日は二人で過ごしたのよね」

コールがきざな素振りで脚を組んだ。「俺が彼女の心を奪ったんだ。哀れなノーマンには悪いがね」

「でもノーマンをかわいがってくれたでしょう。ノーマンは男友だちも悪くないって思ったのよ、きっと」

コールが彼女の肩を指で撫でた。「誰かさんほど気に入ったわけではないと思うけどな」

ケンドラが笑った。エンジェルは赤面してカクテルを一口すすった。信じられないくらい強い酒だった。

しかし、二人は一応うまく演じていた。

「それで、二人ともディルが嫌いだってわかって意気投合したわけさ」コールがつけ加えた。

「二人ともディルが嫌いなの？」キティが訊いた。

「そうなの」ようやく場に慣れてきたエンジェルが答えた。「みんなディルを使うでしょう、うんざりよ」

「みんなだぞ」コールが強調した。「〝ディル反対〟ってオンライン嘆願すべきかもな」

　エンジェルは笑いを押し殺した。彼は準備万端だったのだ。

　五人はしばらく世間話を続けた。会話の途中で、コールがエンジェルのカクテルを取って一口すすり、自分の側に置いた。数分後、彼はほとんど空になった自分のグラスを彼女の側に置いた。飲んでみると、かなり弱い酒だった。コールは正真正銘のプロだ。

　それにしても、女性にだけ強いカクテルを振る舞うなんて、本物のブタ野郎だ。ボーゴラは口調まで邪悪だった。歌うようななめらかさで言葉が流れ出てくる。ふつうの男より声が高い。その声で獲物をまやかし、なだめながら、非道なことをするのだろう。そんな彼の姿が容易に想像できた。しかしその声は、獲物をかえって脅かすはずだ。ボーゴラはそうやって脅すのが好きなのだ。

エンジェルの脈が速くなる。一体どうすればこの状況を乗りきれるのかしら？コールはずっと彼女の肩に腕を回して髪をいじっていた。しばらくして、彼がゆっくり彼女のサングラスをおろし、鼻の上にのせた。「このほうが似合うぜ」

似合うからそうさせたのではない。役を演じることから少しだけ解放してくれたのだ。エンジェルが当惑しているのを感じ取ったのだろう。

目を隠しているだけで、ずっと楽だった。相棒でもあり敵でもあるコールへの感謝の思いが押し寄せてきた。エンジェルを危険に引きずりこみながら、彼女を守っている。彼に対する思いは、欲望と苛立ちが入りまじっていた。エンジェルは彼の腕に手をのせた。役を演じるためだが、ありがとうと伝えるためでもあった。

コールの肌は温かく柔らかかったが、その下には鋼鉄のような筋肉がまぎれもなく潜んでいる。

盗みの相棒とこんなに長く接する羽目になるのは初めてだった。いつもはメイシーとジェニーが話し相手を担当していたからだ。二人はスポットライトを浴びるのも平気だったが、エンジェルはそれが嫌いだった。一番嫌いなのは鏡だ。必要なときしか見ないことにしている。鏡や窓に自分がふっと映ったときは最悪だ。気分が一気に落ちてしまう。

美しさは表面だけだが、醜さは骨の髄まで。

エンジェルは、クライアントが住環境を通して自分の内なる美に気づくよう手伝うのが楽しかった。しかし、彼女自身の家にはその内なる美が反映されていない。自宅は、他人のためのデザインを試す場所だ。

ケンドラが、今シーズンの『バチェラー』を観ているかと話題を振ってくれた。エンジェルは彼女を抱きしめたいくらいうれしかった。ケンドラを相手に番組の話をできることにほっとした。おかげで、なんとかこの場を乗り越えられそうだ。

「三人でひと泳ぎしてきたらどうだい？」ボーゴラが言った。

気持ち悪い……せっかく会話が弾みかけていたのに、泳いでこいと命令するなんて。女たちが濡れるのを見たいのだろう。いや、こういった連中がいやらしい話をしたがるように、ボーゴラもコールとそんな話をしたいのかもしれない。エンジェルはコールを見た。

「泳いでくるわ」大丈夫だと彼に伝わるように言った。

こんなに通じ合えるのは、ある意味犯罪だ。しかし、エンジェルはいつも間違った男と通じ合ってしまう。

ビーチコートのボタンを外し、できるだけ何気なく、それを椅子にかけた。

これも仕事のうちよ。彼女は男の視線が肌にまつわりつく感覚を無視して、自分に言い聞かせた。

プールにはネットが張られていた。ビーチボール用だ。エンジェルは心の中でうなった。ハイヒールを脱ぎ捨て、お代わりを注がれたグラスを手に、ケンドラやキティとプールに向かう。ケンドラはまだ『バチェラー』の話をしたがっていた。二人は、出演者の中で同じ女が嫌いなことで意見が一致した。

三人はプールの階段をおりていった。水は温かく、風呂のようだ。エンジェルはプールの端に腰かけ、誰も見ていない隙にカクテルを水の中に捨てた。花のように広がるピンクを足でかきまぜる。

キティが横に座ってきた。大人しい子だが、頭が悪そうには見えない。ボーゴラは二人を雇っているのだろう。好きこのんでボーゴラのような男と寝るなんて考えられない。あんな男とセックスしなければならないのなら、自分一人ではなく、ほかの女が一緒のほうがいい――ボーゴラと二人きりになるよりはましだ。それに、どれだけ気持ち悪かったかあとで話題にできる。

メイシーとジェニーがここにいたら、三人でボーゴラをこきおろすだろう。あの蛇みたいにねっとりした声、女性用のきついカクテル、ビーチバレー用ネット……すべてが酷評の的だ。

男たち二人は会話に熱中していた。ああいう連中は一体、何を話題にするのだろう？ コールのグラスは空だった。熟練の腕さばきで、気づかれないように中身を捨てたに違いない。

コールは器用だ。この仕事もうまくいくかもしれない。

# 10

コールはボーゴラの独善的な態度が気に入らなかった。まるで猫が鼠をもてあそぶような態度だ。しかし、もしボーゴラがダイヤモンドの袋につけた追跡装置に気づいているなら、一緒にカクテルを飲もうなどと誘わないだろう。

だとすれば、この態度はなんだ？　コールがさらにつけ上がった行動を取らないか見張っているのか。ダックスの部下が用意したコールの偽の身分証明書は非の打ち所がなかった。かえって完璧すぎたのだろうか。完璧すぎると怪しまれることがある。それとも、あまりにも有能な印象を与えてしまったか。ボーゴラは自分がその場で一番有能だと思いたいタイプだ。

コールは立って長い脚を伸ばしたくてたまらなかったが、ボーゴラが偉そうな態度でふんぞり返っている間は、おとなしく座っているしかない。だから彼は椅子に縮こまり、服従的な姿勢を崩さなかった。そのほうが、嗜虐的なボスの機嫌がいい。

プールから笑い声が聞こえる。エンジェルとキティ対ケンドラでバレーボールが始まっていた。ブロンドの二人は少し酔っているようだ。女性用カクテルの強いアルコールのせいだろう。ボーゴラは無力な状態の人間を見ると喜ぶ。本物のくそ野郎だ。ボーゴラが何か企んでいる可能性もあった。だが、そんなことは関係ない。コールかエンジェルのどちらかが物理的にこの任務を果たせなくなるような事態が起こらない限り——つまり、怪我をしたり死んだりしない限り、計画は続行だ。

エンジェルには気の毒だが、仕方ない。彼女は犯罪者だ。ボーゴラのような男から盗みを働く時点で、自らリスクを負っている。

うまくいけば、ボーゴラは盗難にあったことすら気づかず、エンジェルももとの生活に戻れるだろう。そして二人は別れる。あとはアソシエーションが船を見つけ、連邦捜査局が介入して然るべき措置を講ずるはずだ。

プールから黄色い声があがる。

エンジェルは見事に役を演じていた。注目の的になるのは嫌いなようだが、ちゃんと役目を果たしている。その点では、文句なしのプロだ。

ボーゴラは三人の試合をうっとり見ていた。水の中で飛び跳ね、濡れた胸を弾ませながら頭上でボールを叩く女たちをいくら見ても見飽きないのだろう。ボーゴラは、女たちがトップレスでプレイするのを見るのが何よりも好きだった。この先そんなことにならなければいいが、夜は長い。ボーゴラがそれを言いだしたらコールは止めに入るつもりだったものの、必要とあらばエンジェルに脱いでもらうしかない。

コールは裏社会のさまざまな工作員や潜入員と仕事をしてきたけれど、誰かと組むときは、相手に度胸があるかないかを見破る洞察力が必要だ。

エンジェルには度胸がある。少々のことでは動じない強さがあるのだ。自分では気づいていないが、彼女はタフだ。コールは彼女の度胸が気に入っていた。

彼は急にそのことをエンジェルに伝えたくなった。二人きりになって、君は本当に勇敢だと伝えたかった。なぜなら、何かを怖がっているのにそれでも立ち向かうのは、勇気がある印だからだ。

ボーゴラがドリンクの氷をかきまぜながら、コールに笑いかけた。

コールは自分も女たちを見るのが楽しいふりをして、下品なごろつきを演じた。

ボーゴラはこの状況を、自分で用意した贈りものだとでも思っているのだろう。これは、ある種のシステムだと言えるかもしれない——供給と運搬。かわいい女たちが最適なパフォーマンスを行う中、男たち二人でよもやま話ができるシステムだ。

ボーゴラはバレーボールをしろと命令する必要すらなかった。あの娼婦たちは、ちゃんと彼の好きそうなことを知っていて、それを叶えている。最適なパフォーマンスが最適な効率で行われていた。強いアルコール、バレーボール、コールとの食事……ボーゴラの求める人とものが、大きなシステムの中で順序よく個々の役割を果たしているというわけだ。

やろうと思えば、コールはそのシステムを方程式に当てはめることもできただろう。

エンジェルは笑いながらプレイしている。なめらかな肌に水がきらめいていた。髪は一つにまとめられ、小さなビーズの髪飾りが宝石のように太陽の光を反射している。髪が少しずつほどけ、濡れた肌に張りついていた。

それに、あの水着。コールは、ボーゴラが演出したショーの中で演じるエンジェルを愛でている自分が嫌だった。でも、あの水着を着た彼女は本当にセクシーだ。部屋で褒めたのは、お世辞ではない。バレーボールをプレイする彼女はきれいだったが、彼の心をとらえたのは、その内面から輝きでている心だ。いくらボーゴラが彼女の品を落とそうとしても、彼女の内面は輝きを放つ。

コールは視界をぼやけさせ、彼女を直視しないよう努めた。水面に広がる光の模様に集中しようとした。

エンジェルはただの泥棒だ。目的を果たすための手段でしかない。利用され、犠牲になることもあるのだ。

コールはそれを平気に思わなければならない。

ボーゴラは、泥棒に入られたことを肝に銘じて、新しいセキュリティ対策を立てるべきだと話しつづけていた。〝屋根と樋の何カ所かに電気を流し、警報が鳴ると通電するようにしてはどうだろうか〟

〝いいですね〟

コールの携帯電話がポケットの中で振動した。重要な知らせではないだろう。ダイヤモンドが移動したという知らせではないはずだ。ダイヤモンドを移動させられる唯一の人間は目の前に座っている。

彼は振動を無視した。

ちょうど五時になると、ボーゴラが立って指を鳴らし、バレーボールが終わった。

女性たちがプールから上がってくる。ボーゴラはケンドラとキティを両腕に従えた。

「三十分後にディナーだ」ボーゴラがエンジェルを見ながら言った。

コールはすばやくエンジェルをタオルで包み、男の視線から守った。

二人は、ボーゴラが女性たちを従えて歩いていくのを見送った。

「あの二人がどれだけの報酬をもらってるのか知らないけれど、割に合わないでしょうね」エンジェルは言った。

「人は身の丈にあった報酬を得るものさ」

「それは私のことも言っているのね」脅迫のことだ。エンジェルはタオルをさらにきつく巻きつけ、毅然とした表情を浮かべた。「こんなことはしなくてよかったのよ。自分の面倒は自分で見るわ」タオルで包んだことを言っているらしい。彼女ならボーゴラの視線に耐えることができたのだろう。

コールは自分のために彼女を隠したことに気づいた。だめだ……エンジェルに気を取られている場合ではない。

「わかった」そう答えて、彼は携帯電話のメッセージを確認した。アギーおばさんが解放されたらしい。いい知らせだ。エンジェルに伝えれば安心するだろう。コールはディナーの前に伝えようと思った。ボーゴラとのさらなる対面に備えて、いい知らせは景気づけになる。

「バレーボールはボーゴラを楽しませるためだったから、変に聞こえるかもしれないけど、体を動かしてストレス解消できたわ。彼と会話するより断然ましだった」

「ほかにどうしたい？」コールは訊いた。

「どういう意味？」

「気晴らしのために部屋で一人になりたいか？　腕立て伏せをしたり、タバコを吸ったりしてリラックスする人間もいる。頭を落ち着かせるやり方は人によってそれぞれだ。今日は長い夜になりそうだからな」彼は、アソシエートによってそれぞれだ、と言いかけた。まるで彼女が仲間であるかのように。

エンジェルは目を細めて言った。「二人に電話したいわ。大人げないけど、あの二人抜きで泥棒をしたことがないから不安なの。それに、私が無事かどうか向こうも知りたいだろうし」

コールは彼女に自分の携帯電話を渡した。「この電話は安全だ。早くすませろよ。テーブルから離れなければ、自由にしゃべっていい。ここには盗聴器は仕掛けられていない」プール脇のテーブルは、ボーゴラが密談を行う場所だからだ。

コールは、エンジェルにプライバシーを与えるために、プールの反対側へと歩いていった。彼女は犯罪仲間から力を得たいのだろう。犯罪仲間を認めるつもりはないが、ガールズパワーを欲しがる心情は尊重すべきだ。

だったら、アギーおばさんのことは二人から聞くかもしれないな。自分でその知らせを伝えたかったとはいえ、誰が伝えてもいいじゃないか。

数分後、エンジェルがにこやかに近づいてきた。「アギーおばさんが解放されたわ。しかもフレッシュボーイズのうちの二人が救命室に運ばれたみたい」

「当然だろう、ダーリン。優しいおばさんを誘拐したらどんな目にあうか、これでやつらも学んだだろう」コールが言った。

「ありがとう」エンジェルが思慮深い表情で電話を返した。「ボーゴラのこと、どう思う?」

コールは電話をポケットに入れた。「我欲だけの狡猾(こうかつ)な男だ」

「疑ってると思う?」

コールはエンジェルの目を見た。嘘はつけない。「疑っている可能性はある」

「その金庫に入っているものは、命を賭けるほど大切なものなの？」彼女は訊いた。

それはいつも訊かれることだ。マクミランからも似たような質問をされた。任務とは無関係の部外者、つまりなんの関係性も恩も借りもない人間なら、気軽に訊ける質問なのだ。

「こうするしかないんだ」コールは一言で答えた。

「どうして？」

「どうしてもだ」

エンジェルは不審そうに眉をひそめた。「でも、命を賭けるほど大切なの？」

「手に入れずにここを去るわけにはいかないってことだ」

「答えはイエスってことね」エンジェルが言った。

コールは彼女の両腕をつかみ、タオル越しに温めるように撫でた。「一瞬で忍びこんで、さっさと抜けだそう。君はプロだ。あの晩も見事にやってのけた。ボーゴラが何かを確信しているときは、俺にはわかるんだ」

「なんとなく怪しんでるんじゃなく、確信しているのならわかるってこと？」

ああ、そうだ。俺たちは未知の危険領域にいる。彼は船に乗せられた高校生たちのことを無理やり考えた。彼らは期待を胸に乗船し、動物のようにコンテナに詰めこまれ、海の向こうで残虐な死を迎えるために運ばれているのだ。彼らのためにも、コールは客観性を失ってはならない。

コールはエンジェルを見ないようにしながら、彼女に考えを戻した。「俺の決めたことにごちゃごちゃ質問するのはやめてくれ。君はやつから盗みを働いたときに、このゲームに加わったんだ。そして、意外なことに捕まった。やつのほかの部下に捕まっていたら、もっとひどい目にあっていたはずだ」

「答えはイエスなのね？」彼女は食い下がった。「どんなに危険でも、やるしかないってことでしょう？　自滅覚悟の任務なの？　それだけは教えて」

「自滅覚悟？　俺がそんなに自滅的に見えるのか？」

「質問に質問で答えるのはやめてよ」

コールは少し考えた。この美しい金庫破りは、彼の心の声を聞いたのだろうか？　彼の本心を知っているのだろうか？　これは自滅覚悟の任務なのか？「俺が二人もろとも自滅する覚悟だと思っているのか？」

エンジェルの鋭い顔つきが和らいだ。彼女は手をコールの両腕に置き、顔をじっと見つめた。何を見ているのだろう。ありえないことだが、コールは一瞬、エンジェルがキスしてくるのではないかと思った。

彼女にキスしたかった。

「行きましょう」エンジェルがやっと口を開いた。「この忌々しい水着を脱ぎたいわ。ショーは終わりよ」

「答えはイエスってことか？」コールが囁いた。彼女がどう思っているのか気になる。その意見を信頼していた。

エンジェルは何か言いたげな表情で彼の目を見つめた。首をかしげ、軽く肩をすくめる。「ええ、イエスよ」

「そこまで自滅的なことはしない」愚かな言い分だった。彼がそれを約束できないことは、二人とも知っていた。

現実が押し寄せ、沈黙が深まる。

「あと一つだけ訊かせて」彼女が言った。

コールは心の準備をした。正直に答えよう……彼女には答えを知る権利がある。

エンジェルがほほえんだ。温かいまなざしが彼の心を満たす。「ボーゴラより気味の悪い男なんて存在すると思う？」

コールは鼻を鳴らした。

「あのしゃべり方……」彼女が小声で続ける。「それにプールでバレーボールってなんなの？」

「ああ、同感だ。思春期の男じゃあるまいし」コールは言った。

彼女が笑った。「十五歳なら、まだ救いがあるけどね」

「確かに」

「あんな最悪の男に会ったことないわ」エンジェルが言った。

「トップクラスの最悪男だ」これは真実だ。「さあ、行こう」コールは彼女の肩に手を回し、部屋に向かって歩きはじめた。宿舎ウイングに入っていく道すがら、彼はエンジェルの髪にキスをした。これも演技の一つだ。

でも、本心はそうではなかった。

部屋に戻ると、エンジェルはシャワーを浴びて着替えた。その間にコールは追跡装置をチェックした。ダイヤモンドに動きはなかったが、動くとは思っていなかった。ボーゴラが動くには、ディナーまでの時間が短すぎる。

ディナーもカクテルアワーと同じくらい苦痛だった。キティとケンドラはさらに酔っていた。ボーゴラたちが座るテーブルの下では、二人の手がボーゴラの股間を代わる代わる撫でていた。食事中のボーゴラに女の一人がオーラルセックスを始めやしないかと、コールは冷や冷やした。最低限のマナーは守るだろうと思ったが、ボーゴラのことだから期待はできない。ルールなどお構いなしの男なのだ。そもそもボーゴラにはルールに従う必要がない――彼のまわりにはごますり連中しかいないし、何十人もの警官や政府当局者に袖の下を握らせている。彼がルールを破っても、咎める者は誰もいないのだ。

過去にはボーゴラの裏稼業の証拠をつかんだ警官もいたが、彼らはいつも消された。不思議なことに、つかまれた証拠はうやむやにされたりもみ消されたりした。しかし、アソシエーションならボーゴラを滅ぼしてくれるだろう。コールはそうするつもりだった。

エンジェルは大声で笑い、明るく話しながら役を演じていた。本当に酔っているように見える。

彼女は肩紐のついた華やかな紫色のドレスを着ていた。ろくでなし男のガールフレンドが着るドレスにしては、派手さが足りないかと心配したが、彼女が着るとまぶしいくらいだった。裏社会の用心棒ならひれ伏す美しさだ。潜入員コールにとっては、その役を演じることなどお手のものだった。

話題がインテリアデザイナーの仕事の話になると、エンジェルの輝きがさらに増した。コールはやはり演技だと思ったが、それにしては、インテリアの話をするエンジェルは生き生きとしていた。演技ではない。そこにあるのは情熱だった。

エンジェルは、どんな案件もクライアントの持つ何かがきっかけになるのだと話した。たとえばそれは、クライアントの趣味であったり、お気に入りの椅子であったり、先祖代々伝わる美術品であったりする。デザインとは、家主が心の中で大切にしているものを発見し、発展させることだ——彼女はそう語った。家主の内面の美しさを引きだすのが彼女のやり方だが、それを建築様式や南カリフォルニアの景色に溶けこませるのだ、と。彼女は、その家の建築様式の雰囲気を反映させるやり方を説明した。エンジェルの話を聞き、コールはボーゴラ邸の装飾を新しい目で見ることができるようになった。全体的に見て上流階級の家だと思っていたが、彼女がその装飾を嫌っているだろうことに、彼は今になって気づいた。

エンジェルはいつの日かインテリアの仕事だけをしたいと夢見ているのだろうか。そう思っていたとしても不思議ではない。泥棒の仕事をやめても、もう充分に稼ぎはあるはずだ。

「じゃあ、この家にはどんな発見がある？」ボーゴラが尋ねた。「俺の家をどう評価する？」

エンジェルは思慮深げに部屋を見回した。「そうね、相当豪華なデザインを心がけたのがわかるわ。細部にまでこだわるタイプね。あなたの趣味はとても官能的だけど、独自の感性が光っている」

「刺激的なものが好きでね」ボーゴラが返した。

「わかるわ。他人から理解されなくても、自分の好きなようにすべきよ。だって他人のために飾るわけじゃないもの。もちろん、他人を挑発したいのなら話は別だけど」

彼女は言った。

「そのとおりだ」ボーゴラがわが意を得たりとばかりにテーブルを軽く叩いた。「みんな、もっと自分を解き放つべきなんだ。たとえそれが不適切だとしても、俺は賛成するね。欲しかったら、手に入れるべきだ。枠からはみだしたっていい」

エンジェルがにっこり笑った。

ボーゴラが椅子にもたれて脚を組んだ。「この前の慈善舞踏会に、俺は女を二人従えてアロハシャツで行ったんだ。そうしたら、上の人間に放りだされたよ。俺は言ってやった。ボーゴラに来てほしいのなら、ありのままのボーゴラを受け入れろ。嘘偽りのないボーゴラを、ってな」彼はケンドラにほほえんだ。「そう思うだろ？」

「まあ！」ケンドラが答えた。

コールは唖然としながら会話を聞いていた。ボーゴラのもとで働きはじめて一年になるが、彼がここまで個人的な思いをさらけだすところは初めて見た。

ボーゴラは会話に夢中だった。またエンジェルに尋ねる。「ここに手を加えるとしたら、君はどんなふうにする？」

エンジェルは部屋を見回して答えた。「ここには多様性があるわね。春には花柄かがいいかも。派手な色で、チューリップの中にストレチアがちらほら咲いているような。ここにある美術品の雰囲気を反映するようなものを配置してみるといいんじゃないかしら」

コールはもう少しで水を噴きだしそうになった。エンジェルはボーゴラをおちょくっているのだろうか？

「君を雇ってもいいかもしれないな」そう言って、ボーゴラは彼独自の美学としか言いようのない話題を続けた。こんなボーゴラを見るのは初めてだ。なんだか……幸せそうに見える。

エンジェルはこの怪物の自尊心をくすぐっていた。

コールはふと、自分の太ももをつねる手の感触に気づいた。爪が軽く肌に食いこんでいる。

エンジェルだ。

彼は笑いそうになった。ボーゴラのデザイナーとしての仕事をあとでからかってやろう。爆笑ものだ。しばらく冗談のネタになるだろう。

今までにも人と組んで仕事をしたことはあるが、恋人同士のふりをするのは初めてだった。コールはエンジェルが誇らしくてほほえんだ。彼女を誇りに思っていた。

彼女にキスしたい。本気の、心がこもったキスを。

雲行きが怪しくなりだしたのは、デザートが運ばれてきた頃だった。

ボーゴラがエンジェルを見る回数が増え、彼女が髪に飾った三つのクリスタルを褒めた。そして湯をはったバスタブの話をした。コールは、ボーゴラがどんな話題に持っていこうとしているのか察した。ボーゴラお気に入りのバスタブ遊びなどお断りだ――話には聞いたことがあるが、エンジェルには入らせたくない。幸い、まだ仄めかしのレベルで話は止まっていた――今のところは。

コールはエンジェルの髪をいじりながら言った。「昨日はエンジェルの誕生日だったんだ」

「どんなお祝いをしたの？」ケンドラが訊いた。

「仕事で忙しくて、まだ祝えてないんだ。このあと、プレゼントを渡すつもりさ」コールはにやりと笑ってみせた。「こっちに来いよ、ベイビー」

「え？」

「来いってば」

エンジェルが身を固くした。居心地の悪い思いはさせたくなかったが、そうするしかないのだ。

「来いよ」コールはエンジェルを引きずるようにして膝にのせた。彼女はぎこちなく従った。彼女はボーゴラの前でも、誰の前でも、いちゃつくのを嫌がっていたが、一刻も早く境界線を引かなければならない。ここから抜けだす口実が必要だ。「ずっと欲しがってたものが、もう少しで手に入るぜ」

エンジェルが赤面した。「ハニー」

「何を欲しがってたんだ?」恥ずかしがる女が大好物のボーゴラが尋ねた。コールの狙いどおりだ。

「ずっと欲しくて、夢見ていたものを。絶対に満足してもらえるはずだ」コールが代わりに答えた。

エンジェルが彼を睨みつけた。みんな、セックスのことを考えているのだろう。

コールは、エンジェルもそのことを考えているだろうかと思った。

調子を合わせてくれよ。彼はエンジェルの太ももに置いた手に力をこめた。

「まだデザートを食べ終わってないわ」

ちくしょう。

コールはやり方を変えた。エンジェルはもっと嫌がるだろう。

「男には男の欲求ってものがある」そう言うと、コールは彼女を持ち上げて肩に抱えた。消防士のかつぎ方だ。

「ちょっと！」エンジェルはヒップを隠そうとスカートを押さえながら、大声で抗議した。「おろしてよ！」

ボーゴラの笑い声を、コールは退出の許可と判断した。「では、そろそろお祝いの時間なので失礼します」彼はエンジェルの抗議を無視した。「ディナーをありがとうございました。最高の食事でしたが、もうバースデーガールが待ちきれないようなので」

そう言うと、コールは彼女をかついだままその場をあとにした。居間を抜け、ポーチに出て、そのまま宿舎ウイングの廊下に向かう。エンジェルはずっと小声で毒づいていた。

コールは部屋の前で彼女をおろした。

「どういうつもり？」エンジェルが嚙みついてくる。

コールは手で彼女の口を塞いで言った。「準備はできてるかい、ベイビー？」

エンジェルはぎょっとして彼を見つめた。

コールは手をエンジェルのウエストに這わせ、じっと目を見つめた。口を彼女の耳元に寄せ、囁く。「カメラのことを忘れたか。音も拾う。いちゃついてる芝居をしろ」

エンジェルが固まった。注目を浴びるのが本当に嫌なのだ。

コールはエンジェルの髪にキスをした。口から手を離して、唇にも軽くキスをする。

エンジェルはカメラに緊張していた。見られることが、彼女の弱点だ。

彼女が落ち着きを取り戻そうと、大きく息を吸った。コールは誰にも見られていないことを祈った。

エンジェルがやっと彼の頬にキスをし、耳元で囁いた。「あんな野蛮なやり方で私を連れだす必要があったの？」

「もちろんさ、ベイビー」コールは彼女の髪に指を滑らせ、頬に、そして耳にキスをした。優しいキスだ。彼はエンジェルの手が自分の背中に回されるのを感じた。

「ちょっと極端だったんじゃないかしら、ダーリン」エンジェルが言った。

コールは彼女の感触を楽しみながら、首に鼻をうずめた。優しく囁く。「裸であの三人とバスタブに入るほうがよかったか？　ボーゴラは話をそっちに持っていこうとしてたんだよ」

エンジェルは驚きで軽く息をのんだが、彼は構わずポケットから鍵を取りだした。

「答えはノーだろう？」

コールは両手を彼女の腰におろし、またキスをした。今度は激しく。カメラの前で演じているだけだと自分に言い訳したが、本当は彼女にただキスをしたかったのだ。部屋に入ったらやめなければならない――カメラのない部屋で、ボーイフレンドを演じる必要はないのだから。

彼は両手をさらに下へ滑らせた。キスが激しさを増し、下腹部が石のように硬くなっている。

エンジェルはされるがままだった。コールがカメラを口実に好き勝手していることに気づいたかもしれないが、もしかするとボーゴラ向けの芝居だと思っているのかもしれない。どちらでもいい。コールはエンジェルが欲しかった。彼女の言うとおり、自分は嫌な男だ。この状況を利用しているのだから。

コールは構わず、さらに濃厚なキスを続けた。エンジェルの唇をこじ開け、舌を突き入れる。彼女の体から力が抜けるのがわかった。溶けこむように彼に身を寄せてくる。もはや演技ではなくなっていた――まったくの本気ではないかもしれないが、エンジェルが演技を忘れているのは明らかだ。

コールは鍵をポケットにしまい直し、彼女のこめかみを両脇から包んだ。

脈が激しい――指先に鼓動が伝わってくる。エンジェルをどきどきさせていると思うと、コールは興奮した。彼女の感触が、息遣いがたまらない。彼は両手を後ろに回し、エンジェルの髪を握った。強く引っぱる。

彼女は激しい息遣いで、指を彼のベルトの下に押しこんだ。

髪をつかんだのはカメラを意識してのことだったが、エンジェルはそうされるのが気に入ったようだ。

ベルトの内側に潜りこませたエンジェルの指がさらに下へ向かい、彼女はコールの舌を吸った。その衝撃がそのまま下腹部に伝わり、彼は半分セックスしているような気分になった。

コールがまたエンジェルの髪をさらに強めに引っぱると、彼女は体を彼に押しつけて舌を激しく吸うことで応じた。

髪を引っぱられるのが好きなのか。

コールはまた強く髪を引っぱった。

「ああ」エンジェルが体を押しつけてくる。「いいわ、すごく」

その瞬間、彼は自分が何をしているか悟った――〝死を目前にしたセックス〟だ。

アソシエーションの仲間内ではそう呼んでいる。もはや抜けだせない可能性のある状況を前にしたとき、セックスへの欲求が高まり、妄想で描いていたことを実際に行動に移してしまうのだ。

それが彼女にも起こっていることを、本人は自覚していなかったが、コールにはわかった。この状況を利用すべきではない――絶対にだめだ。そんなふうに彼女をモノにしたくない。

エンジェルが彼の耳に鼻をすり寄せながら、柔らかな吐息をついた。二人は惹かれ合っていたし、自滅覚悟の任務を帯びている――今ある事実はそれだけだ。

だが事実などどうでもよく、コールはとにかくエンジェルが欲しかった。

コールはスカートに手を滑らせ、エンジェルを強く引き寄せた。彼女が彼に体を押しつけ、上下に動いた。脚の付け根が、信じられないくらい心地よい強さで下腹部に当たっている。もう我慢できない。

コールはエンジェルを壁に押さえつけた。

カメラを意識した演技ではなかった。カメラなどどうでもいい。ただ彼女をもっと味わいたかった。彼は抑えきれない激しさでエンジェルを欲した。鍵を取りだし、ドアを開けると、二人は転がるように部屋に入った。足でドアを閉め、あえいでいる彼女を解放する。

王妃のようにまとめた髪が半分ほどけていたが、エンジェルはきれいだった。コールはディナージャケットを剝ぎ取った。

彼女が壁にもたれて言った。「来て」

コールの鼓動が速くなる。シャツのボタンを外しながら、まるで獲物を狙う獣のようにエンジェルに忍び寄った。彼は欲望で震えながら彼女の前に立ち、キスをした。彼女がシャツを開き、残りのボタンが外れた。

「よし」コールは熱くなりながら笑った。「待ってろよ」彼は部屋を横切り、ベッド脇の棚からコンドームをつかむと、ブラインドを引きおろした。

そのとき、彼は気づいた。カメラだ。

正確に言うと、カメラ自体ではなく、本棚の上で光るランプに気づいたのだ。本の位置が記憶と違う。間違いない——本棚はカメラを隠すには最適で、技術屋のコーフマンがカメラを隠すのによく使う場所でもあった。ちくしょう。いつから仕掛けてあったんだ?

コールは手で顔をこすりながら、今日この部屋で交わした会話を思い出そうとした。隠し金庫の話をしただろうか。犯罪を匂わすような会話は？　思い出せる限り、まずい話はしていないはずだ。いや、しただろうか？

「ねえ、来て」エンジェルが催促した。

彼女にカメラのことを言うわけにはいかない。警告もできない。室内録音用のマイクロフォンは、電話の相手の声まで拾えるよう調整してあるはずだ。ということは室内の囁き声もすべて拾うだろう。不安が顔に出る。

コールは下着を脱いだ。

彼女にどうやって知らせよう。

いや、知らせるべきだろうか？

それでなくても、エンジェルは見られることに過剰反応する。盗撮されていることを知ったら、あからさまに緊張して、ぎこちなさが伝わるだろう。ボーゴラは気づくはずだ。彼はすべてを見抜く。少しでも嘘くさいものがあれば、彼はそれに気づき、猜疑心(さいぎしん)を芽生えさせる。彼は怪しい人間は皆殺しにするタイプだ。間違いなくそうするだろう。

ボーゴラは気まぐれで人を殺す。その気まぐれは勘違いから生じることもあり、過去には、彼に忠誠一途に仕えていた人間まで殺されたこともあった。だが、その気まぐれのおかげで、危ない輩が始末されたこともある。気まぐれで殺すからこそ、ボーゴラは今まで無事にやってこられたのだ。

エンジェルが待っている。まぶしいくらいにきれいだ。コールはどうすべきかわからなかったが、彼女を裸にしてあのげす野郎の目にさらすことだけは避けたかった。エンジェルに近づく。彼女が壁にもたれている限り、自分がカメラの視野を遮ることができる。だが、ほかにもカメラがあれば終わりだ。

エンジェルがコールのベルトを外した。彼は外されるがままにし、カメラのアングルのことを考えた。録画の可能範囲はどこからどこまでだ？　彼女がコールの胸にキスをする。軽いキスの嵐を浴びて、彼は力がみなぎるのを感じた。

目を閉じて考えてみる。

会話をさかのぼれ。大丈夫だ、たわいない会話しかしていない。皮肉の応酬はあったが、怪しまれるほどではないはずだ。

そういえば彼女に、追跡装置のことを尋ねられた。

〝何か連絡は？〟

あれくらいなら、メールの話だと取れるだろう。

コールはエンジェルの髪をわしづかみにした。狂おしいくらいに彼女が欲しかった。大抵の場合、彼は別の目的でセックスをする。秘密を聞きだすため。主導権を握るため。解放されるため。

だが、エンジェル相手のセックスは違う。欲望と快楽が理由だ。何か大きな力に引きずられるような感覚で、彼はエンジェルを欲していた。

コールは必死で正気を保ち、本棚以外にカメラがないか探った。おそらく一つだけだ――少なくとも、この部屋には一つしかない。

バスルームにも仕掛けられているかもしれない。確認したかったが、そうすれば怪しまれてしまう。ちくしょう。

エンジェルが自分のドレスのベルトを外しはじめた。コールがその手を止める。

「どうしたの？」彼女が訊いた。

「俺のペースでやる」コールは低い声で言った。エンジェルの魅惑的な暗褐色の目を見つめながら、彼はベルトをほどきはじめた。二人のプレイを意味ありげに見せる必要があった。誕生日のプレイだ。何かしなければいけない。彼女の目をじっと見つめながら、彼はベルトを乱暴に引き抜いた。

エンジェルは驚いたようだ。柔らかな息遣いが速くなる。そんなふうに体を反応させるのが、コールは気に入った。

「両手を後ろに回して。手首を交差させるんだ」誕生日のプレイらしく見えるだろう。

「え？」

彼は意味深長な表情を浮かべた。エンジェルはさっき、髪を引っぱられて興奮した。〝来て〟とあえいでいた。これにも応じるはずだ。

「後ろで手首を交差させるんだ」

エンジェルは彼をまっすぐ見つめながら、言われたとおりにした。

「壁のほうを向くんだ、ベイビー」

彼女の目に好奇心が浮かぶ。こんなふうに戯れるのは初めてなのだろうか。

「さあ、後ろを向いて」コールは囁いた。両手を縛るのは、彼女がカメラの前で脱ぎだすのを防ぐためだった。

あとで怒るだろうが、あの男の見ている中で脱がせたことを知ったら、もっと怒るだろう。どうすべきか思いつくまで、彼女には服を着たままでいてもらわなければいけない。

エンジェルが壁のほうを向いた。

コールはエンジェルの背中の真ん中あたりに手を置き、壁に向かって押した。彼女が顔を横に向け、乳首が壁に当たるほど強く押さえる。彼はベルトで彼女の手首を軽く縛った。すぐにほどけるほどゆるくだが、彼女はほどこうとはしないだろう。よくあるゲームだ。誰でも思いつく。

それでいて情欲的だ。

コールはエンジェルを自分のほうに向かせ、その瞳を覗きこんだ。「さあ、どうしてやろうかな」彼は最初のキスを思い出しながら囁いた。

エンジェルの目が野性味を帯びている。

コールがキスをすると、彼女は素直に唇を開いた。彼を欲しがっている。ぴたりと体を寄せると、胸に乳房の膨らみが当たるのを感じた。硬くなったものがズボンを押し上げ、コールは彼女をカメラから隠しながら、さらに濃厚なキスを続けた。

「俺の希望は……」コールはエンジェルのまとめた髪をほどいた。彼女の肩にほどけた髪が広がる。エンジェルが頭を振って髪を払うと、コールは手を彼女の胸の上に滑らせ、ドレスの上縁をいじった。「俺の希望は……」

彼の希望は、カメラのない部屋でエンジェルと二人きりになることだった。彼女の全身にキスを浴びせ、その秘密の中で溺れたい。

「俺の希望は、このドレスを剝ぐことだ」コールはドレスの上縁を引っぱり、レースのブラジャーを覗かせた。ちゃんとカメラとエンジェルの間で視界を阻んでいる。彼はキスをしながら、レース越しに彼女の乳首に触れた。エンジェルが快感に震えながら身を寄せてくる。

エンジェルの首にキスをし、コールは唇を下へおろしていった。ブラジャーを横に引っぱり、片方の胸をあらわにする。彼は期待を高まらせようと首筋にそってキスを続け、胸には触れずに焦らした。優しく息を吹きかけ、乳首の反応を見る。彼がそこに舌をぐっと押しつけると、彼女はあっと息をのんだ。これまでのコールは、方程式を解くように女性を扱っていた。最高の快感とともにA地点からB地点に行くまでの手段として女性を見ていたのだ。

だが、エンジェルは彼の感情を揺さぶった。彼のお気に入りのシグマと係数が竜巻のように飛び散っていく。コールは彼女のヒップに両手を滑らせた。彼女のすべてが欲しい。乳首をくわえると、彼女の息遣いが激しさを増した。その嬌声まで愛おしい。

「俺の希望は……」コールは乳首に温かい息を吹きかけた。俺の希望？　コールの希望は、まるで本物の恋人のように彼の太ももをつねったエンジェルの中でわれを忘れることだった。彼が信頼できる女性の中で。ずいぶん長い間、他人を演じてきた。セックスをするときでさえも。今はただ、欲望に身を任せたかった。

コールの頭上でエンジェルが頭を傾けた。額に唇の感触があり、彼女が優しくキスしたのがわかった。優しく、軽いキスだ。彼はエンジェルの中に身をうずめたかった。感情がむきだしになる。

コールはさきほどよりも荒々しい仕草でもう片方の乳房もはだけさせた。またあえぎ声があがる。

「俺の希望はこのドレスを剝ぐことだ。二人の間に布切れはいらない」そう言うと、コールはエンジェルの首を軽く吸いながら、両手をヒップに押し当てた。彼女の激しい鼓動が舌先に伝わってくる。彼はわれを失いかけた。

手を乳房の下に当て、それを持ち上げると、彼は乳首をこするように歯を立て、冷たい空気を吸いこんだ。

エンジェルが息を弾ませる。「お願い」

コールは彼女の腹を撫でた。「花のマグネットのことを考えているのか？」彼が訊く。「あの冷蔵庫のマグネットのことを」

「ええ」彼女が答えた。

非情だが、この会話は録画用だ。恋人らしく聞こえるだろう。

「何を思い出してる？　どの部分だ？」

「一部始終を」

コールが今度は乳首を吸いこむと、エンジェルはまたあえいだ。コールは一瞬、これだけで絶頂までいかせることができるかもしれないと思った。そのほうが彼女を汚さずにすむし、ここで終わらせることが、彼に示せる最大限の優しさだ。だが、エンジェルはそうは思わないだろう。

部屋にカメラがあることを知ったら、彼女はすべてを許さないはずだ。

コールはエンジェルの髪を握った。また歓びのため息がもれる。髪をつかまれるのが好きなのだ。その反応が、彼をさらに興奮させた。髪を握った指に力をこめる。

「支えないと、崩れ落ちそうになったのを覚えてるか？」

彼女がくすくす笑った。小さな吐息のような笑いだ。

拳にさらに力をこめる。「俺を見るんだ」

エンジェルが目を開け、とろんとした目つきで彼を見つめた。

カメラ用にもう少し芝居が必要だ。「次に何をするか知りたいか？」

「何をするの？」

「ここで君を前かがみにさせる。いや、ベッドの上にしようか……どこがいいかな」

熱い息。その興奮したあえぎ声を聞いているだけで、コールは昇天しそうだった。

「まずは、君のずぶ濡れになった部分に指を這わせながら、優しく撫でる。やがて、指の動きが激しくなり……なんの話かわかるだろう？」

エンジェルの呼吸が荒くなっていた。彼の眼鏡がくもる。

「わかるか？」

「ええ」

「心ゆくまで愛撫をしたら、君は俺のなすがままだ。そこで、やっと手のベルトを外

「してあげよう」

「外すの?」

外されたくないのだ。だが、妄想話は勝手に展開していく。「ベッドカバーをつかむのに、自由な両手が必要だろう、ダーリン」コールが誘うように声を落とす。「あの冷蔵庫の前で、君に快感を与えた長く太い指が……君が前かがみになって俺を迎える準備ができたら、その指が君をさらに激しくもてあそぶ。何かつかまるものが必要になる。そうしたら本番だ。俺は怪物級のペニスを君に挿入し、君を満たす」

「ああ、いいわ」エンジェルが荒く息をつく。

「快感だろう。ペニスを挿入している間、俺が手を休めると思うか？」

彼女がにやりと笑った。「いいえ」

「そうだ。俺はかがんだ君を支配する。完全に、すべてを」そう言いながら、彼はエンジェルの腹に当てた指を下に滑らせた。

「すごくいい」

コールも同じことを思っていた。すごくいい。彼は自分を失いかけていた。

エンジェルの荒い呼吸がリズムを刻む。

「見なくていい」コールは彼女の目をじっと見つめた。「感じてろ」手をさらに下へ這わせる。きっとうまくやれる——服を着たまま、絶頂までいかせるのだ。「もう抵抗はできないぞ。ゆだねるしかない」

コールはエンジェルの股間に手を押し当てながら、反応を見た。脚の間に手を入れて、ドレスと下着越しに絶妙の強さで愛撫する。そして髪をつかんでいた拳に力をこめ、それを強くひねった。彼女が声をあげる。彼に触れられて、エンジェルは崩れ落ちそうになっていた。彼女が絶頂に達する間、コールは力をゆるめず愛撫を続けた。彼女と呼吸を合わせ、その甘いあえぎ声に酔う。そして、ゆっくりと手を離した。彼女が床に崩れ落ちる寸前に、コールはブラジャーとドレスを引き上げて着せた。

エンジェルが満たされた艶っぽい表情でコールを見上げ、にっこり笑った。「次は床でのセックスね」

コールは顔をこすりながら、エンジェルの中に入ったらどんなに気持ちいいだろうと思った。彼女の温かく締まった部分に深く挿入した感触を想像する。

よせ、集中しろ。

コールは手を伸ばし、彼女を引き上げた。真相を知ったら、エンジェルは激怒するだろう――淫らな姿を披露させてしまったのだから。

コールは目を閉じ、任務を思い出そうとして、彼女の首に顔をうずめた。エンジェルが激怒したところで、気にする必要などないじゃないか。それでなくても、彼女はずっと怒っている。コールが彼女を脅迫しているからだ。

バスルームにもカメラが仕掛けられているだろうか？　ないかもしれない。今ならバスルームに行っても怪しまれないだろう。エンジェルを連れていき、カメラを確認すればいい。カメラがなければ、ドアを閉めて事情を説明するのだ。

エンジェルが靴を脱ぎ捨て、膝を彼の太ももにこすりつけてきた。熱っぽい目で彼を覗きこむ。

コールは任務を見失いかけていた。コーヒーが必要だ。冷たいシャワーでもいい。何か、頭をはっきりさせるものが欲しい。

「来て、コール」エンジェルが甘く息をつきながら言った。肩に落ちた黒髪が、紫色のドレスの上で濃くゆらめく。彼女が縛られていた両手をほどき、彼のベルトをつかんで自分のほうへ引き寄せた。

コールが先手を打つ――彼女をつかんで抱え上げたのだ。

エンジェルが笑い、彼の首に腕を巻きつけてキスをした。コールはそのままバスルームに向かった。

「どこへ行くの？」

「バスルームだ」コールが張りつめた声で答える。

「どうしてバスルームなの？」

バスルームで彼女をおろすと、足でドアを閉めた。

「お楽しみだよ」彼は、いかがわしいことを企んでいるかのように答えた。

エンジェルが振り向き、キスをしながら彼のズボンを脱がしはじめた。コールはカメラを探した。

集中するんだ。

バスルームは、カメラを隠せる場所が限られている。それに機械は湿気に弱い。コールは棚に置かれたティッシュボックスをつかみ、振ってみた。怪しく見えたものは、ただの染みだったらしい。

それ以外に怪しいものは棚にはなかった。質素なバスルームなので、そもそもあまり物が置いていない。コールは顔を上げた。エンジェルが耳たぶを噛んでくる。

覚えていたのだ。

集中力が途切れそうになる。コールは天井の電灯を調べた。彼女がズボンのファスナーをおろし、迷わず彼に触れ、強く握った。

「ああ、だめだ」コールはなだめるように彼女の腕をつかんだ。意志が砕け散りそうだ。

集中しろ。

電灯にカメラは仕掛けられていない。バスルームは安全だ。

もう彼女に伝えていい。伝えろ。伝えていいんだ。

エンジェルが彼の下腹部を撫でながら、コールにもたれてキスをしてきた。

「エンジェル」彼が囁く。「部屋で……」

彼女が股間を撫でる手に力を入れながら、彼を見上げた。「何?」

「部屋で……」

「部屋で〝君をかがませる〟って言っていたわね」エンジェルは瞳に欲望をきらめかせ、彼の付け根を握りしめた。コールの思考がぼやけていく。

コールは眼鏡を外し、考えをまとめようとした。

エンジェルが手を離した。彼にキスをしながら、スカートをごそごそ触っている。次の瞬間、彼女が何かを差しだした。

下着だ。

訓練された猿のように、コールは手を出した。

エンジェルは魅惑的な笑みを浮かべて、それを彼の手に落とした。

コールはひんやりしたシルクを熱くなった手で握り、それをはいていない彼女を想像した。需要と供給。ドレスの下に何もはいていない女。脳内の弾丸。もう何も考えられない。

コールは下着を落として、エンジェルを引き寄せた。夢中でキスをしながら、柔らかなドレスに手をおろす。彼女のヒップをつかむと、スカートを持ち上げ、肌をあらわにさせた。

エンジェルは彼にすり寄りながら、また耳を噛んだ。「好きにして、ベイビー」彼女が囁く。

コールは彼女を引き離すと、その目を見つめながら頬を両手で挟んだ。優しくキスをしてから、両手をエンジェルの頭頂に滑らせ、そのシルクのような髪を撫でた。

ゆっくりと……次に何をするのか、彼女に予感させながら。

コールがエンジェルの髪を首筋のあたりでわしづかみにすると、彼女のほっそりした顔に欲望があふれた。ロープのように髪をつかんでひねり、彼女を引き寄せる。エンジェルの呼吸が荒くなり、その息遣いにコールの心が乱れた。

彼女を手中にしているが、自制心は失われている。コールは手を下に向けて髪の束を拳に巻きつけ、彼女をさらに引っぱり上げた。エンジェルはもう爪先立ちになっている。

彼女の瞳が潤んでいた。コールの体中に震えが走る。

彼はもう片方の手でドレスをエンジェルの肩から押しのけた。「脱ぐんだ」声が狂気に満ちている。「全部脱げよ」コールは髪を放し、壁にもたれると、彼女がドレスを脱いでブラジャーを外すのを見た。

乳首は赤みがかった茶色で、肌はシルクのようになめらかだ。彼はひざまずいてエンジェルの全身を崇(あが)めたかった。唇と手と舌を使って、腹部の曲線を、脚の間の短く縮れた濃い毛を、太ももの痣(あざ)を味わいたい。彼が見つけた発見の数々をもてあそびたかった。エンジェルは嫌がるだろう。彼女はそんなことをするためにここへ来たわけではないのだから。

「どうすればいいのか、わかってるだろう」コールは低い声で言った。「後ろを向いて。前にかがむんだ」

エンジェルは後ろを向いて両手をシンクにつくと、肩越しに熱い視線を向けた。

コールは彼女のヒップのなめらかな肌に手を置くと、撫であげて、手のひらで背中の真ん中を押した。「もっと深くだ、ベイビー」そう言って、バスタブを指す。「バスタブの縁に手をつけよ」

# 11

エンジェルはバスタブまで移動して、その縁に手をついた。彼の命令口調に快感を覚える。手のひらに触れるセラミックの感触がひんやりしたが、体のほかの部分はしびれるような刺激を感じていた。こんなふうに感じるなんて間違っている。

けれど彼女はもう夢中だった。

コールが後ろでズボンを脱ぐのが気配でわかった。彼の動作で空気が動き、彼女の熱くなった部分をキスするように撫でた。ああ、風が当たっただけでこんなに感じるなんて。これほど興奮したのは初めてだ。

肩が下から撫であげられた。エンジェルは軽く引っかくような彼の硬い指の感触が気に入った。今度はその愛撫が反対に向かい、彼の爪が背中を下りていく。エンジェルは息をのみ、撫でられたところを震わせながら、背中をアーチ状にそらした。

彼女の女性の部分が花火のように燃え上がる。

「エンジェル」コールが吐息まじりに囁いた。

彼女はもう達しそうになっていた。どうしても抑えられない。後背位はあまり好きではない――なんとなく屈辱的に思っていたからだ――けれど、彼の妄想話を聞いたあとでは、もうそれしか考えられなかった。

エンジェルの中に入るコール。彼女を撫でる指。全身を愛撫しながら彼女に挿入し、屈辱を感じさせるコール。なんでもいい、彼が欲しい。

コールに支配されたかった。世界中のマグネットが冷蔵庫から剝がれ落ちるまで、彼に奪われたかった。

コールの爪がさらに下りていき、ヒップの丸みをたどって太もも、ふくらはぎ、足首を撫でる。エンジェルはその感触に反応して、バスタブの縁を握りしめた。

コールが背後で膝をつき、太ももの裏側に軽くキスをした。唇が上がってきて、ヒップにたどり着く。その真ん中に彼の温かい息を感じた。

するとコールが彼女の片方の足首をつかみ、少し持ち上げた。「脚を開いて。もっと広く」

エンジェルは欲望に震えながら、脚を大きく広げた。彼が太ももをつかむと、舌先で脚の間のひだをつついた。彼に舐められ、彼女はあっと声をもらした。

「いいぞ」コールはそこに息を吹きかけるように囁き、エンジェルを何度も何度も味わった。撫でるように舌を這わせたかと思えば、つつくように舐め、その舌使いで彼女を崩壊させそうになった。

こんなふうに感じるなんて間違っている。自分は脅迫されているのだ。金庫を破れと脅されているのに。

それなのに、エンジェルはここにいたかった。

コールが立ち上がり、彼女に覆いかぶさるように背骨にそってキスをし、体を離した。かさかさという音が聞こえる。コンドームだ。

「信じられないくらいセクシーだ」コールが呟く。「強烈にそそられる」彼女は何も言わなかった。「支えててやるよ、エンジェル。崩れ落ちないように」

コールは片手で彼女のヒップをつかむと、もう片方の手で硬くなったものを彼女の熱く濡れた部分に近づけた。

「俺が支えるから大丈夫だ」彼が押し殺した声で繰り返した。

「わかったわ」エンジェルが答える。セックス中のことを言っているのではない……彼女は漠然とそう感じた。でも今は、彼女に入りかけた太いもののこと以外、何も考えられない。背中を盛り上げ、コールをもっと深く包みこもうとした。今やめられたら死んでしまう。エンジェルは切なげな声をもらし、彼を強く求めた。

その声に刺激を受けたのか、ヒップをつかむコールの指が食いこみ、目がくらむような一突きで彼女の体の奥深くまで入った。

「ああ、コール」違和感が絶妙な快感に変わる。

彼に激しく突いてほしかった。もっと、もっと、もっと。あの違和感をもう一度感じたい。感じるだけでいい。

しかしコールは突かなかった。ゆっくりと、撫でるように腰を動かし、その時間を楽しみながら、予告どおり彼女を支配した。

エンジェルはコールの動き一つ一つに反応して息をついた――今や彼は彼女の呼吸すら支配している。彼がヒップを撫でるように手を前に回し、彼女の敏感な部分に触れた。指でその突起を軽く撫でながら、優しく彼女の中に踏みこんでいく。男らしい硬い指を前後に動かしながら。

エンジェルは自分をこじ開けられているような気がした。知るはずのない彼女の内面を、彼は知っているのだろうか。世界に現れうるすべての危険と美で、コールに満たされている気がした。

「もっと」エンジェルが荒い息をつく。

コールが髪をつかんで引っぱり、エンジェルを立たせた。その間も指は突起を撫で、下腹部は挿入したままだ。それから彼女をドアに押しつけた。

ゆっくりと、容赦なくコールは彼女を攻めた。前後に、何度も。

エンジェルはあえぎ、コールの感触にわれを忘れた。それに髪を……髪を引っぱられてこんなに感じるなんて知らなかった。でも、それがコールなのだ――彼は秘密を探る。自分自身が今まで知らなかった秘密まで探し当てるのだ。

彼はすべてを支配した。

「どうだ？」コールが訊いた。

「まだよ」

髪を強く引っぱられ、目がちかちかした。

「もう少し我慢してくれよ、ベイビー」コールが突起を撫でながら、強く突くと、エンジェルは感情を爆発させながら絶頂を迎えた。

さらにもう一度、最後に強く突き上げたコールが、声をもらしながら彼女の中で脈打った。

絶頂に達したコールは、額をエンジェルの肩にもたせかけ、荒く深い呼吸を繰り返した。情事を終えて、彼女に出会い直すかのように、その肌をくまなく撫でている。

やがて、動かなくなったかと思うと、彼女から身を離した。

エンジェルは振り返り、コールの肌の感触や、彼のすべてを味わいながらキスをした。「コール」彼の胸に手を当て、その明るい灰色の瞳を覗きこむ。

彼はエンジェルの頬を両手で包み、キスをした。そして後ろを向いて、シャワーの栓をひねった。

「シャワー？」彼女がおかしそうに言った。「確かに、あなたは汚い真似をしたものね」そう言うと、彼の背中にいくつもあるミミズ腫れになった傷跡を指でなぞった。

銃創？　ナイフで切られたのかしら？　かなり古い傷に見える。

振り返ったコールを見て、エンジェルは何かおかしいと感じた。「どうしたの？」

コールは湯の温度を調節するのに集中していた。「熱すぎるか？」

エンジェルが手で確かめる。「ちょうどいいわ」

彼が換気扇を回して言った。「浴びろよ」

コールはシャワーの下にエンジェルを立たせ、タオルに石鹸(せっけん)をつけて彼女を崇めるように洗うと、次に自分を洗った。

「どうしたの？」もう一度訊いて、エンジェルはシャワーが彼に当たるよう移動した。

「ここで大丈夫だ」コールが言った。

「浴びなさいよ」彼女が戯れるように彼をシャワーの下に押した。

コールがエンジェルの肩をつかみ、目を覗きこんだ。「部屋にカメラが仕掛けてある。二つあるかもしれない。部屋を盗撮されている」

「なんですって？」エンジェルは部屋での出来事を振り返った。「どういうことよ！」

「静かに。大声を出すなよ、ベイビー」

エンジェルは目に怒りの炎を燃やしながら睨んだ。「ベイビーなんて呼ばないで」

「ここにはカメラはない」彼が小声で続けた。「でも部屋のカメラがどのくらいの距離まで音を拾うかわからない。わかったか？」

「わかったか、じゃないわよ！　いつから知ってたの？」エンジェルは怒りのこもった小声で訊いた。「ずっと知ってたの？」

「部屋に戻ったときに気づいた」

「じゃあ、カメラがあるのを知りながら、あんなことをしたの？　私をもてあそんだわけ？」

「静かに！」

「どういうつもりよ！」

「君は廊下のカメラに過剰反応していた。部屋にもカメラがあることを教えたら、君はしくじったはずだ。カメラに気づいていることをボーゴラに知らせるわけにはいかない。俺たちが気づいていないと思わせておくほうが有利なんだ」コールが小声で説明した。

「だから何も知らせずに私を誘惑したわけ？」

「芝居を続けなければならなかった」

「私が演技できなくなるんじゃないかと疑ったのね？」

「そうだ、エンジェル。自分でもわかってるだろう？　君はプロの金庫破りだが、注目の的になるのが苦手だ。見られるのが嫌なんだ」

「シャーロック・ホームズにでもなったつもり?」

「二人の身を守ろうとしているだけだ」コールがなだめた。「それに、カメラの前で裸になるのを防いだ」

「ああ、そうね。裸以外のすべてをさらしたけど」歓びも輝きも、すべてが吹き飛んだ。今は憤慨しか感じない。「騙したのね」

「そうじゃない。それに、このおかげで俺たちの立場が有利になる」コールが言った。

「立場ですって?」エンジェルは小声で言った。「コール、部屋に監視カメラを仕掛けられてるのよ。それなのに、まだ計画を続行するつもり? 疑われてるの。メイシーたちとなら、絶対にこんな状況では続行しないわ」

「そうするしかないんだ」

「どうして? どうしてそんなに焦ってるの?」

「そんなことはどうでもいい。計画は続行する。本気で疑われたら、おしまいだ」

エンジェルはシャワーから出たかった。コールの前から消えたかった。だけど彼の意見を認めて満足させたくない。

「仕事だけに集中しよう。やつは映像を見て——」

「ええ、ボーゴラに見られるわ」喜んでコールに手首を縛らせ、髪を引っぱられたのが恥ずかしかった――しかも盗撮されていたなんて！

「考えてみろよ、あのプレイを見てやつは俺たちのことを恋人同士だと信じたはずだ。そのために芝居が必要だった。仕事のためにやったと思えばいい」

それでもエンジェルは利用された気がした。そのうえセックスまでしたのだ。

「プールでのことは、芝居だとわかっててやったわ。少なくとも、自発的に演じたのよ」

コールが目から髪を振り払った。防御態勢に入ったのだと彼女は気づいた。タフガイを装い、壁を築いている。「でもエンジェル、部屋でのあのプレイも充分、自発的に見えたけどな」

エンジェルはコールの頰を平手打ちした。

彼はただ立ちすくんだ。シャワーに打たれながら、ただ立っていた。まるで平手打ちなどされていないかのように。

「盗撮させたのは、自発的じゃないわ」彼女が嚙みつくように言った。

「そんなに気にすることか？　ボーゴラにしてみれば、あの程度のプレイは見慣れた光景だ」

「私は気にするの」

「どうしてだよ？」コールは彼女の真意を探るように見つめた。「何がそんなに気にかかるんだ、エンジェル？」

「出ていって」

「え？」

「出ていってって言ったの」

「君はすてきな女性だ。その事実は誰にも変えられない」

数分前なら彼の言葉を信じたかもしれない。自分が愚かに思えて仕方なかった。コールはエンジェルを脅迫しているのだ。彼女は目的を果たすための手段でしかない。

「あなたの大事な金庫は破ってあげるわ。だから空っぽの言葉で偉そうに侮辱するのはやめてちょうだい。わかるでしょ（コンプレンド）、相棒（アミーゴ）なんだから」スペイン語に切り替えたのは、距離を置くための皮肉だ。

コールは何か言い返そうとしていた。

エンジェルは彼の言葉を待った。本当だ、君はすてきだし、美しい。そう言ってほしかった。

コールはもう一度、生気のない目で彼女をじっと見た。「わかった」そう言うと、彼は出ていった。彼女を一人残して。

エンジェルは目を閉じた。シャワーが頭に打ちつける。しっかりするのよ。彼女は自分を焚きつけた。

でも、コールに対して今後どう振る舞えばいいかわからない。一度心を許してしまったからだ。自分のことを美しいと感じたのに。幸福を感じたのに。それが今は、最悪の気分だ。

愚かだったわ。

エンジェル。少しも天使なんかじゃないのに、皮肉な名前だ。彼女はバスルームの鍵を閉めた。

しばらく、シャワーを浴び続けた。屋敷内の給水設備は万全だろう。使ってやればいい。

彼女はこれからするべき仕事をシミュレーションした。そうすることで、気分を立て直そうとしたのだ。闇にまぎれる自分を想像する。闇にまぎれると、少なくともしばらくの間は嫌なことがすべて消え去るのを思い出した。そこには、金庫を破るスリルもあった。

思っていた以上に危険な仕事になるだろう。そして危険は、彼女の感情をなだめてくれるはずだ。

順調にいけば、もとの生活に戻って、すべて日常どおりになる。

前の生活にはもう魅力を感じないかもしれない。そこになんの価値があるというのだろう。五年間も泥棒の仕事から離れていたのに、この仕事ほど快感を覚えるものは依然としてないことに気づいた。

エンジェルはシャワーから出た。ドレスと下着が床に転がっている。あれを着直す気にはなれなかった。彼女はタオルを巻くと、バスルームを出た。

コールはデスクの前に座っていた。「終わったか。気分は?」

「最高よ」彼女はスーツケースを開けた。

「これ見てくれよ。どう思う?」

彼女はデスクに近づいた。タブレットのワードが開かれ、メッセージが書かれている。〈金庫のありかがわかった。ベッドの向こう側がカメラの死角になっている。そ

こで着替えれば、カメラには映らない。電気を消して着替えたらベッドに入れ〉

エンジェルはふんと鼻を鳴らした。「〝電気を消す〟のあとの〝&〟は〝and〟のほうがいいわね」

「ごもっとも」そう言うと、コールは彼女の腰に手を回し、顔を見上げた。カメラの前での演技だ。「調子はどうだい？」

「悪いわけないでしょ？」

コールは少し長すぎる間、彼女を見つめた。この仕事をできるくらい調子は取り戻したか？　それが知りたかったのだ。

エンジェルは調子を取り戻したどころではなく、早く仕事に向かいたいくらいだった。まるで浄化の炎のように、金庫が彼女を呼んでいる。

彼が立ち上がり、バスルームに向かった。彼女が一人で着替えられるように気を利かせてくれたのだ。

エンジェルはカメラの死角に行って、二人で選んだ金庫破り用の服――ジーンズと暗い色の長袖Tシャツに、テニスシューズ――に着替えた。彼女は髪を編んで、ウエストポーチに金庫破りの道具一式をしまった。電気を消して、ベッドに潜りこむ。バスルームのドアが開き、薄明かりが射した。コールが明かりを消して出てくる。ブラインドを下げた部屋は真っ暗だったが、彼が動きまわるのがわかった。コールは本棚の前にいた。

やがてコールがベッドに入ってきて、タブレットを開いた。スクリーンの明かりが、彼の引きしまった顎のラインを照らし、眼鏡に反射する。スクリーンの右上に、午前二時十二分と表示されている。

コールがゆっくりタイプした。〈カメラはタオルで覆ったが、静かにしてくれ〉屋敷内の見取り図をスクリーンに表示する。ジェニーのコンピューターで同じような見取り図を確認したが、今回のほうが詳しい。

彼は一階の赤い印を指した。隠し金庫のありかだ。

エンジェルは眉間にしわを寄せた。部屋の裏の空間にあるのね。ジェニーはなんの空間だろうと不思議がっていたが、それは彼女たちのルートから外れた場所だった。コールが二人のいる部屋にカーソルを動かし、彼女がわかっているか、顔を見て確認した。彼女は頷いた。彼はゆっくりカーソルを動かし、部屋から出て廊下を行く二人の予定ルートを示した。

エンジェルがタブレットを貸すようジェスチャーで示し、ワードを開いてタイプした。〈廊下のカメラはどうするの?〉

彼が近づいてタイプする。〈ふつうに振る舞えばいい。この部屋の映像はボーゴラに送られていると思うが、廊下の映像は送られていない。廊下の映像を監視しているやつは何も思わないだろう〉

エンジェルは頷いた。

コールは廊下の角を示した。彼女のほうを見て姿勢を正し、敬礼する。エンジェルは彼が何を言わんとしているか理解した。見張り番がいるのだ。コールが自分の胸を指し、タブレットを引き取ってタイプした。〈見張り番は任せろ。君は隠れててくれ。その角を曲がったら、カメラの死角だけを移動する。そばから離れるな〉

エンジェルは頷いたが、見張り番を任せろとはどういうことだろうと思った。

二人は予定ルートと、万が一のための別のルートを確認した。コールは屋敷内を熟知している。彼は続けてタイプした。〈トラブルが起こったら、君にキスする〉

彼女はまた頷いた。

〈問題ないか?〉

エンジェルはそれを鼻であしらった。二人ともプロだ。いや、彼女は元プロだった。正直に言うと、エンジェルはまた現役に戻った気がしていた。感覚が研ぎ澄まされ、目的だけに集中している。起こりうる危険すべてを意識していた。落ち着いていると同時に、信じられないほど頭が冴えていた。コールも同じように感じていることがわかった。彼女は彼の一挙手一投足をあらゆるレベルで理解した。

エンジェルがタイプする。〈プランBはあるの？　不測の事態が起こった場合は？〉

コールはタイプで返した。〈大丈夫だ〉

〈なんの問題も起こらない〉

〈プランBは必要よ〉

エンジェルは不安だったが、彼女に拒否権はない。コールは隠し金庫がある場所の隣室を指し、またタイプした。〈ここがボーゴラのオフィスだ。明かりはつけられない。そばから離れるな〉

コールはタイプしたものをすべて消去すると、タブレットを置いて銃を取りだした。エンジェルの銃だ。信頼の印。彼女は頷くと、傷心や怒りと一緒にその銃をポケットにしまった。

彼女はリップを塗った。「幸運のリップなの」小さく囁く。

コールはほほえんだ。いい儀式だ。

二人はベッドからするりと抜けて部屋を出た。コールが音がしないようにドアを閉める。事前にオイルを差しておいたのだろう。すべて準備万端だった。

コールはエンジェルと手をつなぎ、廊下を歩いた。誰かに見られても、夜の散歩に出かけたとしか思わないだろう。

コールは例の曲がり角の手前でエンジェルを止めた。彼女は隠れ、彼だけが進んだ。そして廊下の反対側に何かを投げ、自分も影に隠れた。

見張り番が物音を調べるために、向こうへ行った。コールがエンジェルを背後に引き寄せ、二人は角を通過して屋敷の中心へ向かった。ダイニングを抜け、外に出る。

夜の空気にコオロギの鳴き声が響き、遠くからは車が行き交う音が聞こえた。

見張り番やカメラを避けるため、金庫までは遠回りせざるをえなかった。

コールとの息はぴったりだった。どこで動きを止め、どこで飛ぶように走り、どこでかがみ、どこで身を潜めるのか、二人とも言葉にしなくてもわかり合えた。

ある地点で、コールはエンジェルを藪の中に引きずりこみ、見張り番をやり過ごした。二人は藪の中で物音もたてず、景色と化した。

　メイシーやジェニーを信頼しているのと同じくらい、自分がほかの誰かを信頼できることが意外だった。しかし実際に、エンジェルはコールを信頼していることに気づいた――少なくとも、仕事の相棒としては。仕事から離れたら話は別だ。

　コールが膝をついて、屋敷の横側の錠を破った。手間はかからなかったが、エンジェルならその半分の時間で開けられただろう――もっと短くてすんだかもしれない。

　二人が廊下に忍びこむと、また錠のかかった部屋があった。コールはそれも破り、ドアが開いた。さきほど聞いた、ボーゴラのオフィスだ。片側の壁に、動物の頭の剝製や書棚があるのがわかった。部屋の奥に巨大なデスクが置かれている。

　二人は闇夜にうごめく虎のごとく部屋を横切り、奥にあるクローゼットの前に着いた。コールが道具入れから計測器のようなものを取りだした。

「電気だ」彼が小声で言った。

　彼女は頷いた。有線式ということだろう。

　コールがまた別の道具を出した。ジェニーが使っていた断続器のようなものだが、はるかに高性能なのだろう。彼が迂回路をつけはじめ、細長いワイヤーをラグの下にたくしこんだ。「盗まれたことにボーゴラが気づくまでの時間が長ければ長いほど助かるからな」コールが説明した。「この仕掛けに気づくには、システムを動かしてみなければならない」彼は錠を回しながら、小声で続けた。「ここはクローゼットだとずっと思っていたんだ。前に開いていたことがあって、そのときに覗いたが、確かにクローゼットに見えた」

ドアのきしむ音が聞こえた。足音が近づいてくる。

二人は身を寄せて床に張りついた。密着したコールの鼓動まで聞こえる。

足音が遠のいた。

「ここは通常、見張りのルートに入っていないんだが」コールが言った。

「やばいってこと?」

コールは唇に指を当て、目を閉じて物音に集中した。彼はどんな腕利きの泥棒よりも五感が鋭い。

やがて彼は錠破りに戻った。命に関わる攻撃でも受けない限り、何をどうしてもその金庫を開けたいのだろう。

とうとう二人は中に入った。エンジェルがドアを閉め、コールが小さな懐中電灯をつけた。確かに、クローゼットのように見える。カビくさい箱をしまった棚が並んでいた。棚の端には何着ものコートがかかっている。コールがコートをかき分けると、壁にダイヤル錠と取っ手が現れた。

エンジェルが近寄り、その周囲を手で探った。扉の形状を見定める。コールから懐中電灯を受け取ると、丁寧に調べた。フェントン・フュルスト型ではない。一般的なスピンドル式だ。彼女は懐中電灯を返して言った。「楽勝よ。よくあるタイプだわ」

「なんでわかる？」

「匂いよ」エンジェルは超精密な目盛りステッカーを貼り、拡大鏡を取りつけると、道具を取りだした。イヤホンをはめ、道具本体を錠の周囲に押し当てる。ダイヤルを回すと、軽かった。慎重にゲートをつなげていく。やがて鍵が開いた。彼女が押すと、扉が開いた。

「あっという間だな」

「錠にはそれぞれ個性があるのよ。これは……」エンジェルは首を傾けて続けた。「協力的だったわ」

コールはコートをまとめて後ろに押しやると、扉を全開にした。二人はそこに現れた部屋に入っていった。

持っていた明かりをつけると、そこは車が三、四台止められるほど広い空間だった。床は暗めのリノリウム素材で、中央に排水口がある。まるで解剖部屋だ。エンジェルは、タイルの継ぎ目や幅木に黒い染みがあるのに気づいた。コールが壁に吊り下げられた地下牢の拘束具のようなものを照らした。中世時代の手かせみたいだ。三脚にのせたカメラが三台、部屋の端に寄せ集めてある。エンジェルは壁に立てかけられたガラス製の棺のようなものに気づいた。中に向かって何本もの釘が突きだしている。黒い染みが底を覆い、その下の床にも広がっていた。上部は汚れていなかったが、まるで洗ったかのような縞模様が残っている。

それが何かわかると、彼女は吐き気を覚えた。そこに閉じこめられた人間は死ぬのだ。しかも苦しみながら。その様子をあのカメラで撮影する。

エンジェルは怯えた表情をコールに向けた。

「なんてこった。本物のくそ野郎だな！」彼は言った。

エンジェルはふっと息をついた――思わず笑うところだった。これほど非道な男をこんなに軽く評価するなんて、聞いたことがない。

コールはにやりと笑って、部屋を歩きまわりながら中をくまなく調べはじめた。

「金庫はここにあるはずなんだ。この部屋で間違いない」

彼が明るい雰囲気を保とうとしているのはありがたかった。でも、連中はここで人を殺し、死んでいく様子を撮影しているのだ。コールや彼の犯罪組織にとっては、日常的なことなのだろうか？　この発見をどう処理するつもりなのだろう？

彼が何もしないなら、エンジェルが動くつもりだった。

# 12

コールはボーゴラの性癖を知っていたので、その小さな撮影所を見つけても驚かなかった。ここは彼の主要制作物であるスナッフ映画の撮影場所ではないだろう。もしそうなら、コールはその大掛かりな動きに気づいたはずだ。

とはいえ、ボーゴラはここで無益なお遊びをしているわけではない。

ここで何が見つかるか事前に知っていたら、エンジェルに断りを入れておけたのに。

彼は、鎖や鞭が置かれた棚に視線を向けた——人が通れる高さのある金庫の扉を隠すのにちょうどいいサイズだ。そこに行き、らくらくと棚を持ち上げると、それを横に置いた。当たりだ——壁に埋めこまれた小さな扉とダイヤル錠。コールにはフェントン・フュルスト型の金庫に見えた。エンジェルなら見分けられるだろう。だが今、彼女の目は部屋の真ん中に置かれた拷問器具〝鉄の処女〟に釘付けになっていた。

コールはエンジェルに近寄って声をかけた。「もういいか？」

エンジェルが険しい視線を彼に向けた。「コール、あいつは変態どころの騒ぎじゃないわ」

「仕事にかかろう」

「どうして驚いていないの？　このことを知ってたの？」

「やつがどんな男かは知っている」

「こんなこと、放っておけないわ」

「心配するな」

「心配するな、ってどういうこと？　大丈夫、ただの拷問部屋だって言いたいの？　気にならないの？　あなたたち、一体どんな商売をしてるの？」

自分たちはボーゴラみたいな商売は一切していない。コールはそう話したかった。船のこと、高校生たちを助けるために金庫を破りたいことを打ち明けたかった。でもそんなリスクを負うわけにはいかない。二人が捕まったとき、コールは決して口を割らないが、エンジェルは話してしまうかもしれない。「俺がやつと同類に見えるか？」

「見えないわ。でも、こういうことは平気なの？」

「もちろん、平気じゃない」コールはエンジェルの肩をつかんで向きを変えさせると、壁のくぼみを見せた。「開けてくれ」

エンジェルは彼のほうに振り向いた。「こんなものを見たら忘れられないわ」

「やつのことは俺に任せろ」コールは言った。エンジェルは彼の目を見つめ、それ以上の答えを求めたが、何も返ってこなかった。彼が金庫を顎で示した。「さっと入ってさっさと抜けだそう」

エンジェルは歯を食いしばったまま息を吸いこんだ。「わかったわ」

彼女は肩を回して力を抜きながら、金庫に近づいた。コールが後ろからついてきて、彼女が止まると一緒に止まった。エンジェルは懐中電灯を求めて手を伸ばし、彼はそれを手渡した。金庫の表面を照らし、隅々まで調べて、錠のメカニズムを探る。

彼女は懐中電灯を返し、まるで愛でるように金庫の表面を撫でた。「こんにちは」小さく声をかける。

「破れるか？」

「ええ。最上級のフェントン・フュルスト型よ。二種類の緩衝材が組みこまれてる。でも、ほかにも仕掛けがされていても驚かないわ。フュルスト型は同じものが一つとしていないの」

「やれそうか?」

「警報装置を解除してくれたら」

「それならできる」コールはオフィスのドアにしたのと同じように、信号経路を切り替えて、警報装置の回避に取りかかった。ジェニーが担当していた役割だ。

「金庫内にも装置があるはずだわ」彼女は言った。

「これにはついてない」

「確かなの?」

「俺は警備チームの一員だ。敷地内のどこに警報装置があるかは把握している」彼は手早く経路を切り替え、ワイヤーを切断して、錠を破っても警報が鳴らないように細工した。

「寝室の金庫を破ったときは、内部の警報装置に気づかなかったの」

「気づかなかった?」

「だって、フェントン・フュルスト型に警報を追加しようなんて、誰が考える?」

コールは恨めしそうに笑った。「ウォルター・ボーゴラくらいだな」

　エンジェルはコールが警報装置を解除する間、道具を持って補助に回った。次に何が必要かわかっているようだ。コールは、エンジェルが自分の役割をちゃんと心得ているところが気に入った。本物のパートナーみたいだ。アソシエーションのメンバーはそれぞれに特有の性質がある。リオは狡猾な狐のように略奪が得意で、殺傷能力が高い……少なくとも、妻を亡くす前の彼はそうだった。

　マクミランはまるでライオンのように聡明で、豪快で、傲慢なことこの上ない。エンジェルには、軽やかでしたたかな落ち着きがある。まるでミンクのようだとコールは思った。穏やかで、冷酷。美しく、棘がある。上品なミンクのコートという意味ではなく、野生のミンクのような感じだ。それに彼女は生き生きとしていた――特に暗闇で、危険に直面しているときは輝きが増すようだ。

「解除できた」彼は言った。「この金庫は見つけたら爆破するしかないと思っていたんだ」

「この種類は爆破できないわ」エンジェルはそっけなく言った。

「無理なのか？」

「このモデルを吹き飛ばすくらいの爆破をしたら、中身もこっぱみじんね」

「試したことがあるのか？」

「見習い時代にね。訓練の一環として爆破も試したわ」

コールは驚いて身を起こした。フェントン・フュルスト本人のもとで習ったのか。信じられない。フェントンは一流の人間しか弟子に取らなかった――金庫破り界の超一流大学だ。

エンジェルは金庫の前にスツールを置いて仕事にかかった。この部屋はスツールだらけだからな……彼は暗然と思った。彼女はさらに肩の力を抜いて、ゾーンに入っていった。最初のときと同じように、目盛りステッカーを貼り、拡大鏡を取りつける。そしてイヤホンを装着し、彼女の言う専門道具を金庫の平坦な表面に押し当てた。

コールは部屋の反対側に行って、オフィスや廊下から物音がしないか耳をそばだてた。片手にはグロックを握っている。

これがエンジェルの仲間とのやり方なのだろうと彼は思った。一人は見張り担当、もう一人は技術担当だ。でも彼女は、今回のような内部の仕事にはあまり手助けを必要としていなかった。必要に迫られたら、警報だって自分で解除できるのかもしれない。回路図があれば、やってのけるだろう。それに彼女は最高レベルの訓練を受けている。超一流の犯罪者だ。称賛すべきことではないが、コールは称賛した。ずば抜けた技術を目の当たりにすると、賛嘆の念を禁じえない。

まるで旧友に会ったかのように金庫に挨拶した彼女もほほえましかった。攻撃を受けても冷静さを失わず、それでいてやや繊細なエンジェル。どんなプロにも負けないいくらい闇にまぎれることができるのに、スポットライトは苦手なエンジェル。彼はそんなエンジェルを気に入っていた。彼女のすべてを知りたい。

彼女を守ってやりたい。

なんてざまだ。

コールは、そうすれば自分の守護本能から逃れられるかのように、彼女からさらに離れた。

最悪の場合、高校生たちを救うためにエンジェルを犠牲にせざるをえない。

コールにはもうそれができないことがわかっていた。

脈が速くなる。まずい事態だ。彼は部屋の向こう側の物音に集中した。自分の感情を抑えながら、彼女のために静かな環境を整える。だが、感情を抑えきれない。早く情報を得て、彼女をここから連れだせ。彼は自分を叱咤した。早く片づけて、無事に終わらせろ。

「ちょっと」

コールは振り向いた。

エンジェルが開いた金庫の前に立っていた。小悪魔のような目をして、編んだ髪を片方の肩に垂らし、ウエストにぴったりフィットしたジーンズをはいている。

コールは称賛と欲望を膨らませながら、エンジェルに歩み寄った。彼女から目が離せない。

その卓越した技術は魅惑的だった。それを楽しんでいること自体も魅惑的だ。何よりも、彼女自身が魅惑的だった。

だが、エンジェルにはそれ以上の何かがある。パーティの夜、コールは本能レベルでそのことに気づき、あれ以来ずっと彼女に惹かれていた。

あの夜以来、ずっとエンジェルを欲していた。彼女に心を奪われていたのだ。

感情がこみ上げてくる。コールは彼女の前で立ち止まった。

エンジェルが得意げな笑みを浮かべた。

それまでは、すべてが単純明快だと思っていた。そしてコールは明瞭なことが好きだった。だから数学が好きなのだ——数学の答えは正解か不正解しかない。その中間はありえないのだ。人間は解明できないが、数字は解明できる。そして数字は信頼できる。長い間、納得のいかない人生の中で、数学だけは答えを与えてくれた。

「お先にどうぞ」エンジェルが言った。

　コールは視線を彼女から引き剝がすと、ドアの向こうを探った。

　数学は黒か白かをはっきりさせるが、エンジェルはそれを灰色にする。数日前なら、大勢の高校生たちと一人の宝石泥棒のどちらかを選ぶのに悩む必要などなかった。だが今のコールは迷っていた。アソシエーションの人間なら、何百もの無辜（むこ）の生命を差し置いて、一人の泥棒を選ぶことなどありえない。

　自分はそうするだろうか？　できるだろうか？

　コールは足早に金庫の中に入っていった。彼が長い間歩んできた心から愛する道を、彼女の引力がゆがませていることなど、気にしていないふりをして。

　エンジェルは俺の相手じゃない。この一言で、複雑な心境を晴らそうとした。

　しかし、うまくいかなかった。

　そもそも、選ばざるをえない局面にはならないかもしれない。そんな事態は起こらないかもしれない。

金庫の中はウォークインクローゼットのようになっていて、色違いの箱を積んだ金属製の棚が並んでいた。

「あの男を陥れるつもりなのよね？」エンジェルが確認した。

「そうだ」コールは携帯電話を取りだし、もとの状態を記録するために写真を撮ってから、すぐさま求めていた情報を見定めた──契約書と所有権証書だ。いくつかのファイルと二つの小型USBメモリがある。彼はその一つをつかんでタブレットに挿しこみ、コピーしはじめた。その間に、床に膝をついて原本を分類する。

エンジェルは棚を見ていた。ダイヤモンドを探しているのだろうか？

「こっちに来て、手伝ってくれ」彼は暗号化されたリストのページを彼女にめくってもらいながら、自分はそれの写真を撮った。ページをめくり、書類を変えながら、船舶輸送に関する情報を探す。通関港。契約書。

あった。

コールが必要としている情報がすべて、この中にあるはずだ──このどこかに。すべてのファイルの暗号と名称を網羅して、いくつかの輸送会社と重要事項を絞りこまないといけない。

ボーゴラが関係する輸送会社のファイルには、いくつもの積荷目録があった。その中の偽造目録を見つけるだけでは意味がない――それらの目録の半分以上は偽造されているからだ。

コールが必要としているのは、どこか違和感のある偽造目録だ。彼は何カ月もの間、ボーゴラの組織の小さな動きまで追跡してきた。すべての物資輸送が、極秘の陸上輸送や海外の租税回避地にある口座の為替資金、胡散(うさん)くさいネットワークなどとつながっている。

完璧な蜘蛛の巣のように、点と点が結びついていた。その巣のどこかに、そぐわないシルクのような糸がまぎれこんでいるはずだ。それを見つけるだけでいい。

彼は詳細をすべて取り入れた。次はプログラムの実行だ――ボーゴラの蜘蛛の巣をほどくためだけに考えた方程式を使って、プログラムに当てはめる。

コールの専門だ。

彼は写真とダウンロードしたものをダックスに送信した。部屋に戻る道中で何か起こった場合の安全策だ。二人の盗みはまだ完了していない。

高校生を乗せた船が着くまでに、ダックスはコールの考えた方程式を解けないかもしれない。それでも、何もしないより送ったほうがましだ。

コールはほっと一息つきそうになった。

けれどもまだファイルは残っている。二人は残りに手をつけ、コールはエンジェルが広げた原本の全ページを写真に収めた。香港の情報。スマトラの学校。ドイツ、コロンビア、パナマの書類もあった。あの男は世界中で商売をしていた。ファイルのすべてが情報源になる。

コールは、今度はエンジェルが見張り役をしていることに気づいた。彼を手伝いながら、部屋の向こうに耳をそばだてている。おかげで、仕事が進んだ。

「あと少しだ。俺たちがここにいたことは誰にもばれない。そのUSBメモリを貸してくれ」

彼女は言われたとおりにした。コールが携帯電話を確認すると、送ったはずのデータがすべて送信不可になっていた。送信できない？　まずいな、ボーゴラが通信を遮断したのか？　勘づかれているのだろうか？

「どうしたの？」

「通信が遮断されている」部屋のラップトップにデータを入れることができれば、次善の策を講じられる。「全部、もとどおりに戻そう」

二人は協力して金庫内をもとどおりにしたが、一度だけ作業に手間取った。エンジェルの編んだ長い髪が箱の間に引っかかったのだ。彼女は、あなたがちゃんと注意していないからよと言いたげに彼を睨みつけたものの、どちらかと言えば滑稽な場面だった。

二人の息は合いすぎるほどだった。

最初に撮った写真を見る必要もなかった。エンジェルは頭の中に見取り図があるかのように、何をどこに戻すべきか把握していた。二人は金庫を閉じ、そこからさっさと退散すると、ボーゴラのオフィスから抜けて闇夜に忍びでた。

「夜の散歩だ」コールがエンジェルの手を取った。今もし見つかったとしても、不審な点は、誰にも見られずに部屋から出たことだけだ。

それでも二人は人目を忍んで来た道を戻った。慎重に、闇にまぎれて死角を動く。エンジェルの黒髪がシルクのように月夜に光っていた。だが、さっきからなんだか彼女の態度がよそよそしい。

コールは振り向いて彼女に訊いた。「どうかしたか?」

「ボーゴラが盗撮していたことと、あの部屋で見た残酷な道具を気にしているの。あと、あんな男に引き渡すと脅されたことをね。それ以外に私が何か気にすると思う?」

コールは顔に冷水を浴びせられた気がした。エンジェルの言い分はもっともだ――コールは彼女の恋人でも友人でもない。仲間ですらない。彼はエンジェルにとっては脅迫者なのだ。

なんて始末だ。

エンジェルは利用されたと思っている。確かに、コールは彼女を監視カメラのない場所に連れていき、利用した。その金庫破りの腕を利用した。この暗闇に連れだした。コールには彼女の秘密を探る権利……いや、彼女に対してなんの権利もない。エンジェルは、彼から逃れたくてたまらないのだろう。

これまで多くの悪事を働いてきたが、今回のは最悪の部類だ。少なくとも彼は、最悪だと感じた。最低最悪だ。

もし二人が捕まったときは、高校生たちのために彼女を犠牲にするつもりだったと知ったら、もっと激怒するだろう。

「君の言うとおりだ」コールは言った。

彼女は俺の好きにしていい相手じゃない。早くデータを送信して、エンジェルをここから逃がそう。

そう思ったのもつかの間、彼は暗闇に人影を認めた。廊下の明かりの下に男が姿を現した。メイプスだ。

「散歩か？」メイプスが訊いた。

「散歩してたら悪いのか？」コールはエンジェルに回した腕に力をこめた。

メイプスが笑い、屈託のない表情を装った。「俺は気にしないけどね」彼は、俺は、という言葉を強調した。

コールの脈が速くなる。メイプスに何か見られたのか？　二人を見る彼の目つきが気になった。

「気にするやつがいるなら、直接言ってくるだろう」コールはそう応じた。

二人はその場を離れ、廊下をゆっくり歩きながら、苦しまぎれに散歩の演技を続けた。電気をつけずに部屋へそっと戻る。

「あなたのことが嫌いみたいね」エンジェルがメイプスを評した。彼女はカメラを慎重に意識しながらしゃべっていた。メイプスのことがどうしても気にかかったのだ。

「ただの嫉妬深い男さ」そう言うと、コールはラップトップを持って、ベッドに腰かけた彼女の横に座った。ブラウザを開いたが、やはり接続できなかった。屋敷内のネットワークも試したがだめだった。ボーゴラはたまに疑心暗鬼に陥り、技術屋に命じてインターネット接続をブロックさせることがある。コールだけを疑っているわけではないだろう。

しかし、その可能性もある。

送信さえできれば安心できる。コールはブロックできない安全な接続を確立させるために保護ウォールを設定し、インターネットの復旧に取りかかった。

コールは、エンジェルとの間にも同じように壁（ウォール）を築くことができればいいのにと思った。感情に蓋をしたかった。二人の間にあるこの緊張感を切断してしまいたい。

彼はファイルの転送を開始し、バーが埋まるのを待つ間に単純な暗号から解読を始めた。

「でも、なんだか脅すような口調だったわ」

「ディナーはうまくいった。それだけは間違いない」コールは意味ありげにエンジェルを見た。「すべて順調だ。順調にいくとわかっていた」

エンジェルは考えこむようにコールを見つめた。「ディナーが順調にいかなかったら、どうするつもりだったの？」

任務のことを言っているのだ。

彼はいくつかのコマンドをタップして、自分で考えたロジスティックスの方程式の一つ目を実行しはじめた。「必ずうまくいくと思っていた」

「父がいつも言ってたわ。〝ラトン・ケ・ノ・サベ・マス・ケ・ウン・オラド、プレスト・エス・カサド〟ってね」

彼の中で警告が響いた。

「〝穴を一つしか知らない鼠は、すぐ猫に捕まる〟っていう意味よ」

「意味は知っている」意味を知っているどころか、エンジェルが何を言おうとしているのかもわかった。自分たちが捕まっていたら、どうするつもりだったのか訊いているのだ。そのことが気になって、急によそよそしくなったのだろう。

犠牲にされる可能性にエンジェルが初めから気づいていなかったのが、不思議なくらいだ。でも、考えてみれば当然だろう。彼女はコールを信頼していたのだから。なんとかして、うまく収めたかった。真実を打ち明けたい——彼女を犠牲にすることがプランBだったこと、でも自分にはそれを実行できなかったであろうこと。別の方法を見つけるつもりだったことを話したかった。彼女のために戦うつもりだったことを。

しかし今は、そんな会話をしている場合ではない。「ちょっと、こっちに集中させてくれ」

そのとき、復旧が失敗に終わった。こうなったら、旧式のやり方で進めるしかない。つまり、方程式を解き、船の位置とルートを電話で直接ダックスに伝えるのだ。コールは写真を調べ、原本の契約書から詳細を拾い、USBメモリからダウンロードした情報の解析に取りかかった。

エンジェルがコールをつついた。

「あとにしてくれ」彼は囁いた。

彼女はタブレットに書いたメッセージを彼に見せた。〈プランBがあったんでしょう？　ちなみに、逃亡ルートのことじゃないわよ〉

コールは首を振った。

「どういうこと?」エンジェルがきつい口調で訊いた。

ファイルはまだ解読中だ。「どうだっていいだろう?」

「よくないわ」彼女が言った。

ファイルが開いた。コールは輸送スケジュール表に目を通した。方程式を使って情報を検索する。このために考えた方程式だ。

ボーゴラの輸送システムは五つの要素から成っている――出荷物、輸送手段、人、結びつき、環境だ。それぞれが予測範囲内で影響し合っている。つまりパターンがあるのだ。

どこか不審な要素――たとえば、誘拐した子どもたちが乗っている船があれば、そのパターンを乱すはずだ。

コールはまた別のファイルの解読を開始した。日付だけをもとに、輸送会社を三社に絞る。選択肢がせばまった。

彼はもう一つの方程式に新しい要素を当てはめた。ボーゴラは通常、物資を運んでいる――麻薬や銃だ。でも人を乗せた船には食物がいる。水もだ。彼は出荷物のパターンに当たった。

何も見つからなかった。

次は人だ。人を乗せた船は通常より補給路を必要とする。貨物船なのになぜかと疑問に思われるだろう。そこに結び目がある。破れた蜘蛛の巣の結び目だ。ボーゴラが人目から隠している何かがあるはずだ。

エンジェルがまたタイプした。〈プランBがあったはずよ。任務を完了させてくれるプランBが。どんなプランだったの?〉

彼は首を振った。嘘はつきたくない。しかしタイプして交わすような会話でもない。〝君を放りだすつもりだった。でもそれは、君を好きになる前の予備プランだ〟とでも書けばいいのか?

エンジェルは猛烈な勢いでタイプしていた。〈私がプランBだったのね。私だけを陥れるつもりだったんだわ〉

コールはスクリーン上の言葉に追いつめられた気分でそれを見つめた。「違う」彼は囁いた。

〈銃を返してくれたのも作戦のうちだったんでしょう?　信頼してたからじゃない〉

彼女は勢いよくタイプした。彼に否定してほしいと言わんばかりに、その顔を見つめている。

コールはエンジェルが彼の中に引き起こした混乱を忌々しく思った。彼女にどんどん惹かれている自分が嫌だった。エンジェルは真実を知る権利がある――彼にはそれを伝えられる。彼はそれを伝えたかった。

コールはまっすぐに彼女を見つめ返した。「そのとおりだ。最初はそうするつもりだった。でも今は思っていない」

「うまくいったから、そう言ってるだけでしょう」彼女が小さな声で返す。

「本当だ。でも、あとにしてくれ」監視されている中でこの会話を続けるのは危険だ。エンジェルの目に困惑が浮かんだ。あの拷問部屋でボーゴラの意のままになる自分を描いているのがわかった。

スクリーンが光った。データを生みだしている。またもや行きづまった。彼は次の要素を調べた。そして今度は見つけた――水だ。パターンを乱す追加の納品書があった。

これだ！　彼の探していた輸送業者が判明した――キャスロン輸送会社。コールは輸送ルートとスケジュール表を呼びだし、船のデータを把握した。

　これで、ダックスの部下が衛星画像を使って船の所在地を特定できるだろう。どうやら間に合いそうだ、高校生たちを助けられる。コールはダックスとの通信に使うイヤホンをつかんで、エンジェルのほうを向いた。

　苦痛と困惑を浮かべた彼女の目と目が合った。その視線が彼を突き刺した。無言で問いかけてくる——どうしてそんなにひどいことができるの？

　なんて答えればいいのだろう？　君のことを知った今なら、あんなプランは考えなかっただろう、とでも言えばいいのか？

　これが本当のコールだ。彼は潜入員で、彼女は泥棒だ。エンジェルはボーゴラから盗みを働いた時点で、自らギャンブルに首を突っこんだ。彼はそう自分に言い聞かせた。その事実は、自分には関係ないことだ。

　コールはどんな危険を冒してでも欲しかった情報を手に入れた。任務は終わった。

　そして彼女の苦痛が、ナイフのように彼の胸をえぐっていた。彼はタイプした。

〈電話をかけてくる〉

　今度は彼女が顔を背ける番だった。

彼の孤独な人生の虚（むな）しさが一気に蘇（よみがえ）ってくる気がした。

コールはベッドから立ち上がり、バスルームに入ってドアを閉めた。シャワーを出して、換気扇をつけ、ダックスとの通信を起動する。

シャワーのしぶきを腕に受けながら、応答を待つ。カリフォルニアはもうすぐ朝を迎えるが、太平洋はまだ暗いだろう。海賊のように船を襲撃するには好都合だ。船を奪取したあとは、連邦捜査局が介入するはずだ。連邦捜査局だけの手柄だと思わせるための話がでっち上げられるに違いない。

そして、カリブのダックスの口座に多額の金が振りこまれる。と言っても、ダックスは金を必要としているわけではない——彼は億万長者なのだから。

ボイスメールが応答した。

コールは別の通信手段を試しながら、さきほど人生で最高のセックスをした場所を見つめた。ボーゴラはデザイナーとしてエンジェルを雇おうかと言っていたな。コールは彼女に太ももをつねられたことを思い出した。彼女をからかおうと思っていたのに、忘れていた。

今となってはもうからかえない。

エンジェルは俺の好きにしていい相手ではない。

通話がつながった。「ダックスだ」

「こちらはコール。インターネットが使えないし、時間もない」彼は小声で説明した。

「探していた船は香港から出た。キャスロン輸送会社だ」彼はさらに船舶識別番号、海上経路、最終停泊港、目的港を読み上げた。ダックスがタイプする音が聞こえる。

これで全部だ。

「抜けだすところか？」

「最後まで見届けるつもりだ」コールは答えた。「彼女を送ってから、やつを破滅させる」

「そっちの状況は？」ダックスが尋ねた。

「大丈夫だ。何も気づかれていない」

「危険な状況なのか？」

「問題ない。見届けてやる」

「君のことを少しも疑っていないのか？」ダックスが重ねて訊いた。「真剣な話だ。高校生たちを救うまで、君のほうには手が回らないから――」

「俺のことなら大丈夫だ」

「君は彼らを救った。もう撤退しろ」ダックスは残ろうとするコールを無謀だと思っている。

コールは眼鏡を外し、目をこすった。鏡に映る自分を見る——肌は紅潮し、目はやや狂気じみていた。

確かに無謀かもしれない。それにダックスは部下たちのことを信頼していた。部屋が盗聴されていたり、敵に脅されていたり、女性を傷つけた苦しみで胸が締めつけられていたりするなら、ちゃんと自分に報告するだろう、と。

「これを最後まで見届ける」コールは軽い口調で言った。「ここを崩壊させるには、俺が中にいたほうが話が早い」

「コール」

「そのほうが生産的だ」

混乱に陥った国や組織は、情報をもらす。沈没しはじめた潜水艦から空気がもれるように。それはダックスも承知している。混乱と破壊からは必ず多くの情報が得られるのだ。

「一つ訊きたい」ダックスが言った。「天文学者が太陽に宇宙船を送りこまないのはおかしいと考えたことはないか？　直接、太陽に送りこんだら、どれだけの情報を得られるか、計り知れないだろう。それなのに送らないのはなぜだ？」

「それとこれとは話が別だ」

「ああ、そうだ。少なくとも彼らは死ぬ前に答えがわかるからな」

「話は終わりか？」

「君が探している答えは、そこにはないぞ」

「誰も死にかけていない」

「じゃあ、誰かが死ぬ前に抜けだすんだ、コール。君は物事が破綻する理由を解明できると考えている。だが、理由などなく破綻することもあるんだ。君には彼らを救うことはできなかった。彼らは自ら過剰摂取して死んだからだ。君には解けない問題だ。コール、その答えは決して見つからない」

ダックスはコールの両親のことを話していた。あとは自分に任せろ、と。「話は終わりか？」コールはまた訊いた。

「女はまだ送り届けていないんだな？」

「今から送る」

「彼女に危険は?」

「ない」

「ブラジルで手を貸してほしい案件がある」ダックスが言った。「そこは終わりにして、抜けだしてほしい。君の力が必要なんだ」

それはダックス流の頼み方で、この件はもう終わりにしてくれと言っているのだ。

コールは通信を切り、キッチンで倒れていた両親のイメージを頭から振り払った。

二人の生気を失ったまなざし。冷たくなった肌。

エンジェルを送り届けたら、戻ってきてこの件を終わらせよう。自分は大丈夫だ。

ボーゴラは、船の奪取を偶発的な事件だと解釈するだろう。輸送会社の人間を疑うかもしれないが、隠し金庫が破られたことには気づかないはずだ。ということは、彼の組織のほかの事業も思いのままに暴露できる。証拠をもみ消される前に、関係した人間を捕らえることができるだろう。

ボーゴラと彼の手下を徹底的に破滅させられるのだ。そのためにもコールはここに残る必要がある。

ほかの任務についていたときに、似たような状況を経験したことだってある。内部が崩壊しはじめると、収集のつかなくなった現場で上層部の人間は疑心暗鬼に陥り、あらゆる判断を間違える。

コールは、人間というものは自滅モードを備えていると考えていた。彼はその理由を知りたかった。どのような仕組みで自滅モードに切り替わるのだろう。両親のことを考えているのではない――少なくとも、両親のことだけを考えているのではなかった。彼はただ、破滅的行動の理論を確立したかったのだ。ダックスは科学者だ。科学者なら、そうした理論を知りたがる。

それに、いずれはコールもここを抜けだす。ボーゴラは死ぬか、刑務所に送られるかのどちらかだろう。船の高校生たちは助かる。エンジェルは罪に問われることなくここを去る。

それなのに、世界の終わりのように感じるのはなぜだろう?

# 13

エンジェルは荷造りを終えようとしていた。コールに送ってもらわずにここから出ていくこともできたが、そんな意地は張りたくない。送ってもらおう。そのくらいのお返しはしてもらってもいいだろう。

彼女はバッグのファスナーを閉じ、ドレッサーに置いたイヤリングとポーチを取りに行った。一瞬、鏡に映った自分を見る。

エンジェルはぎょっとした。

紫色のクリスタル製の髪飾りが一つなくなっている。まずい。

彼女は青ざめ、金庫内で、編んだ髪が箱の間に引っかかったことを思い出した。あのとき髪飾りが緩んだのなら、きっと金庫内に落ちている。

部屋に戻る道中で落とした可能性もあるが、エンジェルには金庫で落としたという嫌な予感があった。あのリノリウムの床で、見つけてくださいと言わんばかりに光るクリスタルの髪飾りを想像できる。ああ、ボーゴラは絶対に気づくだろう。ディナーの席でも、あの髪飾りを褒めていた。

ボーゴラには名前を知られている。職業も。たちまち身元がばれるだろう。

最悪の事態だ。

コールがわざと落とさせたのだろうか？　いや、それは考えられない。でもエンジェルが取りに戻ろうとすれば、彼は渋るだろう。必要な情報を入手した今、コールは彼女の身の安全など一ミリたりとも気にしないはずだ。あるいは、なんとか彼女を止めようとするかもしれない――彼の任務がなんであれ、見つかったら殺されるほどの価値があるものだと、仄めかしていたのだから。

自分で判断するしかない。

脈が激しく打っていた。監視カメラの場所は把握している。ルートもわかっている。忍びこむのは簡単だ。

一人で行けるわ。さっと入ってすぐに戻ればいい。

エンジェルはベッド脇のテーブルから幸運のリップをつかんでひと塗りした。

二分後には、彼女は明け方の物陰を走り抜けていた。曲がり角の見張り番は交代している。あの感じの悪いメイプスも見当たらない。彼女はクリップを用意していた。コールがしたように、廊下の反対側にそれを投げ、見張り番の注意をそらして角を抜ける。

午前五時前。そろそろ屋敷内の人間が起きだしてくるはずだ。でも、彼女にそれほど時間は必要ない。

コールなんて地獄に落ちればいいんだわ。彼はエンジェルをゴミのように見捨てただろう。目を見ればわかった。否定すらしなかったもの。最低の男。人間のくずよ。

でもエンジェルは、内心ではそう思っていなかった。傷つくよりは、憎むほうが心の負担が軽い。だから憎もうと思っただけだ。

変幻自在の幽霊のごとく廊下を駆け抜け、暗い道のりを遠回りする。走っているうちに、屈辱も怒りも不安もすべて抜け落ちていった。そこにはもう自分と危険と暗闇しかない。メイシーの言うとおりだった。エンジェルはこの仕事で味わえるスリルが好きなのだ。

彼女はボーゴラのオフィスのドアの錠を破った。コールがやったときの半分も時間はかからなかった。コールに破らせたのは、二人で仕事をしていたからだ。仕事中にくだらない競争心は不要だ。でもやはり、彼女のほうがはるかに腕利きですばやい。

ピッキング用の道具をポケットにしまって中に入ると、呼吸が落ち着いてくるのがわかった。視力までも冴え渡っているように感じる。通常よりも細部が視界に入る気がした。今もし鏡を覗きこんだら、いつもより澄んで明るい褐色の目が映るかもしれない。

彼女のような金庫破りは究極の観察者だ、とコールは言っていた。

そう誤解されても意外ではない。大抵の人間は、錠や金庫を破るには鋭い感覚が必要だと考える。

観察者になるということは、錠から離れて見るということだ。しかし実際は、錠の中に入りこんで、錠と一体となって破るのだ。

それにはある程度の繊細な感覚が必要だが、だからといって傷つくわけではない。金庫(セイフ)は誰かさんと違って、人を魅了したり犯したり利用したりしないからだ。相手が不安に怯えたり打ちのめされたりしているのに、無情に切り捨てることもしない。

金庫(セイフ)は文字どおり安全(セイフ)だ。人間よりも安全なことは確かだ。

警報装置はまだ解除されたままだった。コールのおかげだ。入って抜けだすまでにかかる時間は八分――コールがバスルームから出てくる前に部屋へ戻れるだろう。戻れなかったとしても、構わない。勝手にパニックになればいいんだわ。

さっと入って、さっさと抜けだす。

今日はリサのカーテンの件で仕立て屋との打ち合わせがある。エンジェルはそれに間に合うように家へ戻れることに気づいた。まるで何も起こらなかったかのように、日常に戻れる。

エンジェルはボーゴラのクローゼットに入り、最初のダイヤル錠に取りかかった。番号どおりに回して開ける。彼女はいつも番号を暗記していた。念のためだ。それで手間が省けるのなら、余計なことでも覚えておくに限る。

エンジェルは撮影用の拷問部屋を通り抜けた。彼女を犠牲にすることがプランBだったなんて。信じられなかった。でも、コールにどんな期待をしていたのだろう。彼は犯罪者で、たかり屋で、間抜け野郎だ。ボーゴラと大差ないボスに仕える潜入員か何かなのだろう。

結局のところ、自滅型の男を発見するエンジェルの探知機はちゃんと機能していたかった。

のだ。ただその探知機も、コールが彼女にとってどれだけ危険かまでは察知できな

彼女はコールがしたように棚を移動させ、金庫を開けた。三分で抜けだせるわ。

エンジェルは箱の下の黒いゴム製マットを探り、その割れ目に落ちていた髪飾りを見つけた。それをつかんでポケットに入れると、ドア付近の棚にダイヤモンドを入れた袋があるのに気づいた。

鼓動が少し速くなる。

メイシーとジェニーと協力してあれを手に入れて車に戻ったとき、エンジェルはどうしてもダイヤモンドを触りたかった。手のひらで輝くダイヤモンドを見て、お決まりの儀式を終えたかった。だが彼女は自分にその機会を与えなかった。もう宝石泥棒には未練がないことを自分自身に証明するために。

十秒だけ。それくらいなら、構わないでしょう。

エンジェルは一番大きく膨らんだ袋をつかんで開けると、手のひらにダイヤモンドを出した。ダイヤモンドが一列に並ぶようにする。

彼女は手を傾け、小さなミラーボールのようにダイヤモンドをきらめかせた。そし

て、それを頬にそっと当てた。おかしなことに、彼女は巨額の富を手にしながら落胆した。昔もそうだった。いつも、宝石がすべてを変えてくれると確信していたが、そうではなかったのだ。

エンジェルはダイヤモンドを袋に入れて棚に戻し、携帯電話を見た。コールの部屋を出てから五分経過している。彼女は金庫を出て扉を閉めると、棚をもとに戻した。

「意外なところで会ったな、エンジェル」

心臓が飛びだしそうになった。ボーゴラだ。

彼は部屋の反対側の暗がりに立っていた。顔は見えなかったが、録画中であることを示すカメラの赤いランプが見える。

エンジェルはベルトから銃を抜いたものの、後ろから手をつかまれ、あっさり銃を取り上げられた。あまりにもあっけない。

全身が冷たくなる。

「アソシエーションが現れるだろうと思っていたよ」ボーゴラが言った。「こんな美人アソシエートを送りこんでくるとは思わなかったがな」

なんの話をしているのだろう？　エンジェルは後ろから彼女を捕まえている男を必

死で振り払おうとした。膝を、股間を、爪先を狙って足を蹴り上げる。男は彼女の攻撃を難なくかわした。長年、訓練してきたのだろう。さらに数人の男が暗がりから現れた。

「鎖から始めようか」ボーゴラがカメラの後ろで言った。「交互に楽しませてもらうのも悪くない」

エンジェルは激しく暴れたが、コールのように強く手際のよい四人の男に動きを封じられ、カーペットを貼った壁に押さえつけられた。手首と足首に金属錠をはめられ、大の字に壁に押しつけられた。男たちがポケットを探り、携帯電話と髪飾りと道具を取り上げた。

ボーゴラが近づいてきて、エンジェルは吐きそうになった。彼は別の用心棒にポータブルカメラを手渡した。

「俺の哀れな用心棒をたらしこむなんて、悪い娘だ」ボーゴラが言った。

冷たい手で首に触られ、エンジェルは目を閉じた。不気味な確信があった。あのガラスの棺に入れられて、釘で貫かれるんだわ。

だめよ、そんなことを考えたらいけない。

ボーゴラは潜入の話をしていた。密告者がいるらしい。エンジェルは首の横にナイフがちくちくと刺さるのを感じた。血が滴るのがわかる。彼女は酢漬けにされた魚のように死んだ目で、静かにボーゴラを見つめ返した。すべてが非現実的に感じられた。自分の身に起こっていることが現実だとは思えなかった。

でも、まだ何も起こっていない。男は彼女に話しかけていた。男はいつも一方的に話す。ナイフでちくりとやられたものの、大した傷ではない。大丈夫よ。エンジェルは自分を励ました。

ボーゴラはコールのことを訊いていた。彼女が捕まったのは、コールにとっては好都合だろう。注意をそらすことができるのだから。

「答えたくないなら、黙っていていい」ボーゴラが脅すように言った。「もう長く雇っているから、コール・ホーキンスがどんな男かはわかっている。腕は立つが、頭の足りないぼんくら野郎だ」

ぼんくら野郎。その使い古された言い回しをボーゴラが口にするのは妙な気がしたが、確かに彼は目の前でその言葉を口にし、彼女を拷問して殺す様子を撮影しようとしていた。

エンジェルはそれ以上ボーゴラの目を直視できなくなり、彼の耳の向こうに視線をそらした。この状況から抜けだせる可能性が一つでもあるのなら、冷静でいなければならない。パニックを起こしては元も子もないからだ。彼女はプレッシャーの中でも冷静でいられたが、スポットライトの下で冷静でいられたことは一度もない。その点に関してはコールが正しかった。

「お前がマリブの強盗の件をコールに教えたのかもしれないな。やつの前にヒントが転がるよう細工したんだろう。あいつは自分の手柄みたいに話していたが、お前がやつをたらしこんでヒントに導いた。違うか?」ボーゴラは苛立った表情で彼女を見た。口をきこうとしないのが気に入らないらしい。「ばかなふりはするな。目当てはダイヤモンドじゃないんだろう」

エンジェルは彼に気づかれないように唾をのんで喉のつかえを取ろうとした。こんなに人目から逃れたいと思ったことはない。

そして、これほど八方塞がりな状況に陥ったこともない。

「アソシエーションが嗅ぎまわっていることは、すでに知っていた」

アソシエーション？　なんの話をしているのだろう？

ボーゴラが彼女の耳元に口を寄せてきた。「全部わかってるんだ、ハニー。もうすぐ、自分でも知らなかったお前の秘密まで暴いてやるよ。隅から隅までな。それをカメラに収める」

彼がナイフを離し、今度は頬にそれを当てた。その感触にエンジェルは身震いした。

「アソシエーションがこんな魅力的な悪女（チャンガ）を送りこんでくるとは思わなかったな。でも、これは連中の誤算だ。お前は任務を果たせるほど賢く立ちまわれなかった。いい体はしているが」

男の一人が彼女の携帯電話をボーゴラに渡した。「送信した形跡はありません。写真も撮っていない」

ボーゴラが訝（いぶか）しげな表情を浮かべた。「何が狙いだったんだ？」

エンジェルは口を開かなかった。何をしても彼女には不利だ。ボーゴラが彼女の頬を挟んだ。その指の感触に、思わず目を閉じる。

「何も送信せず、写真も撮っていない。盗んでもいない。一体どういうことだ」

訊きたいのはお互い様だ。

「全部、頭の中にあるのか?」そう言って、ボーゴラは彼女の額を軽く叩いた。「アソシエーションの人間は、写真のように記憶に残せるのか? それが、俺のような男を陥れるための必須条件か?」

この男は正気ではなくなっているのだろうか?

「だがアソシエーションはもうお前を助けられない」ボーゴラが囁いた。「お前はもう連中が手出しできない場所にいる。それに船の高校生たちは死ぬ運命だ。救えなくて残念だったな。だが無駄死にはさせない。やつらの死は壮大に演出してやる」彼は気味の悪い笑みを浮かべた。「お前の死も同様だ」

船の高校生を救う? コールが船舶情報を探していたのは、そのためだったの? 彼のことを誤解していたのだろうか。

エンジェルは後悔のような思いで胸を詰まらせた。

「ダックスに教えてやればいい」ボーゴラは重要なことを付け加えるように言った。「俺の個人的な使命は、アソシエーションの人間を一人一人つぶしていくことだとな。失礼、お前たちがアソシエートと呼ばれているのを忘れていた。ああ、それにもうダックスには連絡も取れないんだったな」

ボーゴラはアソシエーションを憎んでいる。ボーゴラが憎んでいるのなら、私は好きだわ。エンジェルは思った。

彼女は、コールに関しては絶対に口を割らないと決めた。ボーゴラはコールのほうが彼女のカモにされたと思っている。そう思わせておけばいい。

ボーゴラに知られなければ、学生たちが助かる可能性はある。だとすれば、大した犠牲ではない――事態をひっくり返さない限り、どちらにしろ殺されるのだ。

そう決めたことで、エンジェルは不思議な安堵を覚えた。力が湧いてきたと言ってもいい。

自分は何か有意義なことをしているのだ。自分が犠牲になることで、ほかの生命を救えるのかもしれない。彼女はいつも人助けがしたかったのだ。そのことに気づき、エンジェルは愕然とした。どうしてもっと人を助けてこなかったのだろう。人の家をデザインする一番の楽しみも、人を助けることだったのに。泥棒をやめたのにメイシーとジェニーに力を貸すことを快諾したのも、アギーおばさんを助けるためだ。

「コールをどうやって騙したんだ？　ダックスはどこにいる？」

エンジェルは息を吸いこんだ。ボーゴラはなんとか口を割らせようとしていたが、彼女はなんの情報も与えないつもりだった。急に不思議な感覚が彼女を襲った。人生で初めて、自分の中に真実を、善良で大事なものを見つけた気がした。

その瞬間、本当の自分を見つけた気がしたのだ。

「少し遊んだら、話したくなるだろう。ほんのわずかな休息を求めて、ぺらぺらしゃべりだすはずだ」

ボーゴラがまたカメラを手に取り、ジェブという男に、彼女のシャツを切り裂くよう命じた。「まずは襟口からだ。肌はできるだけ傷つけるなよ……」ボーゴラは彼女を見ながら舌なめずりした。「だが男ってものは乱暴だからな。お前もわかっているだろう。さて、どうなるかな」彼は歯をむきだし、不気味な笑みを浮かべた。エンジェルを怖がらせたいのだ。彼女にはそれがわかった。怖がったら負けだわ。彼女はどんなことをしてでも、彼に満足感を与えたくなかった。

エンジェルは父と母のことを考えた。そして祖母（アブウエラ）と兄のことを。メイシー。ホワイト・ジェニー。家族と仲間のことを思うと、力が湧いてくる。

ジェブが彼女のシャツを襟口からゆっくりと裂きはじめた。今、武器にできるのは歯と額だけだ。ボーゴラは届かない位置に立っている。ジェブでさえ、警戒しながらシャツを切っていた。でも、いずれどちらかが近寄ってくるだろう。そのときに頭突きを食らわせてやろう。喉を嚙み切ってやってもいい。そうすれば殺せる。それが手始めになる。

「動くな」ボーゴラがカメラを下げて言った。「気に食わない顔だな。ジェブ、そこで止めろ。マニー、指を折ってやれ。カメラから外れた位置でな」

マニーに手首をつかまれ、エンジェルは身構えた。左手の人差し指がゆっくりと捻られていく。手から腕へと激痛が走った。やがて、嫌な音がした。エンジェルは顔をしかめ、苦痛のあまり目に涙を浮かべた。

「いいぞ、その顔だ。最高じゃないか。ジェブ、続けろ」

エンジェルの表情が戻る前に、ジェブがまたシャツを数センチ切った。

「ジェブ、止めろ」ボーゴラが小さく息をついた。「指は十本あるんだぜ、ハニー。足にも十本。時間はたっぷりある。マニー、今度は親指だ。関節をつぶせ。スリル満点のシーンになるぞ」

そっと手首を握られ、エンジェルは歯を食いしばった。泣いていないのに、泣いていると思われるのが悔しかった。

「親指をつぶすには、二通り方法がある」ボーゴラが言った。彼は人をいたぶるとき、なだめるような嫌みな口調で話すのだろうと思っていたが、本当にそんな口調で話すのかとエンジェルはぼんやり考えた。

マニーが親指の付け根をペンチで挟んだ。親指を押され、エンジェルは金属の硬さを感じながらまた身構えた。

そこへ突然、耳をつんざくような音とともに強い衝撃がマニーを襲い、壁に叩きつけた。

銃で撃たれたのだ。

また銃声が聞こえた。男たちが目まぐるしく動きだす。マニーは広がる血溜まりの中でぐったりと倒れていた。その前にペンチが転がっている。壁にも血しぶきが飛んでいた。

撃たれたのだ。

ジェブはボーゴラと一緒に隠れていた。二人とも柱を背に、銃を構えている。別の男が右側で倒れていた。

別の柱の影に隠れた男が、ひっくり返された金属テーブルに向けて発砲した。銃声が響く。

誰かが撃ち返した。

コール？

銃撃戦が続く中、エンジェルは拘束具を引っぱった。折られた指に激痛が走る。また銃声が聞こえ、気がつくとボーゴラが彼女の横に立っていた。銃を彼女の頭に突きつけている。「十秒やる。出てこなかったら、女の頭を吹き飛ばすぞ」

エンジェルは息をのんだ。コールなの？　どうして助けに来たのだろう。彼女はプランBなのに。犠牲にするつもりだったのに。

やがて彼が現れた。歯を食いしばり、目は怒りに燃えている。「彼女を放せ」

「彼女はアソシエートだ。この愚か者が。お前は騙されたんだ」ボーゴラが言った。「ヘンデル、コールから銃を取り上げろ。ジェブ、やつが銃を渡すところを撮るんだ。撮ったら、カメラをこっちに向けて女の顔を撮れ。その映像を冒頭に差しこめばいい。最高の映像になる。さあ、コール、銃を渡さなければ女の頭をぶち抜くぞ。その映像でも高く売れるからな」

コールは銃をヘンデルに渡した。そして眼鏡を外し、両手を上げた。「二人で話したい。俺とボスの二人で」

「勇ましいじゃないか」ボーゴラがエンジェルに顔を寄せた。「アソシエーションの男なら、こうはいくまい。連中は言いつけを守るからな。そうでないとダックスに殺られる。そうだろう？　エンジェル、やつを鉄の処女に入れてやろうか？　さっきあれを見てただろう？　それとも、やつの頭をぶち抜くか。その瞬間をお前に見せたら、カメラ映えするだろうな」

ボーゴラがコールに銃を向けた。三つの銃が彼に向けられている。しかしボーゴラの鼻は、彼女のほうを向いていた。顔の中でも一番の急所だ。彼女の武器の一つ、頭突きを食らわせるのに充分近い。

エンジェルは勘づかれないようにゆっくり息を吸った。教わった動きをシミュレーションする。左に重心をかけ、ハンマーを打ちつける要領で、額の骨ばった部分を彼の鼻に食らわせる自分、その頭が弧を描くところを想像した。鼻の骨を砕き、運がよければ骨のかけらが脳に突き刺さるかもしれない。

次の瞬間、エンジェルはそれを実行した。まるで額が武器であるかのように、鋭い弧を描きながら頭を横に傾け、あらん限りの力で思いきりボーゴラの鼻に叩きつける。

ぐしゃりという音が聞こえた。彼が銃を落とし、崩れ落ちた。

また銃声が鳴り、混乱が起こる。コールは二人の男を相手にしていた。拳や肘が飛び交い、うめき声があがる中、やり合っている。コールが二人を相手にしているのが信じられなかった——しかも優勢だ。とうとう相手は一人になった。しかしその瞬間、エンジェルは血まみれのジェブが立ち上がるのを見た。銃を構えながら、もみ合う二人に向かっていく。

「コール、そいつは銃を持ってるわ！」

その知らせが役に立ったのか、仇になったのかはわからない。形勢が変わり、ジェブが狙いを定めやすいように残りの男が動いた。コールがそれを阻もうとしている。コールは男をジェブに向かって投げ飛ばし、二人の上に覆いかぶさった。

二人は床に倒れ、ジェブの銃が部屋の端まで滑っていった。全員、床に転がっている。

映画の中では一人ずつ相手にして戦うものだが、現実はそうではなかった——二人が組んでコールに襲いかかる。エンジェルは銃が二つ、床に転がっているのに気づいた。一つは近い。

あれに手が届けばいいのに。なんとか助けになりたい。なんでもいいから。

鼓動が激しく打ちつける。エンジェルはボーゴラに目を向けた。壁につながれた彼女の右足首の下でぐたりと横たわっている。死んだのかしら？　そこまで強く叩きつけたつもりはないのだけれど。

叫び声があがる。男が自分の肘を押さえ、床で身をよじっていた。脚が空を切っている。その横でコールが血を流しながらジェブともみ合っていた。今度は劣勢だ——ジェブから逃れようと、足を引きずりながら後ろへ下がっている。ジェブはコールに食らいつき、なんとか致命傷を負わせようとしていた。そのとき急に、コールがジェブを脚で挟み、まるで腕で投げるように両脚で彼を投げ飛ばした。

ジェブの頭がテーブルの角に当たり、彼はぐったりと床に転がった。

コールは跳ね起き、ジェブの髪をつかんで頭をもう一度テーブルに打ちつけてから、エンジェルに駆け寄った。

「コール……」エンジェルは彼のTシャツに広がる血を見て、震え上がった。

「一体どういうことだ？」コールが言った。「なんで戻ってきた？　そんなにダイヤモンドが欲しかったのか？」

「髪飾りを一つ落としたの。金庫の中で」

コールはボーゴラを蹴り上げた。反応がない。彼はボーゴラの銃をつかんで中を調べてから投げ捨てた。男の一人のポケットを探る。「鍵はどこだ?」

「あそこよ」エンジェルは壁のフックを頭で示した。ボーゴラがそこに鍵をかけていた。コールが鍵の束をつかみ、手錠に挿した。「指が……」彼は左手の錠をそっと外した。

「撃たれたわけじゃないわ」

彼は足首の錠を外しはじめた。Tシャツの血が広がっているように見える。エンジェルは床に足がつくまで、折られていないほうの手で彼の腕につかまっていた。そして切り裂かれた自分のTシャツを結んで簡易の包帯を作った。

コールは眼鏡を取ってかけ直すと、床に転がった銃を拾って中を確認した。「全部、弾切れかよ」彼は苛立って銃を投げ捨てた。エンジェルは自分の道具を取り戻した。

廊下から叫び声が聞こえた。コールが身を固くする。「抜けだすぞ」コールはボーゴラを見て一瞬ためらったが、彼女を引っぱって出口に向かった。「やつのデスクの下が、地下へつながる階段になってる。そこから抜けだそう、早く」

二人はクローゼットにつながる出入り口を出た。エンジェルが扉を閉めてダイヤル錠を回転させる。二人は静まり返ったボーゴラのオフィスに入った。

「ここだ」コールがデスクから椅子を引く。

大きな物音が沈黙を破った。さっき出会った感じの悪い男、メイプスがオフィスに飛びこんできたのだ。銃を持っている。

「ホーキンス。意外だな」

エンジェルは、コールが男に近づいていくのを息をのんで見守った。

メイプスがにやりと笑う。「武器を取り上げるのは苦手だろ」

コールは構わず近寄り、いきなり足を上げてメイプスの手に直撃させた。銃が空中を飛ぶ中、コールが肘鉄と蹴りを食らわせる。メイプスが倒れた。

コールは彼の銃を奪ってデスクに戻ってきた。膝をついてあたりの匂いを嗅ぐ。

「君も気づいたか？」

「まあね。なんの匂いかしら、洗浄剤？」彼女が訊いた。

「催涙ガスだ。走れるか？」

「もちろんよ」

「俺の車まで走るぞ。ツンドラ地帯を駆け抜けるつもりでついてこい」

コールはエンジェルを引っぱってオフィスから廊下に出た。

銃声が響く。

二人はチームのように壁に張りついた。コールが撃ち返す。「こっちだ！」

二人は廊下の反対側に向かって走った。後ろでコールがまた撃ち返している。

エンジェルは勢いよく玄関から飛びだした。コールは後方にいる。二人は手入れの行き届いたエメラルドグリーンの芝地を駆け抜け、屋敷の横手を回って裏に向かった。

エンジェルの足はコールよりは遅かったが、それでも速いほうだ。

二人はコールのＳＵＶにたどり着いた。ありがたいことに、まわりにも車が並んでいた。

追手がはるか向こうの角を曲がって近づいてくる。

コールがエンジェルに銃を渡した。「エンジンをかける間、これで連中を撃て」

エンジェルは近くの車に隠れ、銃を撃った。芝地の上に躍りでた二人の男が後ろに下がる。人に向けて撃つのは嫌だった。今まで撃ったこともなかった。背後で車が唸るような音をたてる。

「そこにいてくれ。俺がいいと言ったら飛び乗るんだ。運転は任せる」彼が言った。

運転は任せるですって？

エンジェルは曲がり角に集中し続けた。男の一人が頭を突きだし、銃を撃ってきたが、誰もついてこない。

「乗れ！」コールが言った。

エンジェルは空に向かって発砲し、ＳＵＶの運転席に飛び乗ってドアを力任せに閉めた。折れた指がぶつかる。痛みでずきずきした。エンジェルは発車しながら訊いた。

「これって防弾仕様よね？」

「そうだ」コールがシートベルトを締めながら答えた。青ざめている。すごい汗だ。

「左が近道だ。多分、ゲートを突破しないといけない。やれるか？」

「ええ」

エンジェルはコールに視線を走らせた。肩を押さえている。血が止まらないのだ。

「シートベルトを締めろ」

「できそうにないわ」彼女は返した。折れた指だけが理由ではない。スピードを落としたくなかったのだ。

コールが毒づきながら自分のシートベルトを外し、彼女のほうに体を寄せた。

「傷を押さえておかないとだめよ！」彼女が訴えた。

「せっかく助けたのに、窓から飛びだされたらたまったもんじゃない」そう言うと、コールは荒っぽく彼女のシートベルトを締めた。そのときエンジェルは気づいた。

コールは震えていた。

「ひどい傷だわ」

「いいから、まずはここを抜けだすんだ」

大きな石垣に挟まれた出入り口が二つ見えてきた。車が門番ブースに近づく。出入り口は両方、鉄のゲートで閉ざされていた。門番がブースから出てきて、手を振った。エンジェルは彼を避け、中央分離帯を飛び越えた。目を固く閉じて、入り口用のゲートを突破する。

「右に回れ」

エンジェルは右にハンドルを切った。

「アドバイスだ。次からは、ゲートを突破するときは目を閉じるな」

「運転担当は初めてなのよ」彼女は答えた。「傷はどれくらいひどいの？」

「肩を撃たれた。弾は残ってないが、血が止まらない。次の入り口で高速に乗れ」

「傷の手当てをしないと」

「身の安全を確保するのが先だ。やつの手下はそこら中にいる」

エンジェルは少し黙ってから言った。「ありがとう」

「なんで俺に言わなかった？」

「犠牲にするつもりだった私を助けてくれって頼めばよかったの？　助けてくれるなんて思うわけないじゃない」

コールは険しい表情で前を見ていた。彼女を助けるために撃たれた。任務まで台無しにしたかもしれない。

長い沈黙のあと、エンジェルが口を開いた。「ボーゴラは死んだと思う？」

「いや」

「本当に？　確信があるの？」

「ああ、ある」

「アソシエーションってなんなの？」

「運転に集中しろ」彼は唸るように言った。

「ボーゴラを破滅させるつもりなんでしょう？」

「そこで高速を下りるぞ」

「ホルンボーンで？　本気で言ってるの？」

「あいつの拷問部屋にふらふら戻っていくほうがはるかに危険だと思うがね。違うか？」

彼女は高速を下りた。

「自然に振る舞え」

エンジェルはスピードを落とした。コールは彼女を助けてくれたのだ。彼女をトラブルに巻きこんだ張本人だが、助けてくれたことには変わりない。助けるべき相手だと思ってくれたのだ。彼女の目に涙があふれ、道路がぼやけて見えた。

「ありがとう」エンジェルはもう一度言った。

# 14

むかつくほど肩が痛かった。しかし、その強烈な痛みよりもコールの意識を奪っていたのは、自分が任務よりもエンジェルを選んだという事実だった。任務の成功を思うのなら、彼女が髪飾りを取りに戻ってアソシエーションの人間だと誤解されたことは、願ってもないほど好都合な事態だった。

ボーゴラは一日中、彼女に気を取られただろう。いや、たっぷり二日は夢中になったかもしれない。

エンジェルは勇敢にも抵抗していた。コールにはそれが意外だった。でもいずれは屈服して、コールのことを話したはずだ。ボーゴラのやり口に耐えきれる人間はほとんどいない。

たとえコールのことを暴露されたところで、影響はなかっただろう。ボーゴラは彼女の言うことなど信じなかったはずだ。だからコールはしらを切るだけでよかった。

それにボーゴラはアソシエーションの潜入員を取り押さえたと思っていたから、気を抜いたはずだ。拷問を始めると、やつは誰にも邪魔させない――エンジェルの拷問も、後半四時間くらいは脇目も振らずに没頭したはずだ。休憩を取れば拷問相手が精神的優位に立つことを、熟練の拷問者なら心得ているからだ。

ボーゴラが拷問に夢中になっている間に、アソシエーションは世界中で行われているやつの活動をくまなく調査し、包囲網を狭められたはずだ。

ところがコールは、バスルームから出てエンジェルの幸運のリップがベッド脇のテーブルからドレッサーに移動しているのを見たとたん、彼女がどこに行ったかを察した。金庫に戻ったのだ。ダイヤモンドを取りに。

そしてコールは彼女のあとを追った。

これまでの人生で一番、支離滅裂な判断だった。

しかも、もう一度やり直すことになったとしても、同じ判断をするだろう。

コールは答えを求めるのが好きだ。そして今、彼は答えを得ていた――彼女への想いが原因で、アソシエーションとともに築き上げてきたものが、そして正義に対する彼の強い思いがすべて崩れつつあった。

これは災難だ――エンジェルは災難だ。そしてその災難が、彼を幸福な気分にさせてくれた。

コールはクローゼットに隠れて彼らの会話をすべて聞いた。駆けこんで、闇雲に撃ってやりたいという衝動を抑えるだけで精いっぱいだった。戦いの火蓋を切る前に、戦闘態勢を整える時間が必要だったのだ。その間、自分がどうして冷静沈着でいられたのか、今でもわからない。

何よりも、なぜエンジェルはダイヤモンドを盗らなかったのか？　それだけが疑問だった。

彼女は髪飾りを取りに戻ったのだと言った。それが本当だとしても、ついでにダイヤモンドを盗らなかった理由がわからない。なにしろ、彼女は宝石泥棒だ。彼女はもう自分の役目を終えていた。そのうえ彼に対する信頼は、もともとわずかだったとしても、今ではすっかり失われていた。「次は左だ。二ブロック進んだ先のガソリンスタンドに入ってくれ」

フォードルが経営する自動車修理工場は、一九四〇年代のガソリンスタンドを利用している。錆びついた廃車や歩道のゴミ、周囲に張りめぐらせた有刺鉄線のフェンスをぼんやり眺めていると、昔懐かしいポストカードを思い起こした。コールは店のドア前に車を止めさせ、後部座席からコートをつかむと、それで肩を覆った。

「待っててくれ」そう言うと、彼はドアを開けてよろめきながら車を下りた。もう少し東に向かって街をいくつか通過したかったが、とりあえず意識があるうちに、どこかのモーテルに身を潜めようと当面の目標を下げた。

店に近づくと、窓越しにフォードルの姿が見えた。

短い茶色の髪に野球帽をかぶったフォードルは、デスクの向こう側に立ち、その性格とは正反対の童顔でコールに目を留めた。ならず者の捜査員で、アソシエーションは都合のいいときだけ彼を使ったが、最近ではご無沙汰だった。

アソシエートは心に闇を抱えた危険なひねくれ者ばかりで、全員が何かしらの特技を持っている。組織内には会計士もいれば、マクミランのように言語のエキスパートもいた。フォードルは〝影の時計職人〟と呼ばれ、精密機械に精通している。

フォードルがその修理工場で何を企んでいるのか知る者はいなかったが、彼は誰よりも車の修理が得意だとコールは確信していた――機械を触らせたら、びっくりするほど器用なのだ。

コールとフォードルは敵対関係ではなかったが、友人関係でもなかった。コールは世の中を白か黒かで判断する。フォードルはそんな彼の世界観を嫌っていた。

店のドアを開けるとベルが鳴った。フォードルは整備士のジャンパーを着たみすぼらしい男が二人、自動販売機の横で安っぽい椅子にだらしなく座っている。

フォードルは、血まみれでふらついているコールを落ち着いた様子で見ていた。

「ドライブには最適の日だな」

コールはカウンターにつかまって自分を支えながら応えた。「頭がすっきりする」

コールは、SUVを平凡な車と交換してほしいと頼んだ。

フォードルは、パワーアップさせたナビゲーターに目をやった。「防弾仕様か？」

「ああ」

「女付き？」

「いや」コールはカウンターをつかんで唸るように答えた。こみ上げる怒りに自分でも驚く。

フォードルがにやついた。

彼は予測不能な危険人物だが、今のところ、二重スパイでないことはわかった。

ボーゴラはあのおぞましい部屋で、アソシエーションにいる二重スパイから情報を得ていることを仄めかしていた。リオとマクミランは絶対に違う――もしどちらかがスパイなら、ボーゴラはエンジェルのことをアソシエートだと思わなかっただろう。アソシエーションの中に、正体不明の二重スパイがいるのだ。

「あの車を探している連中がいるかもしれない」コールは説明した。「追跡されている可能性もある。大至急、隠したほうがいい」

「隠す必要はない」フォードルが笑みを浮かべた。「お前ら、景品をいただけ」

整備士の二人がぱっと動きだし、バケツ型の工具入れから拳銃をつかんで作業着のポケットにしまうと、棚から箱をおろした。その大きさから、コールは自動小銃だと推測した。

「あいつらには訓練が必要だからな」フォードルが言った。

フォードルは……完全に狂っている。「自分の軍隊でも作るつもりか?」

「個人事業さ」フォードルは傷だらけの陳列ケースを顎で示した。「車だけでいいのか? 飲みものは? バナナもあるぜ。スミス&ウェッソンの500モデルはどうだ？」

「いいね」

フォードルは銃をカウンター越しに滑らせた。

「ありがたい」

「支払いは今度でいい。治療はどうする？」

「不要だ」コールは答えた。

フォードルが中古のカトラスを指した。「鍵はサンバイザーに挟んである」ボロ布で手を拭きながら続けた。「給油して、エンジンをかけてくる」

フォードルは整備士たちを連れて店を出ていった。コールはマクミランに連絡した。緊急事態のコードを送る――二人にしかわからない隠語だ。誰も信頼できない。二重スパイがいるということは、それ以上に悪どいやつもいるかもしれない。マクミランが十五キロほど南西にあるモーテルを見つけた。ちょうどいい。

フォードルは外で車の窓を拭いていた。コールに同情しているのだ――あいつに同情されるなんて、落ちたもんだ。コールはホルダーから地図をつかむと、エンジェルのところに持っていった。彼女は彼の腕を支えて言った。「コール、傷を押さえておかないと」

「わかってる」彼はカトラスを指し、モーテルの住所を彼女に覚えさせた。「マクミランという仲間が先に行って部屋を借りている。そこに隠れよう」言いながら、意識が遠のきそうになるのを感じた。「マクミランが部屋に目印を残しているはずだ。閉じたカーテンと窓の間に雑誌か聖書を置くとかな。違う目印かもしれないが」

「でも、意識は保てるでしょう？　あなたが気づいてくれるわよね？」

「念のためだ」

「しっかりして」エンジェルが言った。

「マクミランはブロンドのイギリス人だ。自己評価の高い男で、医療の知識もある。信頼できる」

「医者なの？」

「ちょっと違う」

「アソシエート？」

「その言葉は不用意に口にしないほうがいい」彼女に知られていることを、マクミランは気に入らないだろう。その件は、あとで自分がなんとかするつもりだった。とにかく今は生き残ることが先決だ。

エンジェルはコールを手伝って助手席に乗せた。二人でシートベルトを締める。フォードルが車から下り、エンジェルはなんとか自分でシートベルトを締めた。二人の乗った車は、一分後にはもう道路に戻っていた。

「指が痛そうだな」コールが小さな声で言った。

「大丈夫よ」

「大丈夫なはずがない」彼が応える。

「左手だけだもの」エンジェルが言った。

あの場に戻って、ボーゴラの屋敷ごと爆破してやりたかった。しかし今は、自分をしっかり取り戻さなければならない。

本道に入ると、エンジェルがスピードを上げた。コールは、意識があるうちにモーテルにたどり着けるかもしれないと思った。知らない街を走っているのに、エンジェルは自信ありげに見えた。コールはまたしても、彼女の中に心強い協力者を認めた。

さまざまな思いが行き交い、一つにまとまったかと思えば、断片的に崩れていく。エンジェルに最低最悪の思いをさせてしまった。彼女を犠牲にするプランB……思いの一つ一つが、重荷のように心にのしかかってくる。

　低速ギアに切り替わった。スピードを緩めたタイヤの下で砂利が砕ける音がする。眠っていたのだろうか？　コールは太陽の光に目を細めた。ピンクの壁に白いドア。ぼやけた数字。マクミランの顔が視界いっぱいに現れる。

「しっかりしろよ、おっさん」マクミランがドアを開け、コールを引きずりだした。部屋までの階段は永遠に続くかと思った。やっと部屋の暗闇にたどり着く。

　背中にベッドの感触。マットレスがきしみ、吐きそうになる。吐いて、眠りたかった。布を裂く音。胸に触れる冷たい空気。アルコール消毒の刺すような痛み。誰かが彼の眼鏡を外した。

「大丈夫だ、コール」マクミランが言った。「弾は貫通してる。しばらくの間、可動範囲は限られるが、ちゃんと治るさ。かなり出血はしてるものの致命傷ではない」

コールはマクミランの意図がわかった――正気を保たせようとしているのだ。

　遠くで声が聞こえた。エンジェルとマクミランだ。多分、彼のことを話しているのだろう。ドアの閉まる音が聞こえた。

　頬を叩かれた。「しっかりしろ、コール。あの女は何者だ？　どのくらい信用してるんだ？」

「エンジェルだ。どこに……？」

「車を脇道に捨てに行った。すぐ戻ってくる。彼女は信用できるのか？」

「外は危険だ……」

「しっかりしろ、コール！　あの女は自分で身を守れる。誰なんだ？」

「ただの窃盗グループの……フェントン・フュルスト型を破る達人だ」

「ボーゴラ側ではないのか？」

「違う。やつはエンジェルをアソシエートだと思っていた。だが、その前に聞いてくれ。ボーゴラはアソシエーションが潜入員を仕込んだことを知っていた。それが誰かまではわからなかったようだが。エンジェルはどこの組織にも属していない。それは保証する」

「絶対に確かなんだな」

「彼女を傷つけたら殺す」

「そういうことか」マクミランが言った。

コールは目を閉じた。力が抜け、ほっとする。

声がした。エンジェルだ。

コールは、肩前面の弾が貫通したあたりに針が刺さるのを感じた。皮膚を縫い合わせる糸の荒く鈍い動きがわかる。ある程度まで血が止まらないと、糸がなかなか通らないのだ。

「意識を失うなよ」そう命じながら、マクミランは糸を結んだ。別の箇所に取りかかる。縫合は続いた。

コールは、壁に押しつけられたエンジェルの姿を頭から振り払おうと、痛みに集中した。あの姿を思い出すだけで、抑えきれない怒りを感じる。ボーゴラがしようとしたことを考えると、憤怒の念を覚えた。

肩に布が押し当てられる。テープを切る音に続き、包帯が巻かれた。「コールを座らせてくれ」

「了解」エンジェルの声だ。

肩に両手がかけられる。視界がぐらついたが、座ると正常に戻った。出血のせいだ、大したことはない。

「あなたは医者なの？」エンジェルがマクミランに訊いた。

「いや。でも破綻国家や紛争地域では、医者の代わりを務めることもある」

「そう」

「それを取ってくれ」マクミランが言った。何かを開ける音がする。

「俺の帽子とコートだ。それをつけて、氷を買ってきてくれないか」マクミランがエンジェルに言った。

コールは抗議しようとしたが、する前にドアが閉まった。頰に何かが刺さる感触がして、彼はぱっと目を開けた。マクミランの淡青色の目が自分を見つめていた。糸の垂れ下がった針を握っている。

「今、針で頰を突いたのか？」コールが力なく責めた。

「景気づけだ。二重スパイのことを聞かせてくれ」

「ボーゴラが話しているのを盗み聞きしただけなんだ。やつはエンジェルのことをアソシエートだと思っていた。アソシエーションが嗅ぎまわっているのを知っていたんだ。だが、誰がどうやって潜入しているかは知らなかった」

マクミランの顔が近づいた。「しっかり思い出してくれ。お前が盗み聞きしていることに、やつは気づいていなかったか？　彼女がスパイの可能性は？」

「エンジェルがボーゴラのスパイ？　ありえない」

「アソシエーションに潜入するためのスパイかもしれない」

「まさか。エンジェルはやつに頭突きして殺そうとしたんだぞ。それにボーゴラは彼女の指を折った……エンジェルがスパイだなんてありえない。それは信じていい」

「ただの泥棒か」

いや……コールは反論したかった。ただの泥棒じゃないんだ。

マクミランが目を細めた。「それなのに彼女を現場から助けだした。なぜだ？　何か知られているのか？」

コールは目を閉じた。「いや」

「おい」マクミランがまた針で突いた。

コールは目を開けた。「針はやめろよ」

「船は確保した」マクミランが言った。

「そうか」コールは安心し、力が湧いてくるのを感じた。

「問題の船を突き止め、情報も入手したのに、お前は彼女を助けようと怒り狂って行動したわけか」マクミランが続けた。「フェントン・フュルスト型の専門家は利用できるが、泥棒はだめだ。ダックスは犯罪者を使わない」

「わかってる」

「大失敗に終わる前にお前が抜けだせたのはよかったと思っている。それは本当だ。でも正直に言って、彼女は厄介だ。コール、なぜ彼女を連れだした？」

「そうするしかなかった」

「なぜだ？」マクミランが追及した。

「そうするしかなかったんだ」

マクミランは眉を上げ、声を出さずに口を動かした。〝ばか野郎〟

ああ、そうだ。俺はばか野郎だ。

それがどんな関係でも、想う相手がいると弱みができる。しかもその相手が金庫破りだなんて、俺は大ばか野郎だ。エンジェルは犯罪者だぞ。彼は組織の活動を危険に陥れ、いわば敵側の人間を救ったのだ。しかも女を。大ばか野郎としか呼びようがない。

そこへエンジェルが戻ってきた。彼女はまるで手術室に入るかのように、そっとドアを閉めた。

「氷を買ってきたわ」エンジェルが言った。「傷口を麻痺させるの？」彼女は容器を片手に、氷を指に挟んで訊いた。

「そんなものはいらん。菌が入るだろう」コールは言った。

エンジェルが当惑してマクミランを見た。

「気にするな」マクミランがそっけなく応じた。「こいつは怪我をすると、嫌みな男になるんだ」

「氷はどうするの？」

「流し台にでも捨てておけ」

「いらないなら、どうして買いに行かせたのよ？」

「君を殺すべきかどうか、コールと相談したかったからだ」

「ああ、そういうこと」エンジェルは氷を容器に戻して訊いた。「で、結論は？」

「君は信用できるとコールは言ってるが、俺はまだ迷ってる」マクミランは彼女の顔を探るように見た。そして、単刀直入に尋ねた。「君を信用して大丈夫か？」

それはアソシエーション内でよく使われる手だった――相手に率直に尋ねるのだ。〝俺を殺すつもりか？〟〝俺の本名を知ってるのか？〟大抵の人間は、そうした率直な質問を予期していない。相手の不意を突いて、とっさに真実を吐かせることができる。その質問が、さまざまな可能性を暴くこともある。

コールの頭が混乱していたせいかもしれないが、マクミランの詰問は、エンジェルの中の何かを暴いたように思えた。真実というよりも、決意のようなものを。

「私を信用しても大丈夫かって？　ボーゴラをつぶす手伝いができるかどうか訊いてるの？」コールは、彼女の口調から何か大きな決断をしている気配を感じた。やがて彼女がはっきりと言った。「なんでもするわ」

まるで、自分の闘いでもあるかのような口ぶりだった。

マクミランは彼女の顔を観察した。そして、顎を少し上げた。逆向きだが、それが彼流の頷き方だ。彼女から目をそらし、ひとまず納得したようだった。

それでもエンジェルが厄介な存在であることは変わらない。ダックスは彼女を脅して無力化し、なんとか処理しようとするだろう。もうコールのそばには置きたがらないはずだ。

しかし、まだ闘いは終わっていない。マクミランは今、読み取るべき現状を読み取った。また針を手に取る。

エンジェルがコールの腕をつかんだ。「大丈夫?」

コールは彼女の手を振り払おうとした。「放してくれ。大丈夫だ」

エンジェルは彼の腕を強く握った。「力になりたいの。気休めにしかならないでしょうけど」

コールは壊れたテレビを睨みつけた。彼女を失っても平気でいなければならない。

「自力で座っていられるから大丈夫だ」

エンジェルは彼の腕を放した。

彼女に触れてもらうという贅沢を、これ以上味わってはならない。自分がしたことはもう取り消せないが、この先のダメージを軽くすることはできる。彼女は泥棒だ。女だ。弱みになる。

コールはまた腕に針が刺さるのを感じた。

「ちょっと眠ってもらおうか、おっさん」

「やめろ」コールはマクミランから離れようと身をよじった。ちくしょう。これは予想していなかった。「おっさん呼ばわりもやめろ。胸くそ悪い」

眠る必要はなかったが、コールはベッドに横たえられた。顔がベッドに近づく。小さな話し声が聞こえた。頬に、そして額に当たるベッドカバーが、雲のように感じられた。

肩の後ろ側に針が刺さる。縫合が始まり、あらゆる感覚が取り除かれた。肩から重荷が取り除かれたかのように。まるで別世界だ。


目が覚めると顔がむくみ、喉が渇いていた。肩が悲鳴をあげている。外からは車の行き交う音が聞こえた。隣室からはテレビの微かな音。

エンジェルはもう一つのベッドの上で、雑誌をぱらぱらめくっていた。マクミランはいない。カーテンは閉まっていたが、部屋の明るさから、夕方だと判断した。

エンジェルがコールを見た。「目が覚めたのね」

「何時だ？」

雑誌を置いてエンジェルが答えた。「五時くらいよ」

「眼鏡を持ってきてくれるか？」

彼女はベッドからおりると、ドレッサーに置いてあった眼鏡を取ってきて、コールに渡した。

彼がそれをかけるのを横で立って見ているエンジェルは女神のようだった。黒髪が肩に広がっている。新しいシャツを着ていた――長袖の黒いシルクシャツに、灰色のパンツ。マクミランが買ってきたのだろう。彼女がグラスに入れた何かを持ってきた。

「あの人がこれをのませるようにって」

体を起こすとめまいがした。グラスの中身はわかった。以前にものんだことがある、造血剤と抗生剤の混合薬だ。コールはそれをのみ干した。エンジェルがグラスを持っていき、今度は緑色の液体が入ったプラスチックのボトルを振りながら戻ってきた。

「次はこれよ」蓋を開ける仕草がぎこちない――包帯を巻いた指のせいだ。

嫉妬心がコールを襲った。自分が彼女の面倒を見てやるべきだったのに。ベッドで気絶している間に、マクミランが彼女の手当てをし、おそらく接骨したのだろう。強烈な痛みだったはずだ。マクミランは慰めてやっただろうか？　二人は自分のことを話しただろうか？

「ねえ、これものめって言ってたわよ」

コールはボトルをつかんだ。プロテインや、海藻、ＭＳＭ、スーパーフードを混ぜ合わせたものだ。彼は自分を支え、それをぐいとあおると、口を拭った。吐きださなければ、しだいに頭もはっきりしてくるだろう。「あいつは外に見張りをつけたか？」

「いいえ。私たち二人だけよ」

コールは頷き、こみ上げてくる胃液をのみこんだ。誰も呼びださないほうが安全だとマクミランは判断したのだろう。確かに、ボーゴラの二重スパイがアソシエーション内部にいることを考えたら、誰も呼ばないほうが賢明だ。

コールはエンジェルのベッドの上に置かれた銃を見た。呼吸が楽になっている。銃があるということは、エンジェルなら二人の身を守れるとマクミランが信用したのだろう。

マクミランは頭の回転が速い。思いきった大きな決断をする。彼はエンジェルを受け入れたが、それは彼にとって失うものが何もないからだろう。

マクミランはエンジェルに一ミリも恋をしていないのだから。

コールとエンジェル。二人が一緒になるという計算式では、決して答えが出ない。エンジェルは現役の犯罪者で、アソシエーションが追うべき人間だ。仮にエンジェルが犯罪者ではなくても、潜入員は大切な存在を持たない。友人さえいないのだ。相手が同じスパイでない限り。

彼女を失わなければならないときが来る。早ければ早いほど、痛みは軽い。

コールは起き上がってベッドから下りると、重い足取りでバスルームに行き、水で顔を洗った。

マクミランはコールの肩をぐるぐる巻きにしたが、包帯が巻かれていない部分を見ると、皮膚の様子は悪くなかった。あの注射は抗生剤だったのだろう。あれほど強い薬を打たれたあとでは、どんな感染症も収まるはずだ。腕を上げると痛かったものの、なんとか動かせる。醜い瘢痕（はんこん）は残るだろうが、機能は戻るはずだ。マクミランは洗面道具とコンドームまで用意していた。コールは、どこかにシャツはあるだろうかと思った。シャワーを浴びたかったけれど、歯を磨くだけで我慢した。

さっきのスーパーフードが効いてきた。鋭敏な感覚が戻ってくる。

コールはバスルームから出た。「あいつはいつ戻ってくるか言ってたか？」

エンジェルは首を振った。「気分はどう？」

「大丈夫だ」コールは彼女の指を示して言った。「そっちはどうだ？」

「感謝しているの」

「その必要はない」

「必要はない？　でもボーゴラはまだ生きてるのよ。それにあなたのことを知ってしまった。気づいていなかったのに。私だってばかじゃないわ――私を助けるために、あなたが何か大きなものを犠牲にしたことくらいわかる。だから、ありがとう。お礼だけは言わせて」エンジェルはなぜ自分を助けてくれたのか知りたそうな顔で、彼をじっと見つめた。

「まあ、君を巻きこんだのは俺だからな」コールは言った。

エンジェルが自分の両手に視線を落とした。「あの男は本物の怪物よ」

コールは皮肉っぽく笑って言った。「だろ？」窓辺に行って外を見る。マクミランが選んだのは二階の角部屋だった。バルコニーから下の駐車場が見える。通りの反対側に小さなショッピングモールがあった。

彼はベッドに戻って体を伸ばした。エンジェルの視線を感じる。問題は山積みなのに、その視線が心地よかった。

彼女は俺の好きにしていい相手じゃない。

「ボーゴラを殺さなかったわね」エンジェルが考えこみながら言った。

「殺さなかったことで、後々悩まされるかもな」コールもぼやいた。

「殺したかったんでしょう?」

「追手が来ていたからな」

「でも殺すべきだったんでしょう?」

コールは薄っぺらいヘッドボードにもたれて座り、小さな声で答えた。「ああ、殺すべきだった。でもそんな時間はなかった。あのオフィスで大勢と戦う羽目になっていたかもしれない。相手は少ないほうがいい」

「でも大勢が相手でも対等に見えたわ」

「極力、大勢と戦うのは避けるようにしている」

エンジェルがベッドに来て横に座った。マットレスが少し沈む。彼女が隣にいると安心した。近くにいるだけで幸せだった。

「オフィスで、メイプスの手から銃を蹴り上げたでしょう? あんな動き、誰にもできないわ」おどけたように目が笑っている。「相手は銃を持っていて、あなたは持っていなかったのに」

「お前の恋人はセクシーで、頼りがいのある男なんだぜ。たとえ負傷しているときでもな。これで、俺がコンドミニアムに立ち寄ったときには何かうまいもんでも食べさせてやろうって思うだろ」

エンジェルがくすくす笑った。「真面目に話してよ。こっちは死ぬほど怖かったんだから」

そんな場合ではなかったが、エンジェルがかわいく思えた。「君が思っているような危険はなかった。この一年、あいつらと警備のトレーニングをしていたんだ。俺は連中との戦いに備えて、間違った戦い方を教えた。自分の弱みと強みも逆に教えておいた。本番では俺が有利になるように」

「えっ、どういうこと？　トレーニング中にわざと変な戦い方を教えたの？　本番で自分が優勢に立つために？」

コールは微かな笑みを浮かべた。「まあ、そんなところだ」

「いつかそうなるとわかっていたのね。いつか戦うことになるって」

「予測はしてた」

「私があの場に戻らなかったら、戦わなくてすんだのに」

「いずれは戦ったさ」

彼女は半信半疑に見えた。

「こっちに来いよ」コールはエンジェルに触れたい願望に負け、彼女を引き寄せた。

「あんなところからおさらばできてよかった」

本当にそう思った。

エンジェルはコールの肩に頭をもたせかけた。禁じられた楽園のようだった。これ以上の楽園はない。コールは彼女の髪を横に払った。「一つだけわからないことがあるんだ。どうしてダイヤモンドを盗らなかった？」

「髪飾りを取りに戻っただけだもの。前にも言ったでしょう、ダイヤモンドを盗る気はないって」

「ああ、でも君は俺に激怒していた。俺が裏切ったと思ってたんだろう。仕返しに盗ってやろうとは思わなかったのか？　最初に金庫に入ったとき、君はものほしげに袋を見てたじゃないか」

「盗りたくて見てたんじゃないわ」エンジェルは穏やかに言い返した。

「じゃあ、どうしたかったんだ？」

「どうでもいいでしょう」

コールはエンジェルの肩の上で波打つ髪を撫でた。秘密がありそうだな。彼女の心の中に入れてほしかった――このままエンジェルにずっと触れていたい、彼女を追い求めたいという思いと同じくらい強く、その秘密を知りたかった。空気が必要なのと同じくらい、彼女の心の中に入る必要があった。「俺にとっては、どうでもよくないんだ」

「どうして？　それを聞いたら、私の答えがわかるから？」

コールの指先が、彼女の豊かな巻き毛の中に埋もれた飾りに触れた。「答えというより、君の一面がわかる」

「教えろよ。髪飾りのほかに、何が欲しかったんだ？」

エンジェルはふんと鼻を鳴らして彼の手をはたいた。

「しつこいわね。ダイヤモンドを触りたかっただけよ。メイシーやジェニーと三人でいつもやってた儀式みたいなものなの」

「ダイヤモンドを触るのが？」

「手のひらにのせるの」

「なんだよ、手のひらにのせたのに盗らなかったのか」

エンジェルは肩をすくめた。「ダイヤモンドなんて時代遅れだわ」

　ジョークで壁を作る。コールは壁が嫌いだった。「話をそらすな。どうしてなのか知りたいんだ」そう言って、彼は彼女の手のひらにキスをした。「ここにダイヤモンドをのせたのか」

「違うわ。どうしても知りたいなら言うけど、のせたのは左手よ」

　コールは折れた指に触れないように、そっとエンジェルの左手を握った。「それで？　ダイヤモンドに触れたらどんな気分になるんだ？」

「わからないわ」彼女が呟いた。

「いや、わかってるはずだ」コールはもはや、エンジェルへの欲望と、彼女の秘密をどうしても知りたいという願望の区別がつかなくなっていた。どちらも、同じことなのかもしれない。「教えろよ」

「本当にしつこいわね」

「どうしても知りたいんだ」

「自分でもわからないんだってば。ただ、触れたいと思うの」

「いや、ちゃんとした理由があるはずだ」

　エンジェルは長い間、沈黙した。もう聞きだせないだろうとコールが思ったそのとき、彼女がふいに口を開いた。「スロットをやったことはある？」

「ああ」

「サクランボとか金の延べ棒が並ぶと、気分がいいでしょ？　コインが出てくるとうれしいわよね？　でも、それはスロットをやる本当の理由じゃないの。経済状況を変えたくてやるわけでもない。それが理由じゃないの」

コールのろくでもない両親は、いつもスロットをやっていた。「人はなんでスロットをやるんだ？　何を求めてる？　なんでダイヤモンドに触れたいんだ？」

エンジェルは首を振った。しゃべりすぎたのかもしれない。これまで誰にも打ち明けたことがないのだろう。

彼女の意思を尊重すべきだとわかっていたが、コールの中にある後ろ暗い何かが話を続けさせた。彼は彼女の顎をつかんで自分に向けさせた。越えるべきではない一線を越えている。自分が一線を越えているときは、いつもわかった。「教えてくれ」

エンジェルが手を伸ばし、二本の指で彼の唇をぎゅっと閉じた。「うるさいわね。もう黙りなさい」──半分ジョークで、半分本気だ。

コールは彼女の手首をつかみ、その手をどけた。肩に痛みが走ったが、彼は気にしなかった。

「放して」

コールは手を放さなかった。「言えよ」

エンジェルは驚いたようだった——彼の執拗さや、生々しい欲求に。だが構わない。彼女の秘密が二人の間に壁を作っていた。壁をぶち壊したところで、秘密を打ち明けさせることができるわけではなかったが、それが彼女に近づけたと感じられる唯一の方法だった。コールは答えを求めていた。どうすれば彼女を救えるのか知りたかった。

「もうこの話は終わりよ」

「自分が消えるから、好きなのか?」

「そうよ」

いや、その答えでは簡単すぎる。もっと別の何かがあるはずだ。「感情をなくせるからか?」彼女の声に、目に、降参の印が現れるのを待った。少しでも揺れ動くのを。

「おもしろくもなんともない、退屈な話よ」

「闇にまぎれるとつらくないいんだろう」彼が確かめた。

エンジェルの目つきが変わった。もう少しだ。彼女が身を引いた。コールは彼女の手をさらに強く握った。肩に激痛が走る。

「人は経済状況を変えたくてスロットをするのではない」彼は言った。「そうだろう? 金のことなんか気にしちゃいないんだ——勝っても、どうせまた負ける。俺の親は何千回とそれを繰り返した」まるで何かをチャネリングしているみたいだった——昔から知っていた知識をおろしている感覚だ。「勝ち負けじゃない、やつらは自分が変わりたいんだ。輝くもの、光るもので自分の汚れを擦り落としたかったんだろう。そうして、隠れたかった。隠れたら、自分がろくでもない人間だっていう思いをしなくてすむから。実際には、ろくでもない人間だと感じていたから」

コールは確かめるようにエンジェルを見た。そして、それが答えだとわかった。当然だ。エンジェルは注目されること、カメラの前に立つことが嫌いで、闇にまぎれることを好んだ。隠れることを。「それなのに俺は君を脅迫した。トラブルに巻きこんだ。カメラの前に突きだした」

「あなたにされたことで、私がいちいち気に病むなんて思わないで」エンジェルはむきになって言った。

当たりだな。「正解だろう」

エンジェルは悔しそうに言った。「ご褒美にメダルでも欲しいの?」

「いや、メダルはいらない」彼女を嫌な気分にさせた自分に腹が立った。彼女が自分自身のことをろくでもない、欠点のある人間だと思っているその愚かさに猛烈な怒りを感じた。コールは、エンジェルが自分の手から逃れようとしているのに気づいた。負傷したほうの肩を叩いている。傷口は避けていたが、そのうち叩かれるだろう。

「あなた、おかしいんじゃないの? 放してよ!」

「いや、おかしいのは君だ」彼は答えた。「勇敢で、才能があって、そんなに美しいのに、自分を卑下しているんだからな」

「放して」

コールは彼女を立ち上がらせた。自分でも驚くぐらいの力で、エンジェルを引っぱり上げ、鏡に向き合わせる。片方の手で彼女の両手首をつかみ、反対の手で髪をつかんだ。負傷したほうの腕は使うべきではなかった——傷口が裂けるかもしれないが、気にする余裕はなかった。

エンジェルがそんなふうに思っているのを放ってはおけない。でたらめな思いこみだからだ。

「いいか。俺は美しくも善良でもない腰抜けを助けるために、あの場に飛びこんで、すべてを台無しにしたわけじゃない。君は何もわかっていない。正しい目で見ていないんだ」

「やめてちょうだい」

「君が正しい目で自分を見るまでやめない」コールはエンジェルを揺さぶった。

「ちゃんと自分を見ろよ。見るんだ!」めちゃくちゃだったが、止められなかった。

「放して」エンジェルは断固として鏡から目をそらしながら言った。

「君がちゃんと立って自分を見るまで放さない。俺には君がどう見えているか、わかってもらえるまで。たとえ十時間かかっても放さない」エンジェルはコールの手を振りほどこうとしたが、彼は放さなかった。彼の目に映るエンジェルを見せてやりたい――やり方が強引でも構わない。彼女は自分に欠点があると思っているが、それは間違いだ。何がなんでも、その思いこみを引き裂いてやる。必要なら、二人もろとも火の中に飛びこんででも、わからせるつもりだった。「ちくしょう、見ろよ」

エンジェルの黒いまつげが涙に濡れていた。「見たくないの」

「お願いだ、見てくれよ。君はどうかしている。こんなに完璧なのに」コールは彼女の髪をつかんだ手に力をこめた。「あの屋敷にいたとき、俺は君のことを同類のように感じた。勇敢で、熟練した相棒のように感じたんだ。君は闇にまぎれなくてもいい。闇に隠れるなんてもったいない」

コールが引き寄せると、エンジェルは身を硬くした。「コール、やめて」

「じゃあ見るんだ！」彼は気が触れたかのように振る舞っていた。「やめてほしければ、自分を見ろ。自分の目で」

彼女は鏡を見ようとしなかった。「放してってば」

「見るだけでいいんだ――見るだけでわかるんだから」コールの声には絶望の怒りがこもっていた。彼はエンジェルにスポットライトを当てようとしている――彼女がもっとも嫌がることをしようとしている。一線どころか、いくつもの線を越えていた。もうどこに立っているのかさえわからない。

「本気で言ってるのよ」エンジェルは彼の足を踏みつけようと暴れたが、うまくいかなかった。「もう、コール！」

「どうして本当の自分を見ようとしないんだ？」

「言いなりにはならないわ。あなたは自分の方程式でなんでも解けると思っているのかもしれないけど、方程式では解けないものもあるのよ」彼女が急に身を引き、彼の肩に激痛が走った。縫い目が裂けている。だが、それがなんだというのだ。

コールはさらに手の力を強めた。「もっと暴れろよ」

「無理やり私の気を晴らそうとしても無駄よ」エンジェルはこわばった声で歯向かった。「新しい自分を見せようとしてもね。あなたにはできないわ」

「でも、俺はそうしたいんだ」手に力を入れる。

長い沈黙が続いた。

彼の握りしめた手は、いわば命綱を握った男の手だった。

「見てほしいんだ」とうとうコールが口を開いた。

「嫌よ。押しつけるのはやめて」

コールは額を彼女の頬に当てた。急に疲れが襲いかかってくる。今にも力つきそうだ。「やめられない」小さな声で言い返す。

エンジェルが彼の腕の中で力を抜いた。小声で呟く。「わかってる」

彼の持てる力がすべて抜けていった。彼女の手首が彼の手から抜け、つややかな髪も彼の指から逃れた。

　コールの腕の中でエンジェルが体の向きを変えた。まるで水のように、美の化身のように。夢の中のように。彼はその動きを止めなかった。

「やめられないのね、ベイビー」こちらを向いたエンジェルが、その柔らかな手で彼の顔を挟んだ。

　どんな方程式も、本当に大切なことは教えてくれない――コールは今、そのことに気づいた。どうして人は心に穴を抱えるのだろう。人生で出会った最高の女性が、どうして自分に価値がないと感じているのだろう。どうして欠点がある、醜いと感じているのだろう。方程式では答えを出せない疑問ばかりだ。

　どうして二人の人間は快楽を求めて死んだのか。なぜこの世に息子を一人残していったのか……。

「そっとしておくことも大切なのよ。相手が最低の気分でいるときはなおさらね」エンジェルが言った。

「どうやって？」コールは訊いた。

「ただ、そっとしておくの」彼女が小声で答える。

　そしてエンジェルは彼にキスをした。突然、あらゆる緊張や対抗意識がコールの中から抜け落ちていった。もうそこには、エンジェルしかいなかった。「私を解こうとしないで。ただ一緒にいてほしいの」彼女が言った。

彼女が誰なのか、何を考えているのかわからない。ただ温かい気持ちが押し寄せ、ふいに悟ったように心が穏やかになった。結局のところ、すべてを解かなくていいのかもしれない。コントロールできるものなど何もないのだから。今後もきっとそうだ。コントロールできなくても、彼女を愛することはできる。

エンジェルが身を寄せ、彼の後頭部をつかんだ。下腹部の高まりが彼女の柔らかな腹部に当たり、鉄のように硬くなる。

「君を愛したい」コールは言った。

エンジェルが身を引き、彼の顔をじっと覗きこんだ。コールの感情のこもった言葉は、宣言というよりも闇に放たれた信号気球のように重みがあった。

コールは彼女の目を見つめながら、その頬を撫でた。彼女を昔から知っている、でもその秘密には終わりがないという不思議な感覚があった。

彼はエンジェルにキスし、その唇の柔らかな感触を味わった。彼はいつも猛火のように女性を貪ったが、今はそんなふうに奪い取るのではなく、エンジェルをじっくりと感じたかった。

コールは眼鏡を外し、もう一つのベッドに放り投げると、舌をエンジェルの口に押しこんだ。彼女の舌を探り当て、静かなダンスが激しさを増すようにそれを転がした。欲望が高まり、彼女を突き上げるように身を寄せる。エンジェルの体に震えが走るのがわかった。まるで彼女の体が自分のもののように感じる。

「エンジェル」

「もう一度。名前を呼んで」彼女が応えた。

「エンジェル」コールは彼女の首や鎖骨に唇を這わせた。動きにどんどん熱が帯びてくる。「エンジェル」

コールはエンジェルのシャツのボタンを外しはじめた。肩に痛みが走るのをぼんやり感じたが、彼は縫合のことなど気にしなかった。彼女のヒップを両手で包んで持ち上げ、ドレッサーにのせる。

何もかもが違った。傷口が地獄のように裂けたものの、彼の心はもっと大きく裂けていた。危険なほどに内面をさらけだし、あらゆるものに敏感になっている。それでも構わなかった。開いた心は心地よい傷だ。

エンジェルがドレッサーにもたれ、両肘をついて体を支えた。両脚をコールの腰に巻きつける。

「じゃあ愛して」その言葉は、挑戦のようでも懇願のようでもあった。それに、またとないほどセクシーだった。なぜなら、その言葉からは勇気が――コールに自分をさらそうとする彼女の勇気が感じられたからだ。

この俺に。

コールがボタンを外し終えると、シャツが開き、レースのブラジャーがあらわになった。彼はカップの先をつかんで自分の体に引き寄せた。腹がぴたりと合わさる。自分との間に隙間があるのが許せなかった。コールはカップを乳房の下までおろし、指の関節で彼女の硬くなった乳首を撫でる。首を傾けて彼女の唇に唇を押し当てながら、爪で乳房の下を軽くまさぐるうち、彼はすっかり夢中になっていた。灼けた頬を彼女の肌になすりつける。その感触で、自分の体で、彼女に印をつけるかのように。コールが乳首をくわえて吸うと、エンジェルはあっと息をのんだ。手でもう片方の乳房を包み、乳首をつまんで先端をとがらせる。背中に回された彼女の脚に力がこもるのが心地よかった。

コールは、まるで供え物のごとく彼女の前に自分を捧げている気がした。それと同時に、まるで神を崇めるように彼女を包みこみ、その肌の魅惑的な柔らかさを指で楽しんでいる気がした。

コールがシャツを全部はがし、パンツを脱がしにかかると、エンジェルの呼吸が荒くなった。彼女は夢中でコールを手伝い、あらゆる場所にキスを浴びせた。彼女の熱い息が耳にかかる。彼女に耳たぶをくわえて引っぱられると、彼は狂おしい気分になった。

エンジェルが彼のズボンの後ろポケットの中に指を滑らせ、キスをし、肩や首を噛んだ。

甘く、いやらしい仕草だ。コールがエンジェルの太ももを撫でると、彼女の噛み方が激しさを増した。最高だ。

コールは少し腰を引いて、二人の間に手が入るほどの空間を作ると、彼女のシルクの下着の上から、熱くなった部分を撫でた。さらに手を下着の中に入れ、なめらかなひだを指でなぞった。一番敏感な部分を探り当てると、彼女の呼吸がどんどん不規則になっていった。その息遣いがたまらなかった。

ズボンのポケットの中で、エンジェルの指に力が入った。コールは彼女を撫で、刺激を強めながら指を動かした。彼女の呼吸がさらに荒くなる。彼はエンジェルの感触にわれを忘れた。

「エンジェル」この下着を脱がせたい。服も全部。焦ったせいで下着が絡まり、彼女がくすくす笑った。

「あなたの友だちが……」

「わかってる」そう言うと、コールはバスルームに向かい、マクミランが買ってきた洗面道具の中からコンドームをつかんだ。こんなところに置くなんて、マクミランは露骨な男だ。露骨だが、頭は冴えている。

エンジェルはブラジャーを外し、全裸になっていた。コールは大股で彼女のところに戻り、太ももに手を当てると、目を見つめながらヒップまで手を滑らせた。とにかく彼女に触れたかった。

「来て」エンジェルが言った。

コールは動かなかった。「君はきれいだ」エンジェルは否定しようとしたが、彼は唇に指を押し当てた。「本当だ。受け入れろ」

「じゃあ来てよ」

コールはにやりと笑い、アルミの袋の角を彼女の内ももにそっと這わせた。

エンジェルが反応して息をのむ。「コール」

「なんだ？」

「呼んだだけよ」彼女が言った。

コールは彼女の瞳を見つめたまま、アルミの袋を膝までおろした。興奮を共有している気がする。まるで二人がつながっているかのように。見つめ合うことで、お互いをさらけだしているように感じた。

目を合わせるだけで、気が遠くなるほど親密な気分を味わえることに、コールは驚いた。これほど心をさらけだして、どうすればいいのかわからない。彼は外から覗くことに慣れていた。あらゆることを解こうと、自分の方程式を走り書きしながら、覗きこむのが常だったのだ。

「待ちくたびれたわ」エンジェルがコールの手からコンドームの袋を奪い、からかうような目で彼を見つめながら開けた。「私がつけてあげる」彼女は袋からコンドームを取りだすと、硬くなったものにかぶせ、割れた腹筋を指で撫でながら上目遣いで彼を見つめた。「これが頭から振り払えないのを知ってるでしょう、ベイビー？　ずっとこの腹筋のことばかり考えてたのよ」

コールは笑い、彼女の両手をつかんでキスをすると、それを自分の腹に押し当てた。

「存分に味わってくれ」

エンジェルは頭を下げてそこにキスをした。ばかげているが、コールはそうされることで偉大になった気がした。彼女の髪を撫でる。二人で過ごす気安さに気づけたことがうれしかった。彼女とならもっとたくさんのことが発見できるだろう。

コールは一瞬、エンジェルがコンドームをつけた高まりをくわえるのではないかと思った。ゴムのような味がするだろうし、彼女にそんな思いはさせたくない。だから
コールは彼女の髪をつかんで引き上げ、その目を見つめて言った。

「ABBAをかけてくれるかい、ハニー。ファックの時間だ」

エンジェルの目に笑いが浮かんだが、コールが彼女の脚を開いて、中心に下腹部を押しつけると、その笑いが興奮に変わった。

エンジェルは目を閉じ、息をもらした。まるでコールが大きすぎて、彼女の肺から空気を押しだしたかのように。エンジェルの熱い部分が、シルクの手袋のように彼を

締めつける。コールが身を沈めていくと、彼女がしがみついてきた。

コールは動きを止め、彼女の唇にキスをした。次はまぶただ。「目を開けてくれ、ベイビー」彼は言った。

エンジェルが目を開けると、コールは彼女を見つめながら、ゆっくりと着実に彼女の中で動き、興奮を高めていった。エンジェルがもっと速くとばかりにコールのヒップをつかんできたが、彼はなるべく長く続けたかった。彼女をダイヤモンドより気持ちよくさせたい。

「髪を引っぱって」エンジェルが言った。

「これは、そんな荒っぽいセックスじゃないんだ、エンジェル」

「いいから、引っぱって」

「だめだ」

エンジェルが身を起こし、彼の胸にキスをした。「お願い」小さな声で囁く。「引っぱって」ため息をつきながら、彼女が頼んだ。

コールは髪をつかんで拳に巻きつけたが、引っぱらなかった。「俺の荒い性格を逆手に取って遊んでるんだろう?」

「違うわ」エンジェルが言った。「それだけじゃないの」

「それだけじゃない?」そこでコールは、からかうように髪を引っぱった。「ほかにどんな理由があるんだ?」

エンジェルは達しそうになりながら息を切らした。引っぱられるのが好きなのだ。彼も好きだった。

時間をかけたセックスなんて、もうどうでもよくなっていた。

コールは彼女のヒップまで手を滑らせ、ぎゅっとつかんだ。「どんな理由だ?」彼は追及した。ただ調子を合わせるために。

「あなたにはわからないわ」エンジェルが荒い息をつく。

コールの欲望は、燃えつきることのない炎のように激しさを増した。彼女の中にいるともっと欲しくなり、腰の動きが速くなった。

「なんだ?」髪をさらにきつく引っぱると、首があらわになった。無精髭で、彼女のなめらかな肌をこする。

コールは腰の動きを緩め、威圧するように突いた。絶え間なく。エンジェルは彼の下でわれを失っていた。彼は不規則に呼吸しながら、絶頂へとのぼりつめようとしている彼女を味わった。ミルクを搾るかのように、強く締めつけられる。コールはもう少し続けようと我慢したが、欲望にのまれ、さらにもう一度、二度と突くと、彼女を抱きしめたまま絶頂を迎えた。オルガスムで気が遠くなる。終わっても、コールは動かなかった。

信じられない。エンジェルは奇跡だ。説明できないほど、理解できないほど完璧だった。

# 15

エンジェルはシーツだけをまとい、眠気と幸福を感じながらベッドに横たわっていた。〝そのままでいてくれ〟コールにそう言われたからだ。

コールと一緒にいるのがうれしかった。彼のすべてが大好きだ。これまでの悪いボーイフレンドたちとはわけが違う。

コールはエンジェルがずっと探し求めていた、個性的で最高な、完璧な悪いボーイフレンドだった。でも彼は、いい意味での悪いボーイフレンドだ。

〝愛することはできても、救うことはできない〟――エンジェルは自分の好きなタイプを語るとき、いつもそう言っていた。一瞬、寒気が走る。コールがそのタイプに当てはまるとは限らないわ。

バスルームから包帯を引き剝がす荒々しい音が聞こえた。コールが傷を覆い直しているのだ。

エンジェルは手伝うと言ったが、コールが拒んだ。血だらけの自分を見られたくなかったのだろう。彼女は血など気にしないのに。

コールが眼鏡と新しい包帯だけをつけ、裸のまま出てきた。彼女にテープを手渡す。

「後ろを留めてくれるか？」

「いいわよ」

コールがベッドの端に腰かけた。エンジェルは彼に近寄ってテープを切ると、彼が肩の後ろ側に自分で貼ったガーゼの端を留めた。彼女はさらにテープを切り、肩にキスしてからそれを貼った。

「ありがとう」コールが振り向いて囁いた。「助かったよ」

「どういたしまして」

〝愛することはできても、救うことはできない〟過去がそうだったからといって、未来にそれが当てはまるとは限らない。

コールが立ち上がり、裸なのも気にせず窓辺に行った。カーテンを横にどけ、外の様子をうかがってからベッドに戻る。

「どうしたの？」

「あいつがなかなか戻ってこない」コールは答えた。マクミランのことだ。もう一人のスパイ。

「しばらく戻らないかもと言ってたわ。二、三日ここにいてもらうことになるだろうって」

「だけど電話にも出ないんだ」

「二重スパイのことが心配なの？」

コールが深刻なまなざしでエンジェルを見た。「俺たちの内情を知っているような口ぶりで話すのはやめろ。自分は事情をわかっていると思わないでくれ。ちくしょう」彼は手のひらで額を押さえた。「ここから出ないといけない」

「彼は動くなって言ったわ。ボーゴラが私たち二人を探させているはずだからって。あいつはまだ私たちをあの拷問部屋に連れ戻そうと思っているのかしら？」

「いや、もう殺したいと思っているだろう。威信を取り戻すために、俺たちを殺す必要があるんだ。早くここから抜けだして、二重スパイを探すマクミランを手伝いたい」

「でも動くなと言われたのよ」

「あいつがなんて言ったか、何度も繰り返すなよ」コールはまた窓辺に行った。

「繰り返したらどうするつもり？」

「どうするかわかってるだろう？」肩越しに振り返った彼に見つめられると、エンジェルは欲望の高まりを覚え、下腹部がうずいた。コールはカーテンを放して彼女のところに戻ると、ベッドに座った。彼女の足をつかみ、爪先に口づける。

「またプランBにされるのかしら？」

「君を知った瞬間にプランBは消えたよ」彼が言った。

「でも部屋に戻ったときのあなたは、そんなふうに言わなかったわ。金庫を破ったあとのことよ」

「わかってる」

エンジェルの胃がぎゅっと締めつけられた。「どうしてあんなふうに思わせたの？最悪な気分だったんだから」

足首をつかむコールの力がどんどん強くなる。「何も約束できないんだ」

「アソシエーションのせいで？」

「その言葉を口にするのはやめろ」

「スパイだからなんでしょう？　いろんなところに潜入しなければいけないから」

コールは顔をしかめた。

「大丈夫よ、誰にも言わないわ。ただ、あなたのことを知りたいだけ。あなただって数学の方程式に夢中じゃない」

「システム理論とロジスティックスだ」彼が言った。

「取引や輸送の話みたいなこと？」

「ものすごく簡単に言えばな。でも俺のやり方は、三つのパズルを頼りに、残りの九十七を探り当てるんだ」

「ポル・スス・ガラス・セ・コノセ・アル・レオン……父がよく言っていた言葉よ。爪によってライオンを知るっていう意味なの」

「鼠の穴がどうの、ライオンの爪がどうのと、君の父親は教訓的なことわざが好きなんだな」

「父親ってそういうものじゃない？」

「俺の父親はそんなタイプじゃなかった。まあ確かに、ライオンを推し量るには、爪を頼りにするけどな」

「あなたの好きな方程式も、そういう仕組みなの？」

「質問攻めかよ」

「教えろよ」エンジェルがふざけて、さきほどのコールを真似した。「教えてくれよ」

コールはエンジェルの両足首を引っぱり、彼女をベッドに寝かせた。嬌声をあげる彼女に、コールが覆いかぶさる。「黙らせるにはどうしたらいいかな？」

エンジェルの鼓動が速くなった。コールに見おろされると興奮した。危険な空気が漂い、緊張感が張りつめる。「どうすればいいか、わかってるでしょう」彼女は小声で答えた。

コールはシーツを払いのけ、彼女の裸体をあらわにした。まるで自分に主導権があるかのように。

コールが眼鏡を外す。

彼が身を寄せてくると、エンジェルは胸を高鳴らせた。

エンジェルは部屋の外のことを考えるのはやめた。今、この瞬間のことだけを、鳥肌が立った肌を撫でる手や、いきなり吸われて興奮したことだけを考えた。

最後の瞬間、コールは髪を引っぱらなかった。そのことさえ、エンジェルは気に入った。彼はゆっくりと甘いセックスを楽しもうとしたのだ。

情事のあと、コールと横たわりながら、エンジェルは二人で鏡に向き合ったときのことを考えた。コールは自分の目に映っているエンジェルを見てもらおうと必死だった。彼女のひねくれた自己認識をコールが正すことはできないが、それでも彼女の本当の姿を見せようとしてくれたことが、エンジェルはうれしかった。もう長い間こり固まっていた何かが緩んだ気がした。

しばらくして、二人は宅配ピザを頼んだ。注文をしながら、コールはエンジェルを見た。「トッピングはマッシュルーム以外を全部だ」そう言うと、彼は電話を切った。

「覚えててくれたのね」

「当たり前だろう」コールはズボンを引き上げた。「でも……」話しながら彼女の服を床から拾い集め、ベッドに持っていく。「二人の思い出を書き換えてもらわないとな。だって君は、確かに最初のデートで体を許したんだから。レストランに連れていくまでもなく、ボスとのディナーだけで手に入ったな」

下着をつけ、パンツをはいてブラジャーをつかむ。

「大したボスよね」エンジェルはベッドの上を転がって、コールから服を受け取った。

コールはその様子を見ていた。「君とは息が合った。とんでもなく最高の相棒だったよ。ダイヤモンドを触って時間を無駄遣いしたのはいただけないけどね」

エンジェルはふんと鼻を鳴らして靴下を彼に投げつけた。

「ああ、それと新しいクライアントを獲得できそうだったのに残念だったな。やつの宝石を触ろうとしなければ、あの屋敷に手を加えることができたかもしれないのに」

「最悪だわ」エンジェルはシャツを着た。「あの屋敷はひどいもの。でもボーゴラの内面を映しだしているという点では完璧よね」

「あいつが気に入りそうなことを、どうしてわかったんだ？　花柄が気に入るだろうって、なぜわかった？」

「それが仕事だもの。そうやってデザインするのよ。デザイナーによってはテーマを絞るやり方もあるけど、クライアントの内面を映しだすやり方もあるの。相手の感受性を……探り当てるのよ。内面の世界をね。そして、それをもっと表現させてあげるの。だから理想の形は、相手の内面に潜む優れた感覚を引きだすのよ」

「君の家もそうなのか？　あの家には君のどんな内面が表れてるんだ？」

「あの家はコンセプトを試す場所なの」

コールは優しいまなざしで彼女を見つめた。「君の内面は一つも表れてないのか？」

エンジェルは手を伸ばし、また彼の唇を閉じさせた。「またうっとうしい話をしようとしてるんでしょう。その手には乗らないわよ、ハニー。わかった？」

コールは彼女の手首をつかんで顔からどけた。「ハニー、話の続きをしよう」

「もうすぐピザが届くわ。話は終わり」

コールの顔にいたずらっぽい笑みが広がった。「エンジェル、君はボーゴラの内面にある醜さを探り当てたのか？」

彼女がにっこりと笑った。

「あいつはすっかり夢中だったな。君のおかげで幸福そうだった」

「なんとも言えないわ。天性のものよ」エンジェルは返した。

彼が考え深い表情を浮かべた。

「どうしたの？」エンジェルが訊いた。

「なんでもない。けど、カモフラージュにデザイナーって職業を偽るのはいい案だな。

書類上でも本職のデザイナーに見えた」

彼女のことを調査したのだ。当然だろう。「カモフラージュじゃないわ、コール。宝石泥棒は卒業したもの。五年前にやめたのよ」

コールが眼鏡の位置を直した。どこか視線が鋭くなっている。「やめたのか？」

「ええ」

「パーティの夜、そんなふうには見えなかったが」

「私にしかフェントン・フュルスト型は破れないから、二人に連れ戻されたのよ。アギーおばさんのために戻ったの。第二の母親みたいな存在だから」

「五年も泥棒稼業から離れていたのか？」

「私が戻りたくないと思ってるのを二人は知ってたわ。だからフレッシュボーイズにほかの身代金ではだめか交渉したの。でも連中はボーゴラに恥をかかせるのが目的だったから、あいつの宝石を寄こせと言ってゆずらなかった。だからフェントン・フュルスト型を破るしかなかったのよ。連中はフェントンが先月亡くなったのを知っていたから、もう彼の金庫を破ってもいいとわかっていたの。彼に直接教わった弟子で、生存中で獄中にもいない金庫破りなら手をつけられるってね。現役に戻るタイミングとしては最高でしょう？」

コールは自分の考えを口にせず、沈黙に陥った。

「どうしたの？」彼女は訊いた。

「どうして泥棒をやめたんだ？　スリルが好きなんだろう？」

エンジェルはコールの負傷していないほうの肩に寄りかかった。「いいことだと思えなくなったの」

コールは彼女の髪を撫でた。「盗みはよくないって思うようになったのか？」

「人を傷つけていることに気づいたの。泥棒をした相手とか、家族とかをね。人を傷つけてまですることじゃないでしょう？　それに、何か前向きなことをしたかったの。人の家をデザインすることが重要だなんてあなたは思わないかもしれないけど、クライアントにとっては重要なのよ」

「君は今日、重要なことをした。あの金庫を破ったんだ、エンジェル。君のおかげで、多くの人間の命が救われた」

彼女の胸に不思議な感覚が渦巻いた。「船に乗っていた人たちはもう安全なの？」

コールは彼女の髪を撫で続けた。「ああ」

エンジェルはうかつにも感情にのまれそうになった。本当に重要なことをしたのは初めてだ。

電話が鳴った。

エンジェルは背後でコールが神経を張りつめるのを感じながら、身を起こして言った。「ピザ屋じゃないかしら」

コールがベッドから下り、四度目のベルで受話器を取った。「もしもし?」エンジェルにも相手の声が聞こえた。「よろしく」電話を切ると、コールは窓辺に行ってカーテンを少しめくった。「ピザはもうすぐだ」

「電話を怪しんでるの? ピザ屋はよく電話してくるわよ」

「直感だ。一つの場所に閉じこもっているのは嫌なんだ。慣れてない」彼はドレッサーに置いた小さな袋から何枚かの紙幣を抜き取った。何かがおかしい気がする。

彼は銃を取ってズボンの後ろに押しこみ、もう一丁をつかんで撃鉄を引いた。「金を払ってピザを受け取ってくれ。相手との距離を置けよ。俺は横で構えている」

ノックの音。コールはカーテンの隙間から覗き、頷いた。エンジェルがドアを開けると、編んだ黒髪にドジャースの帽子をかぶった若い女性の配達員が立っていた。

コールが近寄り、エンジェルの横に立つ。エンジェルはドアを大きく開き、相手の視界から銃を隠した。「どうも」コールが言った。

「どうも」配達員がエンジェルにピザを渡し、エンジェルは料金を支払った。

「ありがとう。お釣りはチップよ」

「ありがとう」女性はほほえんで帰っていった。

エンジェルはドアを閉めた。「ピザを頼んだらピザが届くこともあるのよ」

コールはまだ用心していた。

エンジェルはピザをドレッサーに置き、コールは駐車場をうかがった。「ここに来て、かなり時間が経つな」

「マクミランは大丈夫だと言っていたわ」箱を開けるとチーズとスパイスの香りが漂い、彼女は空腹のあまり卒倒しそうになりながら言った。「ねえ、ピザよ。コール、ピザ。お腹がすいてないの？」彼女はナプキンとピザを一切れ渡した。

「空腹だ」彼はベッドに座って食べはじめた。彼女も一切れ取ってとろりと伸びるチーズを巻き取ると、ナプキンごとドレッサーの上に置いた。「お水はいる？」

「ああ、頼む」

エンジェルはバスルームの水道からグラスに水を入れて戻ってきた。コールはすでに二切れ目を食べていた。「おいしい？」

「うまいね」

「これが罠じゃなくてよかったわ、もうお腹がぺこぺこだもの」エンジェルが一口かじると、分厚いマッシュルームに歯が当たった。思わず吐きだす。

「どうした？」

「マッシュルームよ」彼女が言った。

「トッピングはマッシュルーム以外を全部って頼んだのに」

エンジェルはがっかりしてピザを見おろした。「マッシュルーム増量って聞き間違えたのかもね」

コールは眉をひそめた。「もう一枚頼もうか」

「また待つの？　嫌よ。どけて食べるわ」エンジェルは丁寧にマッシュルームを取り除き、小さく積み上げた。細かく刻んだマッシュルームも大量にあり、時間がかかった。ようやく全部取り終えると、彼女はそれを半分に折り曲げた。ニューヨークスタイルだ。

「エンジェル、やめろ。食べるな」コールの声がおかしかった。ピザから目を上げると、コールがマッシュルームの山を見つめていた。「薬を盛られた」

パニックが彼女を襲う。「コール」彼は少なくとも四切れは食べていた。

沈黙を切り裂くように電話がけたたましく鳴り、エンジェルは飛び上がった。

「出るな」コールは手にした銃を力なく見ながら立ち上がった。「真正面から撃たない限り、狙いを定めるのはもう無理だ。すぐに意識を失うかもしれない」

「警察を呼ぶのは？」

「時間がない。それにボーゴラは多くの警官を飼いならしている」彼は唇に触れた。

「唇の感覚がない」

エンジェルはコールから銃を取り上げた。「私が撃つわ」

コールは彼女を見たが、焦点を合わせにくそうだった。「ボーゴラが来る。本人が」

「どうしてわかるの？」

「ピザに薬を盛ったのは……乱闘を避けたいからだ。そうでなければ、もうとっくに襲撃されていただろう。ここから抜けださないと」

「私も薬をのんだふりをして、奇襲するわ」

「それも予測済みだろう」コールの呼吸が速くなる。「行こう。姿勢は低くして」彼はもう一丁の銃をドレッサーからつかみ、彼女の手を引いてドアから忍びでた。身をかがめたまま、静かにドアを閉める。

「大丈夫なの？」

彼は一瞬考えているようだった。「わからない。でも行くしかない」

ドアの外にはバルコニーの白い手すりが両側に延びていた。左手に少し行くと下りる階段がある。かがんでいるのに加え、屋根が突きでているので、正面下の駐車場から二人の姿は見えないだろう。

エンジェルの心臓がどくどくと脈打っていた。すべての動きがスローモーションに見える。

「こっちだ」コールが彼女の右側を指した。階段の反対側だ。二人は腹這いになって進んだ。コールは電話番号を彼女に暗記させた。「俺が行動を起こすから、逃げてこの番号にかけろ」もう言葉が不明瞭になっている。

エンジェルは彼の後ろにぴったりついていた。「コール、もう行動を起こす余力なんてないじゃない」

「いつだって手段は残っている」

「それもあなたのロジスティックスなの？」

「そうさ」長すぎる沈黙のあと、彼が囁いた。部屋の電話がまた鳴りだすのが微かに聞こえた。音が止まる。

近くで車のドアをばたばた閉める音が聞こえた。

「ちくしょう」コールが止まった。エンジェルが慌てて近寄ると、彼は眼鏡を外した。

「コール？」

「どちらにしろ焦点が合わない。少し休ませてくれ」

「だめよ！」エンジェルの手が震えている。自分も彼と同じくらい、狙いを定められない気がした。

「静かに」階下で足音がする。「連中も遠回りしているらしい。三人だ」

「撃つべき？」

「君が先に殺られる。逃げろ。それだけに集中するんだ」彼はウエストバンドから銃を引き抜くと、腹這いで進みはじめた。階下の足音に耳をそばだてている。

自分だけ逃げるなんて。彼を置いていくなんて。「あなたはどうするつもりなの？」

「簡単なロジスティックスだ。供給と運搬」彼が銃を持ち上げた。「これで供給する」何を言っているのかわからない。エンジェルは恐怖のあまり自信を喪失した。メイシーの手榴弾があったらいいのに。

「行け」コールが小声で言った。男たちが真下を歩くのが聞こえる。コールが手すりを越え、屋根のへりを転がると、三人の上に落ちていった。

ショックでエンジェルの息が止まる。

階下から唸り声や叫び声が聞こえた。銃声。もう一度。

それが彼の手段だったのだ。自分の身を投げ捨てることが。彼は狙いを定められない――真正面から撃たない限り。

もみ合う音。エンジェルは急いで反対側の階段まで腹這いで進むと、一段、一段と男たちが視界に入るまでおりていった。

二人の男が地面に転がり、ボーゴラがコールともみ合っていた。彼女の下には車が二台止められ、二人はその向こうで争っている。彼らの唸り声や息遣いが聞こえるくらい近い。コールは死にものぐるいで戦っていた。ボクサーの動きというより、ウインドミルを踊っているみたいに見える。彼女が逃げるための時間稼ぎをしているのだ。

エンジェルは踊り場でしゃがんだ。

「コール」ボーゴラが低い声で言った。「貴様！」

エンジェルはしおれたヤシの木の後ろに身をかがめて隠れ、低いほうの手すりに片手を置いて狙いを定めた。ボーゴラの目に恐怖と怒りが浮かんでいる。けれど二人が暴れまわるので、うまく狙いが定められない。

コールは勇ましく戦っていたが、動きは鈍かった。手足をきちんとコントロールできないのだ。

エンジェルの手は怖いくらい震えていた。

二人が地面に転がる。ボーゴラの拳がコールの顔に直撃し、彼女はたじろいだ。狙いを定める。深呼吸。コールはそう思っていないようだったが、彼女は撃ち方を知っていた。撃つのが好きではないだけだ。

「エンジェル、逃げろ」コールが苛立った声をあげた。

ボーゴラが立ち上がり、シャツの下から銃を引き抜くと、コールの頭に狙いを定めた。「三秒以内に出てこなければ、こいつの頭をぶち抜くぞ。一、二……」

コールが転がってボーゴラから離れた。チャンスだ――エンジェルは引き金を引き、ボーゴラの胸を撃った。彼は後ろによろめきながら、闇雲に撃ち返してきた。コールがボーゴラの足をつかんで倒した。

二人がまたもみ合う。エンジェルは階段を駆けおりた。また銃声。

エンジェルはパニックに襲われた。どっちが撃ったのだろう？

ボーゴラが今度は仰向けに倒れていた。首と胸から血を流している。撃ったのはコールだった。

「助けてくれ」ボーゴラが彼女のほうに手を伸ばして言った。「助けてくれ」

エンジェルは近くで倒れているコールに駆け寄った。薬を盛られたうえに、負傷しているコールのもとに。

「逃げよう。まだだ」コールが小さく言った。

まだ追手が来るはずだ。

エンジェルはすぐさま行動し、倒れている男たちのポケットを探った。車の鍵が見つかり、車のロックを確かめて回る。向こう側の黒いボルボのドアが開いた。

「行くわよ」

コールは動かなかった。「動けない」

エンジェルは車まで走っていってエンジンをかけると、コールが横たわる場所まで車を寄せた。後部ドアを開け、負傷していないほうの肩をつかんで引き上げようとする。傷口がまた開いているに違いない。でも、ここから連れだすのが先決だ。彼女はコールを引っぱったが、大きな男を引きずり上げるほどの力がなかった。彼女はコールのもう片方の腕から出血しているのに気づき、慄然とした。また撃たれたのだ。エンジェルはすばやく片方の靴下を脱ぐと、それを彼の腕に巻いた。

「起きて！」顔を叩く。

「ああ」

よかった。

「車に乗って」コールは必死で動いた。動こうとする意思があるだけでも助かる。エンジェルは彼の胸に腕を回し、なんとかして彼を後部座席に押しこんだ。

エンジェルは運転席に乗りこんで発車した。あらゆる証拠を部屋に残したまま。

「また撃たれたのね」

「病院はだめだ」コールがきれぎれに言う。

「でも大量に出血してるわ」

「大量じゃない」彼が囁き返した。

エンジェルはコールに暗記させられた番号にかけた。

ボイスメールが応答する。「出ないわよ」

コールは答えなかった。

エンジェルは別の通りに曲がった。ボーゴラのネットワークは病院にまで広がっているのだろうか？　これも二重スパイの仕業なの？

「大丈夫よ」彼女は言った。「順調だわ」どこか安全な場所に行かないと。二人となんの関係もない場所に。

メイシーとジェニーはまだ監視されているはずだ。でも新しい金庫破りの担当なら監視されていない。エンジェルはメイシーから教わったロンダの番号にかけた。自分の後任に会うときが来たのだ。

# 16

新しい金庫破り担当のロンダは短い赤毛の女性だった。彼女はダウンタウン近くの派手な高層コンドミニアムに住んでいた。

ロンダはキャスター付きのオフィスチェアと色鮮やかなショールを用意して、コンドミニアム裏の通用口で二人を迎えてくれた。一緒にコールを椅子にのせると、ロンダは彼にショールをかけて血まみれの体を隠した。

椅子にのせたコールを二人で業務用エレベーターまで運ぶ間、彼は何やらうわ言を言っていた。ロンダは十階を押して言った。「彼、顔色がすごく悪いわ」

「そうなの」

エンジェルがもっと楽な体勢にしてあげようとコールを動かすと、彼はうめいた。これ以上コールに痛い思いをさせたくない。

「挨拶がまだだったわね。はじめまして」ロンダが言った。

「こちらこそ」自分の後任と顔を合わせても、思っていたほど胸は痛まなかった。

「こんなことに巻きこんでごめんなさい」

「危険を生きがいにしているから平気よ」ロンダが返した。

大げさに言っているわけではなさそうだった。エンジェルが見たところ、ロンダは頭がよく、破天荒で、羽振りもよかった。おじが医者をしているらしく、彼女は自分もコールに現場処置できると感じているようだった。彼女は確かに〝現場処置〟という言葉を使った。

「銃創用の絆創膏がないの」ロンダが言った。「だから待っている間に、粘着テープで似たようなものを作っておいたわ。必要になるだろうと思って」

「助かるわ」エンジェルは応えた。エレベーターが音をたてながら開く。二人は椅子を押してロンダ宅まで廊下を進み、コールを寝室に運んだ。

「ベッドに防水シートを敷いておいたわ。気を悪くしないでね、マットレスを買い替えたばかりだから」

エンジェルは頷いた。「気にしないわ。正しい判断よ」

コールはたまに何か呟く程度の意識しかなく、二人がシャツを引き裂いても、力なく抗議しただけだった。腕に巻いた靴下を外して、新しい傷を調べる——前腕を撃たれていた。

「血まみれね」ロンダが言った。

「貫通したと思う？　こっちが射出口かしら？」エンジェルが訊いた。

「わからないわ。とにかく止血しましょう」ロンダが答えた。

エンジェルはコールの額に手を当てた。「大丈夫よ、ベイビー。私たちがついてるわ」

しかし内心、エンジェルは情けないほど怯えていた。コールの顔はむごたらしく腫れ上がっていた。ひどく殴られたのだ。そのうえ薬まで盛られている。気づいていない傷もあるだろうか？　こんなに叩きのめされて、生き残れるものなのだろうか？

ロンダが作った絆創膏はよくできていて、傷をカバーする部分が丁寧に重ねてあった。

二人は彼の傷の具合を調べた。

「ちゃんとした治療が必要よ」ロンダが言った。

「だめだ……絶対に」コールが応じた。

「内出血しているかもしれないのよ?」ロンダが重ねて言った。

「していない。マクミランを……」

エンジェルは電話をかけてみた。「またボイスメールだわ」

「大丈夫だ」コールが呟いた。

ロンダがアイスパックを持ってきて、エンジェルがそれを彼の目に当て、次に唇を冷やした。コールの手を握りながら、励ましの言葉をかける。ロンダは、せめておじに連絡しようと言ったが、エンジェルは断った。今はコールの代弁者として判断しなければならない。コールは自分に何が必要なのか知っている。とにかく、血だけは止まった。

だがコールは、エンジェルを助けるためにまた死にかけたのだ。自分を犠牲にするつもりで敵に真上から襲いかかり、再び撃たれた。信じられない行為だ。唖然とさせられる。

撃たれたボーゴラの表情がときおり脳裏をよぎった。助けを求めたあの目。

三十分ほど経つと、コールの顔に血の気が戻ってきた。でも、まだ意識は朦朧(もうろう)としてうわ言を言っている。おそらく薬のせいだろう。

寝室の戸口に人影が現れた。

マクミランだ。

ロンダはベッド脇の引き出しからすばやくピストルを取りだした。「手を上げなさい」

「お会いできて光栄だ」そう言いながら、彼はこなれた様子でゆっくりと部屋に入ってきた。

エンジェルは顔をしかめてロンダに言った。「大丈夫よ、知り合いなの」そしてマクミランに話しかけた。「ノックくらいできたでしょう」

ロンダは疑わしげな表情を浮かべた。「信用できるの？」

「マナー以外はね」エンジェルが答えた。

「おもしろいジョークだな」マクミランはコールの脈拍を測って、傷を調べた。エンジェルは腕の新しい傷を教えた。「弾がまだ中にある。だが、移動くらいはできそうだな」

「あなた、医者なの？」ロンダが訊いた。

「訊いても無駄よ」エンジェルが代わりに答えた。

マクミランはグラスに一杯、冷たい水を持ってきてくれとロンダに頼んだ。彼女が言われたとおり水を持ってくると、彼はそれをコールの顔にぶちまけた。

「ちょっと！」エンジェルは抗議した。

コールが何か呟いている。

マクミランはロンダに部屋から出るよう命じた。

「嫌な男ね、今度はノックくらいしなさいよ」ロンダが毒づいた。

「ノックしたらサプライズじゃなくなるだろう？」

ロンダはピストルを持って部屋から出ていった。

マクミランはコールの額に手を当てて訊いた。「何が起こったんだ？」

エンジェルはモーテルでの出来事を説明した。途中で一度、コールがぶつぶつと何か呟いた。

マクミランは二重スパイを見つけたとコールに伝えた――何かの管理スタッフだったらしい。コールは微かに頷いた。エンジェルの知らない名前で、おそらく本名でもなさそうだが、コールはぼんやりしながらも安心したようだった。

「どうしてここがわかったの?」エンジェルが訊いた。

「コールの携帯電話だ。おい、おっさん。起きろ」マクミランが彼の頬を叩いた。

「本当に朦朧としてるな」

「薬が抜けてないのよ。それに殴られて、撃たれたんだもの」エンジェルが言った。

「君はコールのことをよくわかっていない」

エンジェルは怒りで体をこわばらせた。「顔に水をかけるよりましな方法で対処してあげてもいいでしょう?」

マクミランはエンジェルに向き合った。その淡青色の視線に彼女はぞっとした。彼はエンジェルをベッドから引き離して窓辺に連れていった。「君は何も知らない。何もだ。わかったか?」

エンジェルは睨み返した。「何も言わないわよ」

「何も知らないからだ」マクミランは念を押した。

エンジェルも負けずに言った。「誰にも何も言わないわ。それに私があなたたちのことを知っている以上に、あなたたちは私のことを知っているんでしょう」

「ああ、必要なら君の情報を利用することもできる」マクミランは囁いた。「俺たちは世間から姿を消す。だからって安心するなよ。俺たちには力がある。敵に回したくはないだろう」

エンジェルにはなんと言っていいかわからなかった。「だからって、そんな嫌な態度を取る必要はないでしょう」

「いや、あるね」マクミランは威圧するように言うと、コールのところへ戻った。ベッドカバーをどけ、コールの体を点検する。「彼を連れていく。椅子にのせるのを手伝ってくれ」

「少し休ませてあげられないの？」

「だめだ。弾を摘出しなければいけないし、マーサ・スチュワート風のお手製絆創膏では治らない。手伝う気がないのか？」

エンジェルはコールのためを思って手伝った。

十分も経たず、彼らは外に出ていた。マクミランがSUVの助手席にコールを乗せる間、エンジェルはドアと椅子を支え、席に収まった彼のシートベルトを締めた。彼はまた気を失っていた。「コール？」

反応がない。

マクミランが車の前を回っていった。

「待って」エンジェルは胸をどきどきさせながらマクミランのあとを追い、ヘッドライトの前で彼の腕をつかんだ。「このまま……」

「なんだ？」マクミランは彼女の手を振り払って言った。「このまま行かせるわけにはいかない？　涙のお別れもせずに行かせたくない？　起きたら伝言を伝えてやるよ、それでいいだろう？」

マクミランが自分のことをどう見ているかわかった。コールの世話をしてくれる娼婦扱いして、コンドームを買ってきたのだ。回復するまでコールの相手をしてくれる泥棒くらいにしか思っていないのだろう。

「この男は存在しない」マクミランは強い口調で言った。「こいつを探そうとしたら、痛い目にあうぜ。来週には大陸の向こう側だ。さよならしておけ」

不安がエンジェルを襲った。「あなたがすべて決めるわけ？」

「違う、こいつが自分で決めたんだ。ずっと前にな」マクミランは眼鏡を外し、悪意に満ちた目を見せつけた。「君と仕事のどちらを取るか、こいつに選ばせたいのか？自分の好きな道を諦めさせて、私立探偵でもさせる気か？　せっかくの能力を、くだらない不倫調査にでも使わせるのか？　こいつは人の命を救う重要な仕事をしているんだ。それを取り上げるな」

エンジェルは胸に穴があいた気がした。

マクミランの口調が和らぐ。「悪いが、妥協案はない」彼は運転席に乗りこんだ。

夢の中を歩いているように、エンジェルはコールのところに戻った。頭が横にがくりと倒れている。エンジェルは彼の手を握り、その節くれだった指を撫でた。伝えたいことがたくさんあった。でも、きっと聞こえないだろう。エンジェルは彼の手のひらを頬に当てた。

〝それを取り上げるな〟

コールには人を助けることができる。自分の人生を活かすことができるのだ。それがコールにとってどういうことなのか、エンジェルには想像することしかできなかった。彼は物事に納得したいのだ。物事を正したいのだ。それがコールという男だった。

エンジェルは彼に、鏡を見ろと言われたことを思い出した。必死で、彼女に自分を認めさせようとした。

そんなことはできないだろう。自分で自分を認めることは絶対にできない。

「守ってあげてね」エンジェルはマクミランに言った。

「全力でな」マクミランがエンジンをかけた。

エンジェルはコールの手のひらにキスをした。

コールがわずかに動いた。「エンジェル」

「さようなら、ベイビー」彼女は彼の頬にキスをした。

「ここはどこだ？」

「仕事が待っているのよ」

コールがうっすらと目を開けて彼女を見た。言葉の意味を理解しようとしている。

「力が……出ない」

「そうよね」エンジェルは彼の髪に触れた。エンジンの音にかき消されないように、大声でマクミランに話しかける。「コールは眼鏡をなくしたの」

「ちゃんと用意させる」マクミランが返した。

「ありがとう」コールが目を閉じた。

眼鏡に対する礼だったが、エンジェルはコールを行かせることに対する礼の言葉として受け取ろうと思った。有意義な人生を歩めるように、彼を手放すのだもの。彼女はすばやく彼に口づけすると、後ろに下がってドアを閉めた。

マクミランがコールを乗せて走り去るのを、エンジェルは椅子の背を握りしめて見送った。車が駐車場から出て、通りから消えるまで見送った。

「愛してるわ」エンジェルは囁いた。そして、空の椅子を押してコンドミニアムに戻った。

# 17

一週間後

エンジェルはエレベーターに乗って自分の階のボタンを押した。

コールと過ごした数日が大昔のように感じる。今はすべてが平常に戻り――平常すぎるくらいだった。リサのカーテンも完成間近だ。前日には照明も届き、エンジェルは午後中、その搬入と取りつけに立ち会った。おかげで髪も服も壁板の埃まみれになり、頭からチョークをかぶったみたいだった。

リサだけは機嫌がよかった。二人で考え上げた空間が形を成すよう、エンジェルはリサの内にある美しくて大切なものを実現させる手助けをしていた。リサはあの空間で生活し、そこからインスピレーションを受けるだろう。

デザインは人命を救うほど重要な仕事ではないが、全力を尽くせば、まあ悪くない仕事ではある。

仕事としては充分だわ。エンジェルはそう思った。

それに時間が経てば、コールを失った胸の痛みも和らぐだろう。

そうよ、一緒に過ごしたのはたったの三日だもの。けれどあれは強烈な体験だった。かつて夢見ていたものすべてが色あせるほどの経験。

あの駐車場で、コールを乗せた車を見送りながら、エンジェルは彼を愛していると言った。

彼女は自分が口にした言葉に驚いたが、それが本心だと自覚した。一人になると胸が重く――文字どおり、重苦しく感じた。持ち歩くのがやっとの、生気を失った鉛みたいな心臓を抱えているような気分だ。ちょっとした幸福を感じる瞬間があっても、こだまのように胸の痛みが蘇ってきて、苦しかった。

エレベーターの到着音が鳴り、ドアが開いた。エンジェルは鍵を探してバッグをかきまわしながら廊下を歩いた。

コールを取り戻そうと決意して目覚める日が来るかもしれないが、マクミランの言葉がどうしても頭から離れなかった。コールの生きがいである仕事を彼から奪うことはできない。

それに、コールのほうはエンジェルの居所を知っているのだから、会いたければ会いに来られるはずなのだ。

今までにも、好きなことを諦める訓練はたくさん積んできた。諦めるのには慣れている。

とにかく着替えないと。一時間後に打ち合わせの予定があった。新しいクライアントで、ビーチハウスについて何か相談があるらしい。エンジェルは鍵を挿してドアを開けた……何かいい匂いがする。

誰かが中にいて……料理を作っている。

エンジェルは武器を探しながら、退却すべきか突撃すべきか悩んだ。

料理?

エンジェルはこっそり家に入った。

「ハニー、おかえり!」

エンジェルの胸が高鳴った。コールがビールを片手に、キッチンのテーブルでくつろいでいた。一週間経ってもまだ痛々しく、腕にはギプスをしている。

「コール、なんて姿……」

「向こうはもっとひどい目にあったさ」彼は立ち上がって二人の距離を詰めた。自由に動くほうの腕でエンジェルを引き寄せる。「会いたかったよ、ベイビー」

「何してるの？」

コールはエンジェルにキスをした。彼にまた触れられるだけで幸せだった。最後のお別れに来たの？ これ以上の別れに耐えられるだろうか。

コールが身を引いて言った。「ピザを作ったんだ。今度のはうまいぞ。最後に食べたのは最悪だったからな。あれは人生最悪のピザだった」

「コール、どういうことなの？」

「まあ、落ち着いて」彼はエンジェルの手を取った。「その気になると思ったんだけどな。恋人にディナーをご馳走されたら、いつもそうだろう？」そう言って、コールは彼女の首に、頬にキスを浴びせた。「元気だったか？」

エンジェルは身を引いた。「なんなの、コール。ここで何をしてるの？ 一体どういうことか……」

「こういうことだ」彼はまたエンジェルにキスした。温かく、確かな感触。コールの指先はエンジェルの腕をつかみ、唇は強引に彼女のそれに押し当てられた。コールはさきほどエンジェルが閉めたドアまで彼女を追いこみ、そこに押しつけた。エンジェルは幸せのあまりぼんやりした。

「やめて」体中の細胞が、コールの腕の中にいたいと訴えていたが、エンジェルは彼を押しのけた。「最後のお別れなんて……」

「マクミランは君をあんなふうに扱ったことを後悔していた」コールが申し訳なさそうに言った。

「あなたと一緒にいたいけど、あなたから仕事を奪うわけにはいかないわ。絶対に」

「いつだって手段はあるんだ、エンジェル」

「ロジスティックスで解決できる問題じゃないもの」

「すべてはロジスティックスで解決できる」

エンジェルは、またばかなことを言って、と言いたげな表情を浮かべた。「今から打ち合わせがあるのよ」彼女はキッチンに入っていった。

コールがついてくる。「俺とな」

「違うわ。クライアントとの打ち合わせなの」エンジェルはコールのほうを見ないようにしつつグラスに水を入れ、落ち着こうとした。心がむきだしで、傷つきやすくなっている。彼の言葉、キスの一つ一つが彼女の胸を幸福と痛みで引き裂いた――それなのに、コールは気づいていないのだろうか。彼女は彼を諦めたのだ。狂おしいくらいに彼が欲しかった。彼を愛している。

「エンジェル、俺がそのクライアントなんだ」

エンジェルはグラスを置いた。

「海辺のコンドミニアムの件で相談がある。唯一の難点は、近場じゃないってことだ。シンガポールにあるコンドミニアムで、俺たちは君の能力を必要としている。説明が難しいんだが……」

エンジェルは振り向いた。

彼の顔に笑みが広がる。「ある人物の内に秘めたる醜さを探り当ててほしいんだ」

「インテリアをデザインしてほしいってこと？　……シンガポールで？」

「ボーゴラ級の悪党がいてね。厳密に言うと、デザインの仕事はそこに潜りこむための手段で、これはアソシエーションの仕事なんだ。君が嫌じゃなければ引き受けてほしい。君は腕が立つのに、その能力を間違った分野で使っていた。アソシエーションの幹部は、君にやれるかどうか試したいと思っている。その悪党はもう五人のデザイナーを解雇しているが、君ならきっと満足させられるだろう。ボーゴラも君の案を気に入っていたから、今度の男にだって気に入られるはずだ。アソシエーションのアシスタントも同行する。今回は俺と組むわけじゃないが、うまくいけば、ほかの仕事も紹介できる」

「アソシエーションの目的はなんなの？　今回もボーゴラみたいな男？」

「シンガポールの男も悪党だが、彼自身がターゲットではない。そいつはターゲットのインフルエンサーなんだ。そいつが君を気に入れば、そのターゲットにも紹介されると踏んでいる。そこにフェントン・フュルスト型があるんだ。盗みを働いてもらう必要はないが、ダイヤルの組み合わせ数字が欲しい。それで多くの人間が助かるんだ。どちらかといえば、今回は長期戦になる。それに、危険がないわけではない」

エンジェルの胸がいっぱいになる。「重要なことには危険がつきものよね」

「引き受けてくれるか？」

エンジェルはコールの灰色の目をじっと見つめた。胸が希望と幸福でいっぱいになり、破裂しそうな気がした。「もちろんよ」

　コールは安堵のため息をついた。「アソシエーションの依頼を引き受けるということは、ふつうの人生は送れなくなるということだ。でも、そうすれば俺たちはまた会える。頻繁に会うのは難しいかもしれないが……」

「わかってる」エンジェルが口を挟んだ。「でも会えるのね」

　コールはエンジェルにキスした。「もう君なしではいられない」彼はキスを続けながら言った。「生きていけないんだ」

「私もよ」

　コールは真剣な表情で言った。「大切なのは金庫だけじゃない。デザイナーとしての君は、俺たちが見過ごしてしまうようなことも見抜ける。ロジスティックスの方程式に必要なヒントを入手できるんだ。現場には、警備員や料理人や使用人に変装した男がいるかもしれない……」コールはエンジェルの首にキスをした。「そいつはきっと君をこっそり連れだして、髪を引っぱって君の気を引こうとするだろう……」コールは身を引いて彼女の目を見つめた。「なぜなら、そいつは君を愛しているからだ」

コールはエンジェルを冷蔵庫に押しつけた。「エンジェル、愛してる」

　エンジェルはコールを見上げた。彼が彼女の内面の奥深くを見ているのがわかった。

見られているのが心地よかった。いるべき場所にいる気がした。コールが、彼女のいるべき場所なのだ。「私も愛してるわ、ベイビー」

そしてゆっくりと、一つ残らず、マグネットが床に落ちていった。

# 18

一年後

アンジェリーク・デル・ガードゥを名乗るエンジェルは、ミコノス島にあるローマン・ハイタワーとポーラ・ハイタワーの別荘に立ち寄り、ガラの悪そうな用心棒二人のそばをゆっくり通り過ぎた。

エンジェルが二人と知り合ったのは、ほかの仕事で奔走しているときだった。彼女は古代ギリシア建築の見事な意匠を見てまわった。それ以来、三人は数々の雑誌を見ながらデザイン案を相談してきた。

エンジェルは、二人がどのようなデザインを求めているのか耳を傾け、二人にぴったり合いそうなインテリアを提案した。アシンメトリックなデザインを取り入れた、斬新で現代的なプランだ。

二人の胸に訴えかけ、心を震わせるインテリア。それでいて二人が考えたこともないようなインテリアを、エンジェルはプレゼントする。そして、二人を刑務所に送る作戦で一役買うのだ。ポーラは、南欧でもっとも残酷な誘拐団の一つを裏で仕切っている。

この一年、エンジェルは犯罪者たちの間で名前を売ってきた。ダックスがお膳立てしてくれた、あのシンガポールでの最初の仕事の評判がよく、次々とほかの仕事につながった。

彼女の新しいクライアントの一人が最近、五回分の終身刑で刑務所に入れられたのは気の毒なことだった。

去年の夏、エンジェルは素人の武器ディーラーのインテリアを手がけた。アソシエーションがその動きを見張っていた男だ。エンジェルは彼の希望を叶えてやった。そうして、アソシエーションは武器ディーラーの家の見取り図を入手した。ダックスがアソシエートを送りこむ際に、その図が役立つはずだ。

そのディーラーが、エンジェルをハイタワーに紹介してくれたのだ。

エンジェルのスペイン語はもはや片言ではなかった。おまけにイタリア語やポルトガル語まで上達している。

エンジェルは持ってきたケースを開けて、ペンキの小さな缶を五つ取りだした。そして、ハイタワー家の居間の西側の壁に四角く明るいベージュを塗った。北側の壁には淡いピンク、南側の壁には黄色がかったオレンジ、東側の壁にはセピアローズを同様に塗る。

二人は大喜びだった。

「この四色に囲まれて数日、過ごしてほしいの。夜明け、夕方、夜、日中で雰囲気の違いを見てみて」エンジェルは言った。

二人は淡いピンクを選ぶだろう。その色はエンジェルがすでに選んである照明と相性がいいのだが、二人はまだ照明のことを知らない。彼らは自分たちで選んだと思うだろう。すべて仕上がったら、ダックスは金持ち向けのインテリア雑誌にこの家の記事を書かせるはずだ。二人はそんな家に住めるのだと思って有頂天になるだろう。

エンジェルはキッチンの壁にもいくつか違う色を塗り、二人が選んだバックスプラッシュのタイルを数個サンプルとして貼った。壁の色とマッチするか見るためだ。オフィスにも同じことをした。二人はさまざまな色をじっくり見比べていた。待っている間に、エンジェルはデスクの上に視線を落とした。送り状だ。見知った名前がたくさん載っていたが、一つだけ知らない名前があった。ロジスティックスのヒントになる名前だ。彼女が決して理解することのない方程式。

コールのための方程式。

「次は金物類のことも話し合わないといけないわ。壁の色を決める前に、ここと キッチンの金物類をどうしたいか聞かせてほしいの。アテネにいいお店がいくつかあるから、今度来るとき、サンプルを持ってくるわ」

ポーラがエンジェルをポーチまで見送った。野蛮そうな男が三人、銃を光らせながら日陰で休んでいる。

男の一人がエンジェルに流し目を送った。視線でエンジェルの服を脱がし、彼女の動きを封じているのがわかる。口元は淫らな欲望にゆがんでいた。

「セルジョ!」ポーラがきつい口調で呼びつけた。彼にギリシア語で何か話している。ダイヤモンドのイヤリングが太陽光を反射して光っていた。エンジェルは今もダイヤモンドが好きだったが、ダイヤモンドより魅力を感じるものがあった。たとえば、アソシエーションの仕事や、コール……。

ポーラがエンジェルのほうを向いて言った。「フェリー乗り場までセルジョに送らせるわ」そして彼に厳しい顔を見せる。「おかしな真似をしたら、後悔することになるから」

セルジョが仏頂面で立ち上がった。エンジェルは、おかしな真似をしないわけがないだろうと思った。たった二日前、彼は人目につかない入江で彼女の服を剝ぎ取って抱いたのだ。もちろん、エンジェルは彼のことをセルジョとは呼ばなかった。彼女の知っている名前、コールと呼んだのだから。

よく見れば、彼が濃い茶色のコンタクトレンズをしているのがわかった。それに肩にはひどい傷跡が残っている。そして二人は来月、スイスにあるマクミランの山小屋風の屋敷(シャレー)で結婚する予定だった——式は、ようやく彼女に対する態度を変え、新郎の付添人(ベストマン)を務めることになったマクミランからの結婚祝いだ。二人はダックスにも招待状を送ったが、欠席の丁寧な返事が届いた。エンジェルは家族も呼びたかったが、彼らとの関係は改善中だ。いつの日か、コールを紹介できるだろう。

三人はジープまで歩いた。ポーラが携帯電話を確認している間、エンジェルはちらりとコールを見たが、すぐに女王のように高慢な態度で視線をそらし、才能豊かなデザイナーを演じた。二人はこの〝女王とならず者のロールプレイングゲーム〟を楽しむようになっていた。

コールの言ったことは正しかった——確かに二人は、ふつうのカップルのように毎日会えるわけではない。しかし、たまに会える時間……たとえば魅力的な異国の街で、任務から離れて何週間か過ごすときや、今回のように任務中にこっそり会う数時間は刺激的だった。完全に二人だけの世界。甘美な、至福のとき。

エンジェルはまたコールのほうに視線を走らせた。彼は品のない笑みを浮かべて彼女をあしらった。彼の手がもう自分の体を這っているのが感じられる。

次の打ち合わせは日曜の午後、四時くらいにしましょうとポーラが言った。エンジェルはバッグを反対の手に持ち替えて、自分の携帯電話を確認した。〝ええ、そのスケジュールで問題ないわ〟

「ありがとう。楽しみだわ」ポーラが言った。

エンジェルはポーラが差しだした手を握って返した。「私も楽しみよ」

セルジョが運転席に乗ってエンジンをかけ、エンジェルは助手席に乗りこんだ。

「シートベルト」彼がぶつぶつ促した。

エンジェルがシートベルトを締め、二人は出発した。

「ドライブには最適の日だな」道に出ると、コールが言った。

「頭がすっきりする」エンジェルが答えた。

二人は沈む太陽に向かって、曲がりくねった道を走った。

「フェリーが出るまであと二時間ある。後ろにワインとブランケットがあるはずだ。ビーチはどうだ？」そう言うと、彼がエンジェルのほうを向いた。その真剣なまなざしに、彼女の胸が高鳴る。

「最高ね」エンジェルは手を伸ばして彼の腕に触れ、太もも、腹へと指を這わせた。

「この腹筋に夢中だからだろう、お嬢さん？」

エンジェルはにやりと笑った。いつまで経っても、このジョークには笑ってしまう。それに、夢中なのは本当だった——彼の腹筋にはまったく飽きない。コールにはまったく飽きないのだ。エンジェルは狂おしいくらいにコールを愛していた。

二人の愛は、方程式と正反対の炎だ。心を奪うように燃えさかる、暗闇の中でさえも自ら輝きを放つ炎だった。

# 訳者あとがき

開かずの金庫と呼び声高いフェントン・フュルスト型金庫を破るため、エンジェルは一夜限りの現役復帰を果たした。第二の母と慕うおばを救うには、とある屋敷に隠されたダイヤモンドを盗みださなければならないからだ。五年ぶりにもかかわらず見事にフュルスト型を破り、ダイヤモンドを手に入れて屋敷から脱出するが、翌日、そこで用心棒を務めていたコールに捕まってしまう。彼は現場に残っていたエンジェルの血痕を頼りに彼女を探し当てたのだ。

しかしコールは意外な要求をする。宝石泥棒として突きだされるか、彼のために屋敷内にあるもう一つのフュルスト型隠し金庫を破るか、どちらかを選べというのだ。ダイヤモンドの持ち主は人身売買や諸々の犯罪で財をなした変態男だ。そんな男に突きだされて殺されるよりは、コールに協力するほうがましだと決断したエンジェル。

秘密めいたコールに脅迫されるまま、恋人を演じることになったエンジェルだが、内心の葛藤とはうらはらに彼に惹かれていき……。

ロマンスあり、スリルあり、アクションありの本作は、悪と闘うアソシエーション・シリーズの第一作で、自分を好きになれないエンジェルと、世の中の不条理を許せないコール、二人の心の傷を癒やしていくストーリーになっています。本作には、〝美しさは表面だけだが、醜さは骨の髄まで〟という、エンジェルの父親が彼女に向けた言葉がたびたび出てきます。この言葉を額面どおりに受け取り、自分の内面は醜いのだと悩むエンジェルの心理描写には心を動かされます。

一方のコールは圧倒的な頭脳と強靭(きょうじん)な肉体を誇りながらも、両親を麻薬中毒で亡くした過去と闘い、スパイとしての孤独と闘い、さらには悪と闘うという闘いまくりのタフガイ。数学の天才で、システム理論を駆使して悪を解明します。

そんな魅力的なヒーローとヒロインに加え、映画を観ているようなストーリー展開に拍手喝采したくなる作品です。

著者のキャロリン・クレーンはUSAトゥデイのベストセラー作家で、アソシエーション・シリーズ二作目の『*Off the Edge*』では、本作で脇役として登場するマクミランにスポットライトを当て、二〇一四年にRITA賞も受賞しています。

〝ヒーローがセクシーすぎる！〟と絶賛されるこの著者は、一体どんな人なのだろう……そう思い、著者のウェブサイトを見て思わず笑ってしまいました。「趣味は車に積もった雪を蹴り落とすこと。夫は健康志向のエッセイストで、執筆中の私によくグリーン・スムージーを持ってきてくれます」だそうです。どちらかというと著者のほうが男性っぽい気がしますが、きっと想像力豊かな女性なのでしょう。それもそのはず、著者はアニカ・マーティンというペンネームでロマンティック・コメディ作家としても活躍し、ニューヨーク・タイムズのベストセラー作家になっています。

そんな著者がこれでもか！　と魅力を詰めこんだ本作品……ひとときの間、どうぞ二人の世界をお楽しみください。

二〇二〇年三月

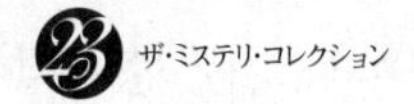


# 夜の向こうで愛して

著者　キャロリン・クレーン
訳者　村岡　栞

発行所　株式会社 二見書房
東京都千代田区神田三崎町2-18-11
電話　03(3515)2311［営業］
03(3515)2313［編集］
振替　00170-4-2639

印刷　株式会社 堀内印刷所
製本　株式会社 村上製本所

落丁・乱丁本はお取り替えいたします。
定価は、カバーに表示してあります。

ISBN978-4-576-20038-5
https://www.futami.co.jp/

# 二見文庫 ロマンス・コレクション

## この恋は、はかなくても
J・T・ガイシンガー
滝川えつ子［訳］

大富豪の妻エヴァの監視をするセキュリティ会社のナズは彼女と恋に落ちるが、実はエヴァは大富豪の妻ではなく…。最後まで目が離せない、ハラハラドキドキのロマサス！

## 悲しみにさよならを
シャロン・サラ
氷川由子［訳］

10年前に兄を殺した犯人を探そうと決心したとたんローガンは命を狙われる。彼女に恋するウエイドと捜索を進めると、驚く事実が明らかになり…。本格サスペンス！

## いつわりの夜をあなたと
カイリー・スコット
門呉茉莉［訳］

ベティはハンサムだが退屈な婚約者トムと別れようと決心したとたん、何者かに誘拐され…!? ２０１７年アウディ賞受賞作家が贈る映画のような洒落たロマンス！

## 愛という名の罪
ジョージア・ケイツ
風早柊佐［訳］

母の復讐を誓ったブルー。敵とのベッドインは予期していたが、想像もしなかったのは彼に夢中になってしまうこと……愛と憎しみの交錯するエロティック・ロマンス

## かつて愛した人
ロビン・ペリーニ
水野涼子［訳］

故郷へ戻ったセインの姉が何者かに誘拐された。彼はかつての恋人でＦＢＩのプロファイラー、ライリーに捜査を依頼する。捜査を進めるなか、二人の恋は再燃し……

## 過去からの口づけ
トリシャ・ウルフ
林亜弥［訳］

殺人未遂事件の被害者で作家のレイキンは、事件前後の記憶も失っていた。しかし新たな事件をＦＢＩ捜査官のリースと調べるうち、自分の事件との類似に気づき…

## 秘めた情事が終わるとき
コリーン・フーヴァー
相山夏奏［訳］

無名作家ローウェンのもとに、ベストセラー作家ヴェリティの共著者として執筆してほしいとの依頼が舞い込むが…。愛と憎しみが交錯するジェットコースター・ロマンス！

二見文庫 ロマンス・コレクション

恋の予感に身を焦がして ＊
クリスティン・アシュリー
高里ひろ［訳］〔ドリームマン シリーズ〕
グエンが出会った〝運命の男〟は謎に満ちていて…。読み出したら止まらないジェットコースターロマンス！超人気作家による〈ドリームマン〉シリーズ第1弾

愛の夜明けを二人で ＊
クリスティン・アシュリー
高里ひろ［訳］〔ドリームマン シリーズ〕
マーラは隣人のローソン刑事に片思いしている。でもマーラの自己評価が2.5なのに対して、彼は10点満点で…。〝アルファメールの女王〟によるシリーズ第2弾

ふたりの愛をたしかめて
クリスティン・アシュリー
高里ひろ［訳］〔ドリームマン シリーズ〕
心に傷を持つテスを優しく包む「元・麻取り官」のブロック。ストーカー、銃撃事件…二人の周りにはあまりにも問題が山積みで…。超人気〈ドリームマン〉第3弾

失われた愛の記憶を ＊
クリスティーナ・ドット
出雲さち［訳］〔ヴァーチュー・フォールズシリーズ〕
四歳のエリザベスの目の前で父が母を殺し、彼女はショックで記憶をなくす。二十数年後、母への愛を語る父を見て疑念を持ち始め、FBI捜査官の元夫と調査を…

愛は暗闇のかなたに
クリスティーナ・ドット
水野涼子［訳］〔ヴァーチュー・フォールズシリーズ〕
子供の誘拐を目撃し、犯人に仕立て上げられてしまったテイラー。別名を名乗り、誘拐された子供の伯父であるケネディと真犯人探しを始めるが…。シリーズ第2弾！

ミッシング・ガール
ミーガン・ミランダ
出雲さち［訳］
10年前、親友の失踪をきっかけに故郷を離れたニック。久々に家に戻るとまた失踪事件が起き……。〝時間が巻き戻る〟斬新なミステリー、全米ベストセラー！

灼熱の瞬間 ＊
J・R・ウォード
久賀美緒［訳］
仕事中の事故で片腕を失った女性消防士アン。その判断をした同僚ダニーとは事故の前に一度だけ関係を持っていて…。数奇な運命に翻弄されるこの恋の行方は？

二見文庫 ロマンス・コレクション

*の作品は電子書籍もあります。

## 危険な夜の果てに

リサ・マリー・ライス〔ゴースト・オプス・シリーズ〕
鈴木美朋［訳］

医師のキャサリンは、治療の鍵を握るのがマックという国からも追われる危険な男だと知る。ついに彼を見つけ、会ったとたん……。新シリーズ一作目！

## 夢見る夜の危険な香り

リサ・マリー・ライス〔ゴースト・オプス・シリーズ〕
鈴木美朋［訳］

久々に再会したニックとエル。エルの参加しているプロジェクトのメンバーが次々と誘拐され、ニックは〈ゴースト・オプス〉のメンバーとともに救おうとするが――

## 明けない夜の危険な抱擁

リサ・マリー・ライス〔ゴースト・オプス・シリーズ〕
鈴木美朋［訳］

ソフィは研究所からあるウィルスのサンプルとワクチンを持ち出し、親友のエルに助けを求めた。〈ゴースト・オプス〉からジョンが助けに駆けつけるが…シリーズ完結！

## いつわりは華やかに*

J・T・エリソン
水川 玲［訳］

失踪した夫そっくりの男性と出会ったオーブリー。いったい彼は何者なのか？ RITA賞ノミネート作家が描くハラハラドキドキのジェットコースター・サスペンス！

## 愛の炎が消せなくて

カレン・ローズ
辻早苗［訳］

かつて劇的な一夜を共にし、ある事件で再会した刑事オリヴィアと消防士デイヴィッド。運命に導かれた二人が挑む放火殺人事件の真相は？ RITA賞受賞作、待望の邦訳!!

## 天使は涙を流さない

リンダ・ハワード
加藤洋子［訳］

美貌とセックスを武器に、したたかに生きてきたドレア。彼女を生まれ変わらせたのは、このうえなく危険な暗殺者！ 驚愕のラストまで目が離せない傑作ラブサスペンス

## ラッキーガール

リンダ・ハワード
加藤洋子［訳］

宝くじが大当たりし、大富豪となったジェンナー。人生初の豪華クルーズを謳歌するはずだったのに、謎の一団に船室に監禁されてしまい…!? 愉快&爽快なラブ・サスペンス！